戦艦武蔵の最期

渡辺 清

角川新書

目次

この一篇を、
北緯一二度五〇分、東経一二二度三五分、
水深一三〇〇メートルの
海底に眠る戦艦武蔵の戦友にささげる。

第一章

1

裾に赤土の地肌を見せた岬の鼻が、両側から突堤のように外海をさえぎっていた。西方に口をひらいて、湾内は単調な曲線を描いていたが、そのわりにふところは深かった。背後には、熱帯樹におおわれた傾斜のゆるやかな山容がせまり、乱雑に枝を広げたその緑の稜線《りょうせん》の向こうに、町の白い屋根が点々と見えた。ボルネオ島の北西、ブルネイ湾である。

戦艦の武蔵《むさし》は、その湾の左端に戦隊旗艦の大和《やまと》と艦首を並べていた。二日前、僚艦とともにリンガ泊地を出て、昨日昼すぎここに入ったのである。「捷《しょう》一号作戦」が発動されてちょうど五日目だった。(1) 艦隊はここで燃料を補給し、最後の出撃準備をととのえることになっていた。

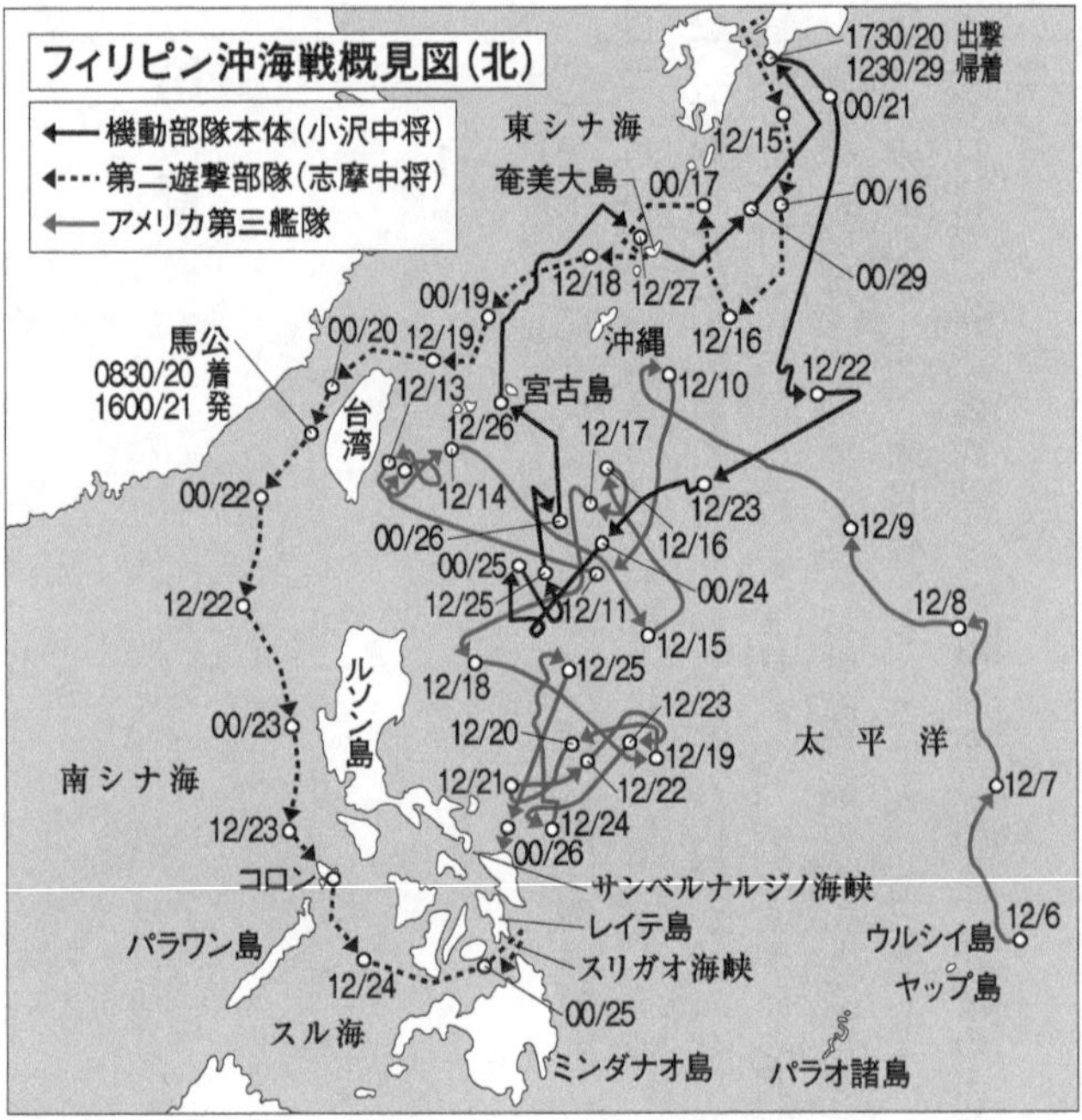

フィリピン沖海戦概見図(北)

そこで武蔵でも、さっそく投錨《とうびょう》と同時にその準備にとりかかった。出撃はあす早朝に迫っているので、準備も急がなければならない。作業はあとからあとからおれたちを追いかけた。

まず入港と同時にはじまったのが、「外舷塗り方」だ。観艦式に出るのではあるまいし、これから出撃というのに、ペンキ塗りでもないもんだと思ったが、これも命令だから仕方がない。おれたち両舷直は、さっそく総がかりで、艦首から艦

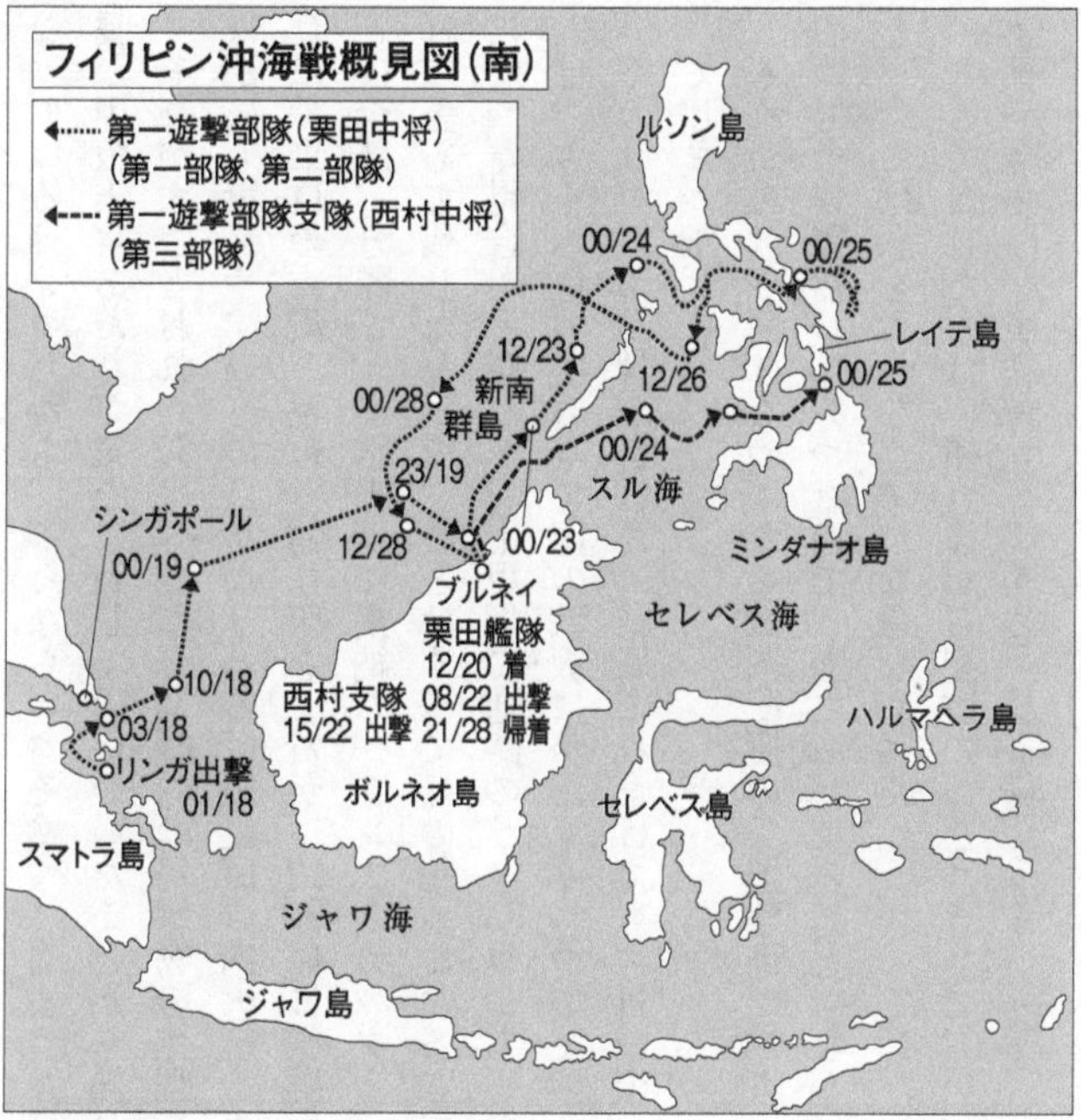

12/26は1944年10月の26日12時を表す

尾まで、両舷をくまなく塗りあげた。おかげで武蔵は、濃いネズミ色のてらてらした光沢をおび、ところどころ赤錆《あかさび》のうき出ていた乾舷（水線から上の舷側）も見ちがえるほど綺麗《きれい》になった。まるで進水直後のように……。

これを見て、あとで下士官たちが、「これじゃかえって敵さんの目について狙われやすいぞ」とぶつぶつこぼしていたが、これもおそらく、どうせ出撃まえ可燃物として処分することになっているペンキだから、そんならいっそ塗ってしまったほうが片付いていいぐらいに、副長か甲板士官あたりが気をまわして思いついたことかも知れない。

それがすむとおれたちは、こんどは艦内の可燃物の処理をはじめた。艦内には、ペンキのほかにも燃えやすいものはかなりある。短艇庫の内火艇《ランチ》やカッター、それに各部の甲板天幕、食卓、乗員の衣嚢《いのう》、寝台、釣り床などだが、釣り床は戦闘配置の防弾用《マンドレッド》に若干のこして、あとは全部、分隊ごとに水線下に格納し、ランチとカッターのほうも、救助艇として、それぞれ二隻あて残しただけで、あとはすべて島の基地におろしてしまった。ついでにこれも火災になった場合を考慮して、上甲板の通路のリノリウムも、のこらずひっぺがした。リノリウムは、さくら色の接着剤で床の鉄板にかたくくっついているので、それを一枚一枚はがしていくのはずいぶん骨が折れた。結局これだけでも、日没頃からはじめて巡検まぎわまでかかってしまった。

それから、今朝になってから戦闘配置の兵器整備だ。もっともこのほうは、すでにリンガ泊地で十分整備してあったので、別にあわてることもなかったが、それでもいざ出撃となると、念には念を入れなくてはならなかった。

そこでおれたちは、朝食後から配置につきっきりで、いつもよりずっとていねいに銃身の分解掃除をしたり、膅中《とうちゅう》（砲身の中）を洗滌《せんじょう》したり、撃針や発条も新しいのと取りかえたり、機動部には、グリスや油をさしたりして、配置の総点検をおこなった。むろん、戦闘になってからまごつかないように予備弾倉も規定通り用意し、まわりの防弾用の砂嚢も、あらたにしっかりと積みかえた。そしてそれがいまようやく終わったところだ。

おれは、みんながデッキ（居住区）へ引き揚げてから、念のためにもう一度銃を試動してみて、引き金や開閉桿《かん》の調子などをたしかめてから、銃架をもとの位置に固定した。俯仰《ふぎよう》も旋回も照準器の具合も上々だ。弾室と弾倉の嚙《か》み合わせもうまくいっている。もうこれでいい。射撃は順調にやれるだろう。とにかくこれで戦闘準備はすんだ。あとはただあすの出撃を待つばかりだ。

まもなく「課業やめ」のラッパが鳴った。正午だ。太陽はむきみのまま、うるんだように中天にころがっている。暑い。おれは顔の汗をぬぐいながら、手摺《ハンドレール》りのところまで歩いていって、ひとわたり湾内を眺めてみた。湾内には、二日前から集結してきた各艦が、思い思いの方向に艦首をむけて投錨していた。

第二艦隊旗艦の重巡愛宕《あたご》をとりまくようにして、湾の右手には、戦艦の長門《ながと》、金剛《こんごう》、榛名《はるな》が檣楼《しようろう》をつらねて並んでいる。榛名はいま右舷に油槽船《タンカー》を横づけて、重油搭載の最中だ。白いいんかん服（掃除服）を着た機関兵たちが、甲板を忙しそうにとび廻っている。そこから左へ少し離れた岬の手前には、重巡の摩耶《まや》、高雄《たかお》、利根《とね》、筑摩《ちくま》、戦艦の山城《やましろ》、扶桑《ふそう》の姿も見える。せまい湾口からはみ出たように、艦首を沖にむけて並んでいるのは、能代《のしろ》を旗艦とする第二水雷戦隊と、第十戦隊の駆逐艦だ。ラバウル水域に作戦中で、本隊より一日入港の遅れていた重巡最上《もがみ》を旗艦とする満潮《みちしお》、朝雲《あさぐも》、山雲《やまぐも》の第四駆逐隊も二時間前に到着したので、(2)これで第二艦隊は全部集結したわけである。——そしてあすはこの全艦艇が、第一遊撃部隊としてレイテに出撃していくのだ。

「捷一号作戦」はすでに五日前、(3)連合艦隊司令長官から発令されていた。「捷一号作戦」というのは、大本営がことし(昭和十九年)の七月にたてた防衛計画で、これには第一号から第四号まであった。第一は比島(フィリピン)方面、第二は台湾及び南西諸島、第三は日本本土、第四は北海道及び千島の北方方面、というふうに防衛線をあらかじめ四つの地域に分けて敵の進攻作戦にそなえ、なかでも特に比島方面を優先的に重視したものであったが、それからわずか二カ月後の九月に入って、敵は予想通り、その攻撃のホコ先を比島に向けてきたのである。

九月九日のダバオ地区の奇襲を皮切りに、敵はセブ、マクタン、マニラ方面に連日空襲を加えたが、これはあきらかに、敵の比島上陸作戦の前哨《ぜんしよう》戦であった。空襲は二十四日まで断続的に行われたが、このときの空襲で、マニラ湾の在泊艦船と、その周辺の味方の飛行基地は、ほとんど潰滅にちかい損害を受けた。そしてさらに十月に入ると、敵はこんどは台湾、沖縄方面に大規模な空襲を仕掛けてきた。敵は台湾東南方に、空母を基幹とする機動部隊をくり出して、十月十日から四日間にわたって、延べ二千機にのぼる艦載機の波状攻撃をくわえた。比島上陸作戦を成功させるためには、どうしてもその周辺と後方基地を根こそぎに叩いておく必要があったからである。

むろんこれに対して味方も、その航空兵力の全勢力をあげて反撃に出たが、基地からの飛《ひ》翔《しょう》距離も遠く、搭乗員の錬度も低かったうえに、天候の不良という悪条件が重なって、ほとんどこれという戦果をあげることができなかった。そればかりでなく、味方はいたるところで致命的な損害をうけ、最初からこの攻撃の主力であった第二航空艦隊のごときは、出撃わずか三日にして、その兵力の大半を失ってしまった。「台湾沖航空戦(4)」といわれたのがこれである。

そして、この台湾沖航空戦から二日後の十七日朝になって、敵はついにレイテ湾口のスルアン島に上陸を開始したのだ。つづいてその翌日には、ディガレット沿岸監視哨から、レイテ東方海面に、戦艦・空母を含む輸送船、上陸用舟艇など、数百隻にのぼる敵の機動部隊が集結して、終日タクロバンに艦砲射撃をくわえ、翌正午頃から同地区に大部隊がぞくぞくと上陸を開始したことが報告された(5)。

一方、これに呼応して、台湾沖に遊弋《ゆうよく》中だった艦隊と、ホーランディア方面に待機していた別の有力な敵の機動部隊も、レイテにむけて急航中であるという情報も入った。比島方面の戦局は、これによってにわかに緊迫化した。

比島は、味方にとって重要な戦略地点であった。比島が敵の手に落ちれば、南方の資源を断たれたうえ、本土の防衛線はたちどころに崩れ、日本は遅かれ早かれ敗北するだろう。それでなくても、一昨年のミッドウェー海戦以来、味方は押されどおしに押されてきている。すでにマキン、タラワ、アッツ島は玉砕し、ガダルカナル、クェゼリン島は占領され、そしてこの六月のマリアナ海戦では、敵に作戦の裏をかかれて、連合艦隊は大鳳以下空母三隻を失って惨敗した。東条《とうじょう》内閣崩壊の直接の機縁となったサイパン島も、すでに四カ月前に玉砕している。

こうして味方は、ここ一年足らずのうちに後退に後退を重ね、その防衛圏も、いまは本土近海の列島線まで追いつめられてしまった。戦局は日増しに険悪の度をくわえながら、末期的兆候を呈している。作戦もだんだん苦しくなる。だからここでなんとしても敵の進攻を喰いとめて、戦局をすこしでも有利に挽回《ばんかい》しなければならない、というのが、「捷一号作戦」に賭けた連合艦隊の作戦計画であった。

おれは、昨夜巡検後の煙草盆(喫煙所)で、通信科の同年兵から聞いたこれらの情報を思い出しながら、あらためて、来るべきものがきたと思った。この半年ばかり、ある不吉な予感に脅えながら、遠からず敵とぶつかり合う修羅場の時がくるだろうと覚悟はしていたが、とうとうその時がやってきたと思った。むろんこんどの作戦がどのような形で展開されるか、またどのような顚末《てんまつ》をたどるか、下級兵のおれにはまるで見当がつかないが、とにかくこれで自分の投げこまれた状況のあとさきがはっきりした。宙ぶらりんで、あいまいだった待機の状態に、一つのはっきりした目標があたえられたのである。

レイテ。おれはぬるっと舌先を滑るようなその未知の地名をもういちど口の中で呟《つぶや》いてみた。レイテ……。こんな地名は、学校の地理でも習わなかったし、第一、この地球上にそんな場所があったことも、今のいままでおれは知らなかった。戦争でもなければ、おそらく生涯知らずに過ごした地名だろう。それがいま突然闇の底から起《た》ちあがったように、大きく眼の前にのしかかってきたのをおれは感じた。

そしてあすはそこに向かって出ていかなくてはならない。艦とともに、そこに踏みこんでいかなくてはならない。それにしても、こんどはおれも死を覚悟しなくてはならないだろう。これまでのように死線をくぐりぬけることは難しいかもしれない。……だがおれは、いまは先のことはあまり考えたくなかった。考えてみたところで、どうなるというわけでもない。その時はその時だ。行くところまで行けば、すべてははっきりすることだった。

2

昼食がすんでしばらくすると、高声令達器が艦内に号令を伝えた。

「総員集合、前甲板」

その号令を聞いただけで、集合の目的のなんであるか、おれたちにもぴんときた。

「総員集合、前甲板」

これが普通の場合なら、いまどき何だろうと、互いに頭をかしげるところだが、総員集合の目的はもうわかっている。出撃を前に艦長の最後の訓示だ。

おれたちは急いでデッキを出て露天甲板に駆けあがった。みると、あっちの昇降口《ハッチ》からもこっちの昇降口からも、草色の作業服がぞろぞろとラッタル（鉄はしご）を駈《か》けあがってくる。今日ばかりは、悠長に歩いているものは一人もいない。みんな両手を腰にあてて正規の駈け足だ。

前甲板の号令台には、すでに当直将校と甲板士官の二人が立って、整列の指示を与えている。おれたちはその指示にしたがって、艦首にむかって左舷から分隊番号順に整列する。士官たちは右舷の前甲板の正面に二列横隊で並んだ。いままでの集合とは、まるで質のちがった固い不透明な空気が、おれたちの首筋にねばりつくように上からかぶさってくる。

当直将校は、さっそく各分隊の分隊士から点呼をとって、号令台をおりた。これで総員二千四百人が揃ったのである。出撃を前に最後の総員集合だ。

やがて副長の加藤大佐に先導されて、艦長の猪口《いのぐち》（敏平《としひら》）少将が前甲板に姿をみせた。おれたちは不動の姿勢をとって、号令台の上に艦長を迎えた。

猪口艦長は、この八月着任したばかりで、武蔵にとっては四代目の艦長だった。着任してきたときは大佐だったが、まもなく少将に進級した。戦艦級の艦長の中では、最先任の一人である。

着任してまだ二カ月かそこらで、乗員との馴染みもうすいが、おれはこの艦長には、以前から見覚えがあった。というのは、おれが三年前、砲術学校の普通科練習生だったときに、ちょうどそこの教頭をしていたからである。勾配のある広い額、一重瞼《まぶた》の黒い大きな眼、鼻翼のしまった真っ直ぐな鼻、内がわにめくれ加減の肉の厚い唇、その長い顔には、不釣り合いなとがった下顎など、みたところ感じはあの頃とすこしも変わっていない。年は四十九、痩型のすらりとした長身で、風采も立派だが、声のいいのも特徴だ。号令を下すには、もってこいの張りのある澄んだいい声をもっている。砲術学校でも、よく毎朝の「課業始め」には号令台に上がって号令をかけたが、その声は広い校庭いっぱいに朗々と響きわたり、ときには風の具合で、入り江をこえて対岸の射的場のほうまで届いたものだ。

といっても、艦長にはかさにかかったような武張ったところは少しもなかった。どちらかといえば飄々《ひょうひょう》として、屈託のない小ざっぱりとした印象をあたえた。事実、勤務や訓練については厳しかったが、ふだんは口数が少なく温厚で、ことごとしい素振りはめったに見せなかった。もっともこういうところは、多分に長い間の禅の修行からきたものかもしれなかった。

艦長は、禅にかなり造詣《ぞうけい》が深かったようで、リンガ泊地でも、何度かおれたちを前甲板に集めて座禅をくませたものだ。ときには、「今夜はいい月だから、わしが一つみんなにいい話を聞かせてやろう。まあ坐ったまま、固くならずに月でも眺めながら、耳だけこっちへ向けておいてほしい」といいながら、「人間というものは上をみればきりがない。下をみてもきりがない。だからそういうきりのないことにくよくよしてはいけない。それは自分で自分を卑しめることになる。大事なことは、何事も有難いという感謝の気持ちをもって、それぞれの分に応じて力をつくしていくことだ。そうすればそこに、自然に愛と悟りが生まれ、人生をゆったりと楽しく生きることができる……」というような、抹香くさい話を聞かせたりした。

しかもその話し方も、いかにも朴訥《ぼくとつ》で、ものやわらかで、ちょっと軍人ばなれしているので、これが日本海軍きっての射撃学の大家だとは、とても思えなかったが、とにかく艦長は、こと砲術にかけてはたいへんな権威で、およそ部内の射撃指揮官で、直接彼の指導を受けなかったものはないとさえいわれている。その名も海軍部内ばかりでなく、敵国のアメリカにさえ「大砲のイノクチ」として知られているという話だった。それだけに、四十六サンチの主砲を搭載した武蔵にとって、彼はもっともふさわしい艦長だったかもしれない。

艦長は号令台に立ったまま、ちょっとの間手帳に眼を通していたが、やがてそれを上衣のポケットに押しこむと、まず並んでいるおれたち乗員の顔を、はしからはしまでひとわたりゆっくりと見廻した。それから、いつもの澄んだ気持ちのいい声で、いよいよ明朝レイテに出撃することになったことを伝え、その出撃進路と、現在の敵の勢力、状況などをわかりやすくかいつまんで説明していったが、ときおり幅のせまいその眉間《みけん》のあたりが変にひきつれて、何か難しい問題を解こうとしているような表情が浮かんだ。

これはきのう聞いた噂だが、なんでも猪口艦長は、こんどの作戦には最初から反対だったらしい。連合艦隊司令部では、「捷一号作戦」の目的を、敵輸送船団の撃滅におき、艦隊決戦は二の次に考えていたが、いくら輸送船団を撃砕しても、それを援護する機動部隊が健在であるかぎり、敵は何回でも上陸を繰り返すことができる。それに一隻の空母も持たない第二艦隊が、裸でレイテ湾内に突入したところで、もしその背後を、蝟集《いしゅう》する敵の機動部隊に衝《つ》かれたら、艦隊はそれこそ出口を失って潰滅するだろう。だからここで無謀な突入作戦は中止して、どこまでも艦隊の洋上決戦に持ちこんで、一挙に制海権を獲得しなければならない。それが海上兵法の原則である。というのが艦長の主張だった。

むろんこの主張は、猪口艦長だけでなく、他にも何人か同様な意見を具申した指揮官もいたようだが、いずれも連合艦隊司令長官によってあっさり否認された。長官としては、もともと無理な作戦であることは承知の上で、もはやこの機会をのがしては、艦隊による組織的な洋上作戦は不可能であると判断したのである。「捷一号作戦」が死中に活を求めた「特攻作戦」とか、勝敗を運にまかせた「殴りこみ作戦」といわれているのもそのためであった。

艦長は、しかし作戦上のことについてはひと言も触れなかった。すでに作戦は発令されているのだ。今さら作戦計画を変更するわけにはいかない。一艦の指揮官としては、たとえその作戦が不本意なものであっても、いったん連合艦隊司令部命令として発令された以上、その統帥にどこまでも服さなければならなかったのである。

艦長は、最後に一語一語吟味するような調子でゆっくりと、

「さっきも言ったように、今度の作戦は、敵と互角に渡りあえるような楽な戦ではない。その数からいっても、敵はわれわれに数倍しておるし、恐らく飛行機も相当量投入しておるだろう。肝心の制海権も制空権も、ほとんど敵の手中にある。そしてわれわれは明日そこへ乗

りこんでいくのだ。しかしそれを怖れてはいかん。この作戦は文字どおり、祖国の興亡と連合艦隊の運命を賭けた伸《の》るか反《そ》るかの最後の決戦であることを忘れてはいかん。とにかく勝たねばならん戦だ。もちろんこんどは本艦も、相当の被害を覚悟せにゃならんだろうが、諺《ことわざ》にもあるように、敢然と死をもって進めばおのずと道が開けるということもある。……われわれはリンガ泊地で十分訓練を重ねてきたが、こんどはその腕をためすいい機会だ。みんなひとつその気持ちでしっかりやってもらいたい。

それから最後に一言いっておくが、大和と武蔵はよく不沈艦と言われており、みんなもそう思いこんでおるようだが、決してそういうものではない。命あるものはいつかは亡びる。形あるものはいつかはこわれる。沈まん艦というものはない。人間の作った艦なら人間の手でいつでも沈めることができる。艦も浮いているうちだけが不沈艦だ。したがって、この武蔵を真に不沈艦にするか否かは、それに乗り組んでおるわれわれ一人一人の勇戦奮闘にかかっておる。重ねて言うが、みんなこのことを忘れずに、あすから艦長のわしと一体となって、各自その戦闘配置において最善を尽くしてもらいたい。そしてこの作戦がもし無事にすんだならば、またみんなとここで月でも眺めながらいっしょに語るとしよう。わしはそれを楽しみにしておる……」

艦長はそれだけいうと、はじめて眼もとにかすかな笑いをにじませ、おれたちの敬礼に二、三度首をふってうなずきながらゆっくりと号令台を降りていった。

3

おれたちは、そのあと居住区《デッキ》にもどって、肉親あてにそれぞれ遺書を書かされた。分隊長の命令だった。分隊長は、解散後いったんおれたち分隊員を中部の受け持ち甲板に集めて、さっき艦長からも話があったように、こんどはお互いに生きて帰れるかどうかわからんから、みんな一人残らず遺書を書け、それからついでに頭の毛と手の爪を忘れずに同封しておくようにと、くどいほど念を押した。遺書は分隊長のもとに提出して検閲をうけたあと、今夜内地へむけてここを発《た》つ最終便の八紘丸に託すことになっているのだそうだ。

そこでおれたちは、デッキに降りると、急いで下甲板から自分の手箱をもちだしてきた。手箱というのは、中に歯磨粉や石鹼《せっけん》、針箱、便箋など、細々《こまごま》した身の廻り品を入れておく方三十センチぐらいの小さな木の箱だが、食卓は水線下に格納してしまったので、いまはこれが机がわりだ。おれたちはデッキにあぐらをかいて、めいめい手箱の蓋の上に便箋をひろげる。なかにはていねいに半紙や墨を用意しているものもいるが、急に遺書といわれても、さて何を書いたらいいのか見当がつかないらしく、しばらくはみんなわいわいやっていた。

「おい、誰かおれのやつを適当に書いてくんねえかな」

ひろげた便箋の上に頭のフケを落としながらそう言っているのは反っ歯の倉岡兵曹だ。

「なにを言ってるんだ」。横から三原兵曹がいった。「これだきゃ自分で書かなくちゃ遺書になんないよ」

「なってもなんなくても、そんなこたあ、おれはどうでもいいんだ。どうせうちのおふくろは字が読めねえんだからよ」

ギヤ(要具庫)長の吉沢兵長は、さっきからペン軸の先で膝をたたきながら、しきりに頭をかしげている。

「おれも遺書を書かされるようじゃ、いよいよ年貢《ねんぐ》をおさめなくちゃなんねえかな……」

それを聞いて、そばで田畑兵長が笑いながら、

「きまってら、さんざっぱら女を泣かせてきやがって、いいか、吉沢よ、往生ぎわが肝心だぞ」

「冗談いいなさんな、嬶《かかあ》の味も知らねえチョンガーが、そう簡単に往生できますかって……」

「阿呆《あほう》、チョンガーはお互いさまよ」

すると、砲台下士官の高場班長が、

「心配するな、遺書というやつは、縁起もんでな、ちゃんと書いたやつに限って、不思議に

死なないもんなんだ。だから黙ってちゃんと書けってことよ」

「そうかね、そういうもんかね、それじゃおれもひとつちゃんと書かなくちゃ……」

倉岡兵曹が、首をすくめて笑っていった。

おれは手箱の上に便箋をひろげたまま、ぼんやりと外の海のほうを眺めていた。開いている舷窓のむこうに、大和のマストが、上から半分切りとったように見える。その先端についているのは、宇垣《うがき》司令官の将旗だろう。ときおり風をうけて、ひらひらと耳をふっている。

おれはそのマストの先端に、田舎の秋の風景をそっとのせてみる。紅葉した丘の雑木林、ふさふさした土手の尾花、赤く熟したみぞ柿、こがね色に色づいて穂先をたれている田圃《たんぼ》の稲、空に群れた赤トンボと畦《あぜ》道のいなご、足踏み脱穀機の軽快な唸《うな》り……。いまは十月も中旬すぎ、うちでもきっと稲刈りの最中にちがいない。父も母も田圃にかがみこんで、せっせと稲を刈っているだろう。おれがいま二人にあてて遺書を書いているのも知らずに……。そしておれは、あすこの遺書だけ残して、焔《ほのお》と鉄と血と肉の戦場に出ていくのだ。

デッキの中が急に静かになった。みんな書きはじめたのだ。聞こえるのは、なにか張りつめたかすかな息づかいと、紙をめくる音だけだ。みるとさっきまで、おれの横に坐って指の爪をかみながら考えこんでいた堀川一水も、便箋に顔をくっつけるようにしてペンを動かしている。その隣で、片手に万年筆をもったまま、指をなめなめ辞書をめくっているのは新兵の村尾一水だ。星野は口をへの字にまげて、一字一字石にでも刻みつけるように書いている。ペン軸を固く握っているせいか、指の関節のところが白くもりあがっている。

おれは腕の時計をみた。三時を十分ほど廻ったところだ。提出時間まであと一時間もない。おれもぼんやりしてはいられない。それにしてもどんなふうに書いてやったらいいか。どうせ別れの挨拶だから、ただ一言、さようならでもいいわけだが、それだけではいかにも素っ気ない。恐らく切羽つまって、苦しまぎれにこれだけ書くのがやっとだったんだろう、と思われても困る。といって、未練がましい、じめじめした書き方では、人一倍苦労性の母を徒《いたず》らに悩ますだけで、なおさらまずい。もう今となっては、どっちにしろ死のしがらみから遁《のが》れることはできないのだから、そんならいっそ、青竹の切り口のようにスッパリと潔《いさぎよ》いところをみせて、両親を納得させてやったほうがいい……。おれはそう決めて、急いで万年筆のふたをぬいて手箱の前に坐り直した。それから片手で便箋をおさえながら、ふだんの手紙でも書くようなつもりで書いていった。

お父さん

お母さん

たうとうお別れするときが参りました。

僕はこれから○○○方面の戦場に向かひます。噂によると、相当の激戦が予想されます。ですから今度は僕も恐らく生きて帰れないかもしれません。でも僕はそれで本望です。僕は今日までこの日の来るのを今か今かと待つてゐました。そしてその日がたうとう来たのです。此《こ》の上は粉骨砕身、天皇陛下の御為に立派な働きをする心算《つもり》でをります。

勿論、戦死を覚悟してゐます。でも僕は死んでも魂は永遠に生きるでせう。そして僕は天皇陛下が御直《じ》き直《じ》きに御参拝して下さる靖国《やすくに》神社に神様として祀《まつ》られるのです。皇国男子と生まれ、こんな名誉なことはありません。其《そ》の時は泣かないで、どうか僕を賞《ほ》めて下さい。

此の世に生をうけて十九年、思へば短い一生でしたが、いまさら何も思ひ残すことはありません。僕が死ぬことによつて、日本に本当の平和が訪れて、みんなが倖《しあわ》せに暮らせるやうになるなら、僕はそれで本望です。今日まで僕を育てて下さつたお父さん、お母さん、色々お世話になりました。心から御礼を申し上げます。

お母さんの痔《じ》はその後どうですか。あれにはいちぢくの葉つぱの汁が効くさうですから試しにつけてみたらいいと思ひます。冷えるのは禁物ださうです。できるだけあつたかにして大事にして下さい。そしてこれからは、体に気をつけて、何時迄も達者で僕の分まで長生きして下さい。それのみを心からお祈りして、お別れの言葉といたします。

兄さんや妹、弟にも宜敷《よろし》く伝へて下さい。

では　さやうなら

昭和十九年十月〇〇日

戦艦〇〇の艦上にて

おれはこれを便箋四枚に、一行あきにとばして、字もなるべく大ぶりに書いた。むろんこれだけでいまの自分の心境を十分いい尽くせたとは思えないし、海軍に三年もいれば、その間の軍艦生活や戦闘体験からいろいろ思い知らされたことはいくらもあり、それもこのさい正直に書きのこしておきたいという気持ちはあったが、これにはあと厄介な分隊長の検閲があるので、そういうことは一切心の底にたたみこんで、文面には出さなかった。

おれは一度読み返しておいて、こんどは指の爪と頭の毛を切った。頭の毛は、せんだって刈ったばかりなので、鋏《はさみ》を入れても粉のようなものしかとれなかった。これでは何なのか、ちょっと見分けにくい。そこで少し脛《すね》の毛を切って間にあわせた。爪は両方の指からそれぞれていねいに三日月型に切りとったが、妙なことに、それをあらためて紙の上にのせてみると、頭髪も爪も自分の一部でありながら、何か自分とは無縁な別の生きもののようによそよそしく見える。それにしても、なんとささやかなおれの分身だ。吹けば飛ぶとはこのことだろう。けれども海の上の戦闘では、死ねばむろん遺骨は帰らない。文字通り海底の藻屑《もくず》だ。したがってこの一つまみの毛と爪だけが、おれの唯一の形見である。

おれはそれをていねいに半紙に包んで、四つ折りにした遺書といっしょに「軍事郵便」の赤いスタンプの押してある茶封筒の中に入れた。これで便船が無事に内地に着けば、まちがいなく両親の手許《てもと》に届くだろう。おれが死んでも、この遺書が何事かを語りかけるだろう。たとえ遺骨はなくても、この毛と爪があれば、いくらかは両親の気休めにもなるだろう。

おれは、これを手にしたときの母の顔を想像して、一瞬胸がつまった。母とは去年の休暇いらい一度も会ってはいないが、そのときも、たまに裏の県道を役場の小使いさんが自転車で上がってくるのを見かけたりすると、そのたびに、お前の戦死の公報をうちに届けにきたのではないかと思って、ひとりでに足が震えてくるといっていた。

母は貧しさからろくに学校にもいけなかったので、字は満足に書けない。そのせいか今までは、人に手紙を書くことなどはめったになかった。それが、おれが海軍に入ってからは、夜なべに兄や妹に字をおそわって、ちょいちょい書いてよこすようになった。十日ばかり前も、おれはリンガでそんな母の手紙を受けとったばかりだった。

そこには、毎日畠《はたけ》仕事の帰り氏神様によってお前の無事を祈っている、というようなことが、例の習いたての、みみずがのたったようなたどたどしい字で書いてあったが、それでなくても、気の小さい子煩悩な母のことだ。きっと途方にくれて、しばらくは仕事も手につかないだろう。暇さえあれば、この遺書をひろげて涙にくれるだろう。

だが、おれのことはもう一切諦めてもらわなくてはならない。お互いにこれまでの運命だったのだ。諺にも、親子の別れは、親子になった時からはじまる、というではないか。いずれにしろ、いまのおれには、この遺書にすべてを託して、別れを告げる以外にないのである。

4

「軍艦旗卸《おろ》し」がすんで、夜に入ってからである。艦内では分隊ごとに「出撃祝い」が行われた。

酒類はふだん訓練に差し支えるという理由でめったに配給がなく、酒保といえば、大抵二日おきに配給される干菓子とラムネぐらいであったが、今日は酒保から特別に、一人一合あての清酒とビール一本、それにビスケットや羊羹《ようかん》のほかに、酒肴《しゅこう》品として、鮭や鰯《いわし》や大和《やまと》煮《に》の罐詰《かんづめ》などが配給になったのである。

おれたちは、早速デッキに帆布《はんぷ》製の黄色い食卓カバーを敷いて、その上に配給品を並べた。

出撃祝いといっても、明日のことがあるので、時間は巡検までで、そんなにのんびりやっているわけにはいかなかった。そこで支度ができたところで、奥のほうから階級順にみんなあぐらをかいて坐りこんだ。もう、壁一つへだてた隣の五分隊のほうからは、とっつきのハッチを通して、兵隊たちのにぎやかな笑い声にまじって、かすかにアルコールの匂いが流れてくる。ひと足さきにはじめたようだ。まもなく高声令達器が「酒保開け」の号令を伝えた。

おれたちは、先任下士官の音頭で、湯呑みにビールを注ぎあって乾杯した。それからみんな勝手に飲みだしたのである。むろん今夜は無礼講だ。どうせ明日は同じ運命を背負って戦場に出ていくのだから、誰にも遠慮はいらない。時間まで大っぴらに飲んで、食って、騒いでいいわけだ。

甲板係の田畑兵長は二杯目のビールを一気にのみ干すと、手で唇の泡をぬぐいながら、まわりを見廻して、

「おい、今夜かぎりだぞ。みんな景気よくやろうぜ」

「そんなことといって、景気よく飲むほどあるのかい」

湯呑みをもったまま、吉沢兵長が横から笑って言った。

「心配するな」。田畑兵長が、下ぶくれの四角な顔をふった。

「なくなったら、かまうこたあない、酒保倉庫へいって、どんどん箱ごとひっかついでこい」

それを聞いて、奥のほうから高場兵曹が声をかけた。

「田畑よ、お前、今夜はバカに鼻息があらいじゃねえか」

「班長、この期におよんで、おわたり（配給）だけでおとなしくしていられますかって……」

「んだ、んだ……」

倉岡兵曹も、そばで反っ歯をむいて相槌《あいづち》をうった。

デッキはだんだん賑やかに、騒々しくなっていった。茹《ゆ》でたような真っ赤な顔、どろんと濁った赤い眼と甲高い笑い声、罐詰の中身を箸《はし》でつっつきまわしながら、うまそうにムシャムシャ食べている口、それからむんむんする人いきれと煙草の煙だ。

やがてチスト（被服戸棚）の前で、三原兵曹が汗の浮いた顔をふって、歌をうたいだした。みんながそれにつりこまれて、手拍子をうちながらあとをつけた。

富士の白雪ノーエ　富士の白雪ノーエ
富士のサイサイ　白雪朝日でとける
とけて流れてノーエ　とけて流れてノーエ
…………

歌がとび、声がもつれあった。するとまわりの声を圧して、田畑兵長がオスタップ（鉄の水桶）でも叩くようなどら声をはりあげた。

汽車の窓から手を握り
送ってくれた人よりも
ホームの陰で泣いていた
可愛いあの娘《こ》が眼に浮かぶ

上手《かみて》のほうから、また別の歌がとび出す。

おれは河原の枯れすすき
同じお前も枯れすすき
…………

するとこんどは、みんなのよくそろった声が、まわりの壁をふるわせながら、天井にどよめく。

さらばブルネイよ　また来るまでは
しばし別れの涙がにじむ
恋しなつかし　あの島見れば
椰子《やし》の葉陰に十字星

歌は錨鎖《びょうさ》でも繰るように、次から次へ歌いつがれていった。誰かが歌い出すと、すぐまたあとをおっかぶせて、みんなでそれに声をあわせた。

おれたちは、あす出撃すればそれから先のことはわからない。先任下士官はさっき、この作戦が無事にすんだら、ここでまたみんなで一杯やろうと挨拶したが、そういうことはもうあるまい。いまはこうして全員が顔を揃えて坐っているが、おそらくこのうちの何人かは、ふたたびこのデッキに顔をみせることはないだろう。このうちの誰かに冷たい死が待っているのだ。いや、ひょっとすると、おれたち全員に、そういう恐ろしい運命が待っているかもしれないのだ。

おれたちはそれを心のどこかで知っている。敏感に感じとっている。だから、せめて今のうちだけでも、それを歌と酒にまぎらわせて、なにもかも忘れようとしているのだ。

「ああ、いい気持ちだ。これであしたもこうして飲んでいられるんならテンホーだけどな……」

「おれは、酒なんかより毛のはえた肉のはまぐりがほしいな。この世のやりじまいによお」

「なにをこく、今になっちゃもうおそいや」

「今夜はひとつ元気をつけて、レイテに突っこんだら、うんとあばれてやらなくちゃ……」

「そうよ、こんどはアメ公にひと泡ふかせてやるぞ」

「おい、ビールがないぞ。ビール、あったらこっちへまわせや」

加茂上水と堀川一水の二人が、ビール瓶を下げながら、坐っているみんなの間をまたぐようにして、奥のほうへ駈けていく。

杉本は、箸につまんだ鮭の一きれを口の中に放りこむと、酔いのまわった赤い顔をあげて、片手で背中を抱くようにしながらおれにもたれかかってきた。

「おい、矢崎よ、お前にゃいろいろ世話になったな。こんどはお互いにどうなるかわからないから、おれ、今のうちに礼をいっておくぞ」

「なにを言ってるんだ」

おれは笑いながら、平手で彼の膝を二、三度叩いて、

「そりゃ、こっちのいうことさ。お前にゃたびたびギンバイ（食べものなどをくすねる）のおこぼれにあずかったからな……」

「ところで矢崎、おれがもし死んだら頼むぞ。私物は全部手箱の中にまとめて入れておいたから、うちに送ってやってくれや。そのかわり、お前が死んだら、後始末はおれがちゃんとしてやるからな」

「うん、その時は頼むぜ」

杉本は、湯呑みのビールを一口のみほして、

「だけど、おれたちもこんどは危ねえぞ。なにしろ配置が露天の機銃だからな」

「本当だ。それに敵は空母をうんともってるそうだから、きっと上からも滅茶苦茶《めちゃくちゃ》に叩かれるだろう。覚悟をしておかなくちゃ……。ふん、それにしても手荒《てあら》いことになったもんだぜ……」

唇についたビールの泡を指で無造作にぬぐいながら、杉本はそれだけいうと、おれの肩にその赤い顔をおしつけたまま、黙りこんでしまった。杉本が手荒いことになったといっているのは、むろんおれたちが、副砲の砲員から機銃分隊に配置がえになったことを、言外にふくんでいるのである。

武蔵はこの四月、就役後はじめての改装を行った。といっても、それは内郭部の部分的なもので、操舵《そうだ》装置を改良したり、砲塔下の防禦《ぼうぎょ》甲板を補強したり、また最近実用化されたばかりの対空用の二十一号電波探信機を前檣楼《ぜんしょうろう》と後檣楼に装備したりして、対空防禦の強化に

重点をおいたものだったが、その中でも、特に大がかりだったのは、前後部と中部両舷にあった副砲四基のうち、両舷の二基を撤去して、かわりに連装の十二・七サンチ高角砲十二基(二十四門)、二十五ミリ機銃の単装二十六基、三連装二十九基、十三ミリ機銃四連装二基、計百四十五門を新たに搭載したことである。

この対空兵器は、新造当時の門数の約三倍に当たるもので、このため甲板上は林立する銃身で、さながら巨大な針鼠の観を呈したが、この増設された分の機銃員は、外部からの転勤者と、副砲分隊から補充された。副砲二基が撤去されたので、砲員のほぼ半数が配置にあぶれてしまったからである。おれの砲塔だけでも三十一人が機銃分隊に配置がえになり、同年兵五人のうち副砲に残ったのは石巻一人だけだった。

おれは、はじめ機銃の六分隊行きを命ぜられたときは、内心あまりいい気持ちがしなかった。同じ艦の中でも、分隊がちがえば、おのずとデッキの空気も違ってくるし、それに馴染むまで何かと気苦労があるからである。けれどもそれほど案ずることもなかった。同じ分隊から大勢一緒だったということもあるが、六分隊は三百人近い大世帯で、同年兵もいっぺんに十四人とふえたので、じきに分隊の空気に溶けこんでしまった。いままでは、前の分隊よりかえって居心地がいいくらいだ。それにもうおれも善行章をつけた一人前の兵長だ。どこへいっても、そんなに押されもしないし、「若い兵隊」でひとつからげにされていた頃のように、神経をとがらせて、上の出方をうかがいながら小さくなっていることもなかった。

杉本は顔をおこして坐りなおすと、またビールを飲みはじめた。さっきから酒とチャンポンで飲んでいるせいか、だいぶ酔いがまわって、眼が四角にすわっている。彼はもっていた空のビール瓶を、食卓カバーをはさんで向こうがわに坐っている同年兵の星野のほうに放りだして、

「星野、なんだ、しょぼしょぼしやがって……おれに注げ」

「はいよ、杉本兵長、どうぞどうぞお飲み下さい」

星野はおどけた手つきでビールを注いでやりながら、ついでに杉本の羊羹をまきあげた。

「じゃ、これはおれがもらっておくぜ」

「お、よかったら、これもやるぞ」

杉本は、ただれたように赤く濁った眼をわざとすがめて、ついでに蜜柑《みかん》罐とビスケットを星野の前に放り投げて、

「そのかわり星野、もっとおれにサービスするんだな。なくなったらその辺からかっさらってこい」

それを聞いて、星野のとなりに坐っていた深谷兵長が、にやにやしながら耳もつけ根まで赤くなったほおずき色の顔をあげて言った。

「おい、おい、杉本、お前そんなに飲んで大丈夫か？」

「大丈夫ですよ、これっぽっちで……。それとも深谷兵長、飲んじゃいけないんですか」

「何もいけないなんていっちゃいないよ。飲みたかったら、遠慮しないであるだけ飲めばいいさ。……ほら、まだここにもあるぞ」

それをみて星野が、深谷兵長のビール瓶を手でおさえて、

「だめですよ、深谷兵長。こいつは飲むのはいいけど、あとの介抱が大変なんだから、あんまりすすめないで下さいよ」

「いいよ、いいよ、うっちゃっておいて、黙って気のすむまで飲ましてやれ」

深谷兵長はそういうと、うしろのチストにもたれて、ほまれに火をつけた。うすい紫の煙が唇のあたりでやわらかくもつれながら、理知的なその広い額のうえを斜めにすべっていく。

彼は現役の召集兵で、年次もおれたちより二年ほど古い。学生時代、一度思想運動で捕まって、三月ばかりくさい飯をくった経歴がある。そのためか、同期のものは既にみんな任官しているというのに、彼だけはまだ兵長だった。口の悪い下士官たちは、陰で、あいつは「赤の万年兵長」だといっていたが、彼には万年兵長にありがちな偏屈なところは少しもなかった。見たところ、人生にたいし、かなりはっきりした信念と己れを律する強固な意志を持っているらしい。ただ時折、細いが肉のしまったその顔に、じっとなにかに耐えているよ

うな陰鬱な表情を見せることがあったが、ふだんはいたって鷹揚《おうよう》で、静かで、おれたちにたいするあたりはすこぶるよかった。おれも、この分隊に移ってまだ日が浅いが、彼が大きな声を出したり、若い兵隊を殴ったりするのを見たことがない。といって、別に「お客さん」を決めこんでいるわけでもない。勤務は実に几帳面《きちようめん》で、やることはきちんとしていた。

彼は六番機銃の銃長だが、その配置は、いつも模範的に整備されている。分隊士あたりも、そこを見込んで、これまでにも何度か任官の具申を出したようだが、その度に前歴がたたってお流れになっていた。だが当の本人はそんなことは一向気にしていないらしく、古参の下士官たちに、面とむかって「万年さん」とか「赤万さん」などとからかわれても、他人《ひと》ごとのように口をすぼめてにやにやしているだけで、暇さえあると本を読んだり、ノートに何やら書いたりしている。

深谷兵長は、指の間に火のついた煙草をはさんだまま、じっと遠くをみるような目つきで、とっつきの天井の一角に眼をすえていたが、すぐまた杉本の声にひき戻された。

「ねえ、深谷兵長、おれたちが囮《おとり》だっていうこと知っていますか？」

深谷兵長はうなずいて、足もとの空き罐の中に煙草の灰をおとしながら、

「あ、知ってるよ。だけど、そりゃ本当かな？」

「本当ですよ、おれにはちゃんと情報が入ってるんだからね」

それを聞くと加茂上水が横から、おそるおそる赤らんだ杉本の顔をうかがった。

「囮って、武蔵がですか？」

「そうよ、決まってるじゃないか。いつか、武蔵は敵の攻撃を一手に引きうけて、艦隊を無事にレイテに突っこませる任務を負っているんだ。その証拠にみろ、わざわざ敵さんの眼につきやすいように、きのう一日かかって、新しくペンキを塗りかえたじゃないか」

加茂は田虫だらけの首をかしげて、指で鼻のあたまの汗をぬぐった。

「じゃ、あれはそのためのペンキ塗りだったのですか」

「そうさ、だからお前も覚悟しておけ、これまで囮が助かったためしはないっていうからな……」

「しかし杉本」とおれはいった。「武蔵が一隻だけで別行動とるんだったら囮っていうこともあるけど、そうじゃないんだから囮とちがうだろう」

「お前は何もわかっちゃいないんだな……」

杉本は、酒くさい熱い息をおれの顔に吹っかけながら、びっくりするような大きな声で、

「一体、武蔵のほかにどの艦がペンキを塗った？　同じ一戦隊の大和だって、長門だって塗っちゃいないぞ。それをわざわざ武蔵だけが塗ったっていうのには、ちゃんとそこにそれだけのわけがあるんだ」

「そうかな、ペンキと囮とは関係ないだろうや」

とそばから同年兵の稲羽が笑っていうと、杉本はいよいよムキになって、

「これが本当の死に装束っていうんだ」

「杉本、わかったよ、もういいや。武蔵が囮かどうか知らないけど、囮はなにも武蔵だけじゃないだろう。結局、あしたここを出撃していく艦隊全部が誰かの囮なんだ、誰かのな……。その誰かは、いまここじゃいえないけどよ……」

深谷兵長はいったが、おれたちには、深谷兵長が何をいいたかったのかよくわからなかった。杉本もそれで話の腰をおられたのか、急に肩を落としてぼんやりしてしまった。

するとそこへ倉岡兵曹が、片手に一升瓶を下げてふらふらしながらやってきて、おれの前にどっかり坐りこんだ。

「矢崎、おい、飲め」

「わたしはもういっぱいですよ」

「うそいえ、わりゃ、まだ素面《しらふ》じゃねえか。それともおれのやつはおかしくて飲めないっていうのか」

「そんなことはないけど……」

「じゃー飲め、飲めったら飲め」

倉岡兵曹は、わし摑《づか》みにつかんだ一升瓶の口を、いきなりかしげておれにつきつけた。おれはいささかむっとしたものの、うわべは笑ってそれをうけたが、彼とくると、なにごとにつけ、どことなくけんがあって、いやに押しつけがましい。杉本は横目でちらっとこっちを見たが、倉岡兵曹と眼を合わせるのもうとましいといったように、そのままぷいとそっぽを向いてしまった。

倉岡兵曹は、一升瓶を両手で股ぐらに抱えこむと、こんどは急に顔をくずしていった。

「いいか、矢崎、あしたから頼むぞ。おりゃお前を頼りにしているんだからな。願いまっせ」

倉岡兵曹とおれは戦闘配置が同じである。彼は六番機銃の銃長で、おれはそこの射手だ。銃員は銃長と伝令を入れて全部で十人だが、戦闘になれば、射手の腕と度胸がものをいう。彼が願いまっせ、といっているのは、むろんそのことをいっているのである。

おれは副砲から配置がえになるとき、なによりも倉岡兵曹と別れるのがうれしかった。これで散々しごかれたあのごつい反っ歯の顔を見ないでも過ごせると思った。ところがいざ名簿が発表されてみると、彼も同じ移籍組だった。おまけに六分隊にきて、その戦闘配置まで同じになってしまったのである。おれと彼とはよくよく腐れ縁があるらしい。もっとも彼は、去年の十一月に任官してからは、だいぶ落ち着いてきて、ひところのような向こうみずな荒れ方はしなくなったが、白眼のかった、その紐《ひも》のような細い眼をみると、いまでもおれは体が震えてくるのだ。

「それから配置のほうは心配ないな」。倉岡兵曹がいった。「分解掃除もちゃんとやっておいたな」

「は、やっておきましたよ」

「そうか、それじゃ大丈夫だ。まあ、とにかくあしたっから一つ頼みまっせ」

おれはわざととぼけてみせた。

「何をですか？」

「何をって、わかってるじゃねえか」

倉岡兵曹はうしろに赤い顔をひいて、おれの顔にまともに眼をすえて、「おれは無章だからな、銃長だなんていっても、機銃のことはよくわからねえからよ、お前に頼むっていってるんだ。戦闘になりゃ射手が本命だからな、お前、だてに砲術学校を出てきたんじゃねえだろう、うん」

「…………」

「それとも何か、お前はおれの言うことがおかしくって聞けないっていうのか」

まわりの座がちょっと白けた。半分に割ったビスケットを両手にもったまま、顔をふせて横目でこちらをうかがっている稲羽のとなりでは、さっきから深谷兵長が、「相手になるな」

というようにあごをふって、さかんにおれに眼くばせしている。おれはわざと声を落としていった。

「別にそういってるわけじゃないですよ」

「じゃ、それでいいじゃねえか」

倉岡兵曹はそういいながら深谷兵長のほうをふりかえって、「深谷、見ろやこの野郎、兵長になって、善行章《やまがた》をつけたと思ったら、途端にでかい面《つら》をこきやがって、おれのいうこたあきけないんだとよお」

おれはてっきり殴られると思ったが、今夜はさすがに手はあげなかった。彼はさげてきた一升瓶をもって立ちあがると、焼くような眼でじりっとおれをにらみつけておいて、またふらふらと奥のほうへ去っていった。おれはあざ黒く陽焼けした彼の細いぼんのくぼのあたりをみつめながら、畜生と思った。なにが配置の整備だ、なにが本命だ、なにもかもみんなこっちに押しつけておいて、自分は一度だって手を出したこともないくせに……。

「あの野郎、いままでのお礼に今夜みんなでのしてやるか」

杉本が、おれの耳に口をつけて笑っていったが、おれは酔いにまぎれて、倉岡兵曹のこともじきに忘れてしまった。

いちじ中断していた歌がまた歌われだした。こっちで民謡を歌いだすと向こうではやり唄というように、歌は歌を呼んで、つぎつぎに歌いつがれていった。もう歌詞もリズムもなかった。みんな口から出まかせに大声でわめきちらした。心の中に鬱屈しているものを、はげしく押しだすように……。そのうちにどじょう掬《すく》いや猥雑《わいざつ》な裸踊りまで飛びだした。踊り手たちは、玉の汗を流しながら、それぞれ大げさな色っぽいしなをつくって、そこらを狂ったように踊りまわった。おれたちはそのたびに箸で罐詰の空き罐や湯呑みをたたきながら、喚き、歌い、そして正体もなく笑いこけた。

出撃祝いはこうして九時過ぎまでつづいたが、あとは「火の元点検」だけで副長の巡検はなかった。

〈間奏〉

（士官室。食卓と椅子を格納してしまったので、壁際に取り付けてあるソファーだけの部屋の中は広々としている。士官たちは床に天幕をしいて、その上にあぐらをかいて坐っている。そのまえには、ビール瓶やウイスキー、罐詰、つまみものを盛った西洋皿などが雑然と並んでいる。たちこめた煙草のけむり。天井の電灯は、もやをかぶったようにうすく霞《かす》んでいる）

越野大佐〔砲術長〕（片手で赤くほてった額をこすりながら）「あ、だいぶまわってきた、ウイスキーはやっぱりききますな」
猪口少将〔艦長〕（コップをもったまま）「君、このスコッチ、どこで手に入れたんか……」
越野大佐「これですか、シンガポールのセレターです。実は今宵《こよい》のために大事にとっておいたんですわ」
加藤大佐〔副長〕（笑いながら）「砲術長、敵さんのウイスキーでお祝いするなんて、そりゃ、いかんぞ」
越野大佐「いやいや、これだけは別ですよ。ウイスキーの味は向こうさんにはかなわんからね。なんなら副長も一杯いかがですか?」
加藤大佐（あわてて手をふって）「わしゃいかん。そんなものを飲んだが最後、ぶっ倒れてあすは起きられんようなことになる」
艦　長「うちの副長はもっぱら甘党だからね」
村上大佐〔軍医長〕（コップを差しだしながら）「どれ、わしにもご馳走《ちそう》してくれんかね。スコッチなんて、久しぶりだ。ベルリンにおったころは、ずいぶんやったもんだが……」
假屋大佐〔航海長〕「ところで艦長、長官はどうして第三航路をさけたんでしょう? バラバックからスル海を北上していくほうが、敵潜の危険はずっと少ないと思っとるんですが」

艦　長（うなずいて）「そのかわり、あっちは敵の爆撃圏内にすぐ入ってしまうんで、うっかり通れんのだ」
假屋大佐「しかし、艦長、あのパラワン水道は、敵潜が待ち伏せするには恰好《かっこう》の場所ですよ。なにしろあそこは海溝が狭いですからね」
三浦中佐〔通信長〕（ビールを一口飲みほして）「そんならいっそ、新南群島を迂回《うかい》北上して、シブヤン海に入ったほうが安全だろうにね」
加藤大佐「たしかにその第一航路は、一番安全にはちがいないが、ただ距離的にずっと遠くなる。とても二十四日夕刻までにサンベルナルジノに行きつかん」
越野大佐（チェリーに火をつけて）「航海長のいうように、パラワン水道は鬼門だよ。わしも去年の秋、あそこを通ったことがあるが、日没前、右舷からいきなり三本とばされてね、もうすこしで艦尾に一発かまされるところだった」
假屋大佐「飛行機もあれだが、潜水艦というやつも、眼に見えんから始末が悪い」
艦　長「もう第二航路ときまっておるんだから、いまさらここで詮議しても仕方がない。パラワンはたしかに難所だが、そこは航海長、あんたの腕だ、ひとつ頼むよ」
加藤大佐（タオルで額の汗をふきながら）「機関長、左舷のハイドローケーター、あれは修理はすんだんでしたね」

中村大佐（機関長）（赤い顔をあげ、呂律《ろれつ》の乱れた口調で）「あー、ハイドローケーターね、昨日のうちにちゃんと報告したね、副長、忘れちゃ困るね……」

加藤大佐「あ、そうだったな……。それと、機関長、最後に残っとった七番タンクも満タンになったわけですな」

中村大佐「あ、満タン、満タン、武蔵さんも今夜はおなかに六千四百トンの油をのみこんでご機嫌ですわ、そしてこのわしもね」（みんな笑う）

艦　長（目を細くして）「そんなら大丈夫だ。機関長、あしたからその意気でやってくれ」

中村大佐（胸をたたいて）「ようがす、艦長。わしは下でどんどん罐《かま》たいてゲージをあげますからね。どこでもじゃんじゃん突っ走って下さいよ」

村上大佐（コップのウイスキーを一口のんで）「わしのほうも準備万端整っていますからな、負傷者が出たら遠慮なくどんどんよこして下さいよ」

三浦中佐（笑って）「軍医長の商売が繁盛するようじゃいけませんな」

村上大佐（横から通信長の膝をたたいて）「そんなことといって、あんたが一番先にくるのとちがうか……」

三浦中佐「なになに、わたしの体にはちゃんと魔よけがかかってますからね。弾もようあたらんですわ」

越野大佐（ウイスキーを機関長についでやりながら）「わしもこんどは一つうんと撃たせてもらいますよ。四十六サンチを敵さんにたっぷり浴びせてやらんことには……」
広瀬少佐〔高射長〕「でも砲術長、対空戦の場合は、こっちに撃たせて下さいよ。三式弾もいいですが、主砲に撃たれるとあの爆風で、まわりの露天機銃は撃てなくなりますからね」
越野大佐（うなずいて）「その時は遠距離の一斉射ぐらいで、あとは高射長にまかせよう」
広瀬少佐「そうして下さい。なにしろ対空戦となれば、こちらの高角砲と機銃が独壇場ですからね」
越野大佐（笑いながら手をふって）「わかった、わかった。そのかわり高射長、じゃんじゃん落としてくれんといかんぞ」
広瀬少佐「まあ、そのほうはまかせておいて下さい」
水沼特務大尉（高射長のコップにビールを注ぎながら）「レイテに入るまでに、途中相当敵機にたたかれるでしょうな」
広瀬少佐「そう思っとったら間違いないでしょう。敵はかなり空母をかかえているようだからね」
水沼特務大尉（煙草に火をつけて）「それまでになんとか空母の小沢《おざわ》艦隊がきてくれるといいんですがな……」

三浦中佐　「そうなんだ、小沢艦隊が、うまく敵の主力を北へひきつけてくれると、こっちはその背後から叩けるので、まことに好都合なんだが……」

加藤大佐　（前の内務長のほうにビール瓶をさし出して）「内務長、あんたはさっきから黙っているようだが、まだこれが足りんのだろう。いっぱいどうかな……」

工藤大佐〔内務長〕　（顔をあげて）「いやー、わしはもうすっかりいい気持ちで、飲むととたんに眠くなるほうですからな……」

村上大佐　「だったら内務長、除倦《じょけん》覚醒剤でもあげようか、効果てきめんだよ」

工藤大佐　（笑いながら）「覚醒剤？　あんなもの飲まされたら余計いかんわ」

艦　長　（立ちあがって）「どれ、わしはこれからガンルームと二次室のほうを廻って、ひとつみんなを激励してこよう。副長、あんたもいかんか」（艦長と副長、一緒に士官室を出ていく）

中村大佐　（手をあげて）「おい、従兵、ビールがないぞ、ビールが。冷えたのを持ってこんか……」

5

おれたちは、いつもの「総員起こし」の三十分前に起きて、すぐさま出港準備にとりかかった。〇八〇〇《マルハチマルマル》の出港だから、朝食まえに一切の出港作業をすませてしまわなければならなかった。

海は沖のほうからしらじらと明けそめていた。青みがちな朝の空に、星の影が一つ一つ色あせて消えていく。右手の岬の陰になるあたりは、まだ薄もやをかぶって、あいまいな色に暗くかすんでいたが、東の海ぎわから天映《あまやけ》がひろがってくるにつれて、島の山嶺や僚艦の輪郭が、しだいに浮きあがるようにはっきりしてきた。

おれたちは、当直将校から、作業割りの簡単な指示をうけたあと、後部におろしてあったランチとカッターをダビット(起重機の一種)で吊り揚げて短艇庫に格納した。ついでにダビットも分解して、これも短艇庫に納めた。それから両舷側のハンドレールを倒し、錨鎖洗いのホースを用意したあと、動揺がきてもいいように、艦内の移動物は、すべてロープでしっかり固縛した。

朝食後は、デッキを簡単にはき掃除してから、舷窓をしめ、防水扉も両舷の主要通路だけのこして、あとは全部密閉した。それから旗艦愛宕の最終便のランチが帰るのを待って急いで左舷梯《てい》を揚げた。これで他艦との海上連絡の道はいっさい絶たれた。

見ると、まわりの各艦も出港準備の最中だ。帽子にあご紐をかけた兵隊たちが、忙しそうに甲板を駈けまわっている。ときどき風のぐあいで、兵隊たちの甲高い叫び声や、号笛《ホイッスル》の音があわただしく聞こえてくる。大和は左舷のキャタパルトに水上偵察機《げたばき》を乗せているところだ。哨戒《しょうかい》に飛ばすらしい。金剛と長門は、後部のクレーンにランチを高々と吊りあげている。クレーンが頭をふるたびに、ランチの底から水しずくがぽたぽた垂れているのが見える。

長門の真向かいの第二艦隊旗艦の愛宕のマストには、さっきから各艦に送信する色とりどりの旗旒《きりゅう》が束《たば》になって、上がったり下がったりしている。同時に各艦の間に準備の進捗状況を知らせる発光信号が、ひっきりなしに打ち交わされている。だがそのさわぎも、三十分もすると潮がひいたようにすっかりおさまった。各艦とも出航準備が完了したのである。

おれは後甲板の受け持ちの繋留環《けいりゅう》をロープで固縛してしまうと、その足で、一人でデッキへ降りていった。出航前に被服を新しく着がえておこうと思ったのである。いったん出撃すれば、それから先のことはわからない。負傷して治療所に担ぎこまれるかもしれないし、あるいは配置で死ぬかもしれない。また場合によっては、死体となってぷかぷか浮いているところを敵の眼にさらすようなこともないとはいえない。いずれにしろ、そのときになって下着などの薄汚れた姿でひとまえに横たわることだけはいやだ。むろん、死んでしまえばあとのことは自分でもわからないわけだが、それでもやはり見苦しくないさっぱりしたなりで最期を迎えたいと思う。

ブルネイを出撃する武蔵（大和ミュージアム提供、白石東平氏撮影）

デッキには誰もいなかった。奥のほうまでがらんとして静かだった。おれは隅のネッチング（釣り床格納所）の陰で、着ていたものをぬいで裸になった。肩まわりや胸にも汗がにじんでいる。ぷーんとむれた汗くさい肌の匂いが鼻をつつむ。おれだけが知っているおれの肌の匂いだ。馴染みの体臭だ。おれはふと、内側にのめりこむような、なにかしみじみした気持ちのなかで、もうこうして自分の体の匂いをかぐことはないかもしれないと思いながら、褌《ふんどし》も襦袢《じゅばん》も袴下《こした》も靴下も、全部手つかずの新しいのにとり換えた。ついでに汗ふきの手拭いも、まっさらなやつをたたんで腰にはさんだ。そしてなんとなくさっぱりした気分になって、また急いで露天甲板に駈けあがっていった。

〇七五五《マルナナゴーゴー》。「出港用意」のラッパが鳴った。

タンカタンカターン、タンカタンカターン……。

ラッパはやわらかな朝の空気をふるわせて、艦内いっぱいに響きわたった。まもなく風にのって、となりの大和と長門、つづいてまわりの各艦からも同じラッパの音が聞こえてきた。それは一つに溶けあって、朝凪《あさな》ぎの湾内をつつみ、遠く岬に反響し、やがて青く冴《さ》えわたった空の深みに吸いとられるように消えていく。

〇八〇〇《マルハチマルマル》。在泊艦艇はいっせいに錨《いかり》を抜いた。

出撃艦艇は、第一戦隊の大和、武蔵をはじめ戦艦七隻、重巡洋艦十一隻、軽巡洋艦二隻、それに駆逐艦十九隻を加えた計三十九隻であるが、このほかこの捷号作戦には、すでに瀬戸《せと》内海《ないかい》を出撃して南下中の空母瑞鶴《ずいかく》を旗艦とする小沢中将直率の第三艦隊十七隻、コロン湾から南進中の重巡那智《なち》を旗艦とする志摩《しま》中将指揮の第五艦隊の七隻が、すでにレイテにむかって行動を開始しているが、攻撃部隊の主力は、やはり栗田《くりた》(健男《たけお》)中将麾下《きか》の第二艦隊三十九隻であった。

ただこのうち、戦艦の山城、扶桑、重巡の最上、駆逐艦満潮、朝雲、山雲、時雨《しぐれ》の七隻よりなる西村《にしむら》中将指揮の第三部隊は、パラワン水道をぬけて北上する本隊の第一、第二部隊とは別に、スル海を東進して、スリガオ海峡からレイテ湾に突入する航路をとることになった。こちらのほうが、本隊の航路に較べると、レイテまでの距離はかなり近い。これは第三部隊の、とくにその主力である山城、扶桑が老朽艦のうえ劣速で、航続力が少ないという事情もあったが、南北両方面から分進するという作戦と、レイテ湾の突入時刻の関係で、この第三部隊だけは、本隊より五時間ほど遅れて出航することになっていた(6)。

武蔵は、出港のラッパと同時に、かすかにその巨体をふるわせながら、やっとそれとわかるほどの速度で静かに動きだした。油を流したような滑《なめ》らかな海面に、艦首の切っ先が刃ものように斬りこんでいく。艦首にかき分けられた波は、白い縞《しま》をえがき、大きく裾をひろげて、ゆっくりと滑るようにうしろへ引いていく。ついに出撃の途についたのである。

おれたちはそれぞれ受け持ちの露天甲板に並んで、まだ右手の湾内に残っている山城、扶桑などの第三部隊にむかって、別れの帽子をふった。向こうからもそれに応《こた》えてさかんに帽子をふっている。海をはさんで、両方から帽子と帽子が白い花のように揺れ動く。お互いに顔は見えなくても、帽子に託す思いに変わりはない。おれもこれから戦いにいくのだと、自分にいいきかせながら、頭の上で輪を描くようにして帽子を高く振りつづけた。

艦隊は、ブルネイ湾を出ると、直ちにその陣容を五列縦陣の対潜警戒航行序列にととのえた。各列とも二キロの等間隔をおいて、一番左翼に第二水雷戦隊旗艦の軽巡能代を先頭に、駆逐艦早霜《はやしも》、秋霜《あきしも》の三隻が並び、その右手に艦隊旗艦の重巡の愛宕、高雄、鳥海《ちょうかい》、戦艦の長門、三列目が第三十二駆逐隊の駆逐艦藤波《ふじなみ》、浜波《はまなみ》、島風《しまかぜ》の三隻、つづいて四列目に第五戦隊の旗艦重巡の妙高《みょうこう》、羽黒《はぐろ》、摩耶、第一戦隊旗艦の戦艦大和、武蔵の五隻、それから第三十一駆逐隊の岸波《きしなみ》、沖波《おきなみ》、朝霜《あさしも》、長波《ながなみ》の四隻の駆逐艦が、一番右翼の戦列に加わった。

　そしてそれから六キロ後方を、同じ五列縦陣で進んでくるのは、鈴木《すずき》中将指揮の第二部隊だ。左翼に駆逐艦の浦風《うらかぜ》、浜風《はまかぜ》の二隻、二列目に重巡の利根、筑摩、戦艦榛名の三隻、中央には、第十戦隊旗艦の軽巡の矢矧《やはぎ》、駆逐艦の磯風《いそかぜ》、雪風《ゆきかぜ》をたて、その右側に第七戦隊の旗艦の軽巡熊野《くまの》、鈴谷《すずや》、第三戦隊旗艦の戦艦金剛、右翼は駆逐艦の野分《のわき》、清霜《きよしも》という順につづいていた。

　海は眼のとどくかぎり広漠として静かだった。どこまでも藍一色に澄んで、綺麗《きれい》に磨きあげた一枚の鏡のようだ。その上に、走っていく艦橋の影が黒く映っている。空もまたあやめ色に晴れわたって、ところどころに、ふちのまるいやわらかなとび雲を漂わせている。起伏の単調なブルネイの山稜が、左手にはるかにのび、その先はとけこむように、海と空の青につらなっていたが、それもだんだん視野から遠ざかっていく……。

　艦隊は十マイルの長きにわたった。各艦とも、規定の艦首方向《ヘッディング》位を保ちながら、海をたてに割って進んでいく。航跡は、もつれた縄のように海面に交錯し、白く泡立った。

　やがて艦隊は速力を十六ノットにあげ、針路を一斉に北東にむけて回頭した。これからボルネオ北端のバラバック海峡をぬけ、パラワン水道から新南群島を迂回北上して、シブヤン海に入り、そこからサンベルナルジノ海峡を経て、サマール島沖を南下し、一挙にレイテ湾に突入するコースをとるわけである。そこまで航程千二百マイル。もはやどこにも寄港地はない。どこにも補給地はない。そしてこのまま予定通り進航すれば、三日後の二十五日黎明《れいめい》には、全艦レイテに突入することになるのだ。

おれたちはこれまで三カ月の間、リンガ泊地で激しい訓練を重ねてきた。あぶられるような南国の暑熱とたたかいながら、それこそ一日として休む暇はなかった。明けても暮れても、訓練訓練の連続だった。それも日中だけでなく、夜間もひんぱんに行われたので、訓練が深更におよんだことも何日かあった。そのため過労から発病して入室したり、病院船に送られたりした兵隊も何人か出たくらいだ。しかし多くの時間とエネルギーを費やした訓練の時期はもう終わった。そしていま、はげしかった訓練日誌の分厚いページのあとに残されている血なまぐさい未知の最後の一ページが開かれようとしているのだ。

それにしても、いまこうしてみよしを連ねて進んでいく三十余隻の艦艇のうち、果たして何隻が無事に基地へ戻れるだろうか。また何人が生きて帰れるだろうか?

まもなく先頭を行く旗艦の愛宕のマストにZ旗《ゼット》（赤、青、黄、黒の四色をそれぞれ三角の形に染めぬいた旗）があがった。この旗は、かつて四十年前、日本海の対馬《つしま》沖で、時の司令長官東《とう》郷《ごう》大将が、ロシアのバルチック艦隊との決戦を前にして、旗艦三笠《みかさ》の檣頭に掲げたものだが、栗田長官もその故事にならって、レイテ決戦の意義を麾下の全艦艇に伝えたのである。

「皇国ノ興廃コノ一戦ニアリ、各員一層奮励努力セヨ」

〈間奏〉

(デッキ。常夜灯がついているだけで、中は薄暗い。兵隊達は戦闘服のまま、靴だけぬいで床に頭を並べて寝ている。眠っているものもあるが、おおかたはまだ起きていて、ぼそぼそ話しこんでいる。機関の振動で、ガタガタ鳴っているチストやラッタル。オスタップ(鉄の水桶)に水をはった隅の防火用水。舷側をうつはげしい波の音……)

三原一曹　(天井から顔をもどして)「パラワン水道にはもう入ったのかね」

高場上曹　「もう入っただろう。夜間でも十六ノットを出しているんだから……」

田畑兵長　(腕枕をしながら)「これであさってはレイテか。武蔵もいよいよ本舞台に出ていくわけだ」

三原一曹　「宮本武蔵《みやもとむさし》があの巌流島《がんりゅうじま》の決闘に乗りこんでいったみたいにな……」

高場上曹　(笑って)「それにしてもアメ公もびっくりするだろうな、まだ見たこともないでかい奴が乗りこんできたっていうんで……」

田畑兵長「毛唐め、大和と武蔵を見ただけで、おったまげて旗をまいて逃げ出すんじゃないのか……」
倉岡二曹（胸に手をくんで）「だけど、途中飛行機にでもぶつかったら、上からかなり叩かれるね」
高場上曹「なに、こっちはそのかわり機銃、高角砲を合わせて二百三十門の対空兵器をもってるんだからな、飛行機なんて問題じゃないよ」
杉本兵長（顔の汗をふいて）「それに、なんといっても主砲の四十六サンチがものをいいますからね」
高場上曹「うん、主砲の対空用の三式弾てのは凄《すご》い威力をもってるんだ。なにしろ、あの中には五百個の散弾がはいってて、それが爆発と同時にぱっと二千メートルの範囲に散って弾片が飛んで広がるんだからな……」
堀川一水「主砲の徹甲弾も凄いそうですね」
杉本兵長「駆逐艦あたりだったら、あれを一斉射くらったら轟沈《ごうちん》だろう、きっと……」
風間二曹「あたりどころによっちゃ、巡洋艦や空母だっていい、いちころさ」
堀川一水（うなずいて）「うまくいくといいですね。途中見つからずに艦隊が一斉に突入したら、きっと真珠湾以上の戦果が上がるかも知れませんね」

風間二曹　「あがるさ、突っこんだら片っ端からボカボカ沈めてやるんだ」
高場上曹　（はずんだ声で）「ミッドウェー以来、海軍も鳴かず飛ばずで、だいぶ人気が落ちているようだけど、こんどはひとつ帝国海軍ここに在り、ってところを銃後の内地にもたっぷり見せてやらなくちゃあな……」
田畑兵長　「ミッドウェーとマリアナの仇討《あだう》ち合戦といくか」
三原一曹　（両手をのばして）「ついでに、山本《やまもと》長官の弔い合戦もかねてな……」
吉沢兵長　（窓ぎわから顔をまわして）「だけど、そんなに調子よくいくかな」
高場上曹　「いくさ、いかなかったら遮二無二《しやにむに》いかせちゃうんだ」
吉沢兵長　（笑いながら）「いかせるったって、班長、女を相手にするのとはわけがちがいますよ。女のあそこにゃ、狙わなくたってちゃんとスポスポ命中しますけどね」
高場上曹　（手をふって）「わりゃ、すぐまた話をそっちへ持っていきやがる」
吉沢兵長　「だって、黙って聞いてると、話があんまりうますぎるんで、なんだか心配になっちゃって……」
高場上曹　「なにをこく、黙ってすっこんでろ」
三原一曹　（鼻をならして）「この作戦がうまく成功して大勝利を得たら、アメ公も手をあげて、この戦争もそのうち終わるぞ、きっと……」

倉岡二曹「そうしたら、こっちゃさっさと満期だ」

酒井一水（低い声で）「突入戦ていっても、一応突っこんでやるだけやったらまたすぐ引き揚げてくるんでしょう？」

矢崎兵長「その場にぶつかってみないとなんともいえないよ。おれが前に出たソロモン海戦なんか一時間ぐらいですんじゃったけど、こんどはわからないな……」

酒井一水「敵の弾って当たるもんですか。砲戦では、日本のほうがずっと腕が上だっていってますけど……」

矢崎兵長「どうかな、砲戦はそのときの状況によってちがうから」

星野兵長（顔をまわして）「だけど、酒井もうちのことが気になるだろうな……」

酒井一水（呟くように）「いいえ、もう覚悟はきめています」

星野兵長「そうだよな、ここでいくら考えたって、どうにもなんねえからな……」

杉本兵長（頭のフケをかきながら）「大丈夫だよ、酒井、お前は死なないよ。この作戦がすんだら、ちゃんと嬶《かあ》ちゃんのところへ帰れるから心配するな……」

酒井一水（眼を天井にむけて）「でもね、遺書まで書かせるようじゃ、こんどの作戦はよくよくのことだと思いますよ」

杉本兵長「いまはなにも考えないこと、こういうときはな、何か景気のいい話でもしているにかぎるんだ。そのほうが気がまぎれていいんだ」
深谷兵長 （閉じていた眼をひらいて）「本山、下痢のほうはもう癒《なお》ったのか」
本山兵長 （首をまわして）「はあ、ゆうべ矢崎さんから征露丸をもらって飲んだのがきいたらしいです」
深谷兵長 「そうか、でもあと気をつけろよ、水はあんまり飲まないほうがいいぞ」
本山兵長 「はあ……。それから深谷兵長、まえお借りした文庫の万葉と〝ルーディン〟はチストの中へ返しておきましたから。ありがとうございました」
深谷兵長 「全部読んだのか？」
本山兵長 「いえ、途中までです。ひまがなかったもんで……。またいつか読ませて下さい」
深谷兵長 （腕時計のネジを巻きながら）「でも、本はもう読むことができないかもしれないな……」
本山兵長 （溜息《ためいき》をついて）「そうでしょうね、わたしもそんな気がします」
矢崎兵長 （顔をあげて）「村尾はいないけど、どうしたんだ、厠《かわや》にでもいったのか」
加茂上水 （指さして）「もうここで眠ってますよ」
矢崎兵長 「なんだ、もう眠っちゃったのか」

深谷兵長（体をおこして村尾の寝顔をのぞきこみながら）「見ろや、村尾のやつ、まるで遊び疲れた小学生みたいにスヤスヤやってるぜ。出撃だっていうのに、どんな夢を見ているんだか……」

倉岡二曹「あしたは二十三日か、おれのところじゃちょうど八幡《はちまん》さんのお祭りだ。世が世なら、おれも浴衣でも着て一杯飲めるんだけどなあ」

田畑兵長（組んだ足をぶらぶらさせて）「おれんところじゃ一日だ、賑やかだぞ、山車《だし》が出たり、芝居がかかったりしてな……」

稲羽兵長「お祭りっていえば餅だけど、腹いっぱい食ってみてえな、うちのほうじゃ新餅をつくんだ」

高場上曹「つきたての餅を甘酢の大根おろしにつけて食うのを知ってるか。おろし餅っていうんだけど、あれはうまいぞ」

稲羽兵長「うちのほうでもよくやりますよ。それから小さくちぎって黄粉《きなこ》をまぶしたやつも……」

杉本兵長「餅か、食いたいなあ、もうずいぶん餅にゃお目にかかっていないからなあ……」

星野兵長（息をついて）「なんだか変に頭が冴えちゃって眠れないな……」

吉沢兵長（低い声で歌うように）「波のしぶきで眠れぬ夜は……、あーあ、思い出すねえ」

高場上曹　(笑って)「ふん、棺桶《かんおけ》に片足を突っ込んでいるっていうのに、花ちゃんもねえもんだ」

吉沢兵長　(両手で胸をだきしめるようにして)「だから、余計せつないのよ、あーあ、この胸のうち……」

倉岡二曹　「でも、お前はまだいいや、死んでも泣いてくれる人がいるからな、そこへいくとおれなんか……」

三原一曹　「山のカラスが啼《な》いてくれるわ」

吉沢兵長　「どっちもどっち、どえらいことになりました」

月島上曹　(乱暴に寝返りをうちながら)「うるせえな、さっきから黙ってりゃいい気になって、ラチもないことべちゃべちゃ喋《しゃべ》ってやがって、うるさくて眠れやしねえ」

高場上曹　(笑いながら)「あんた、また嬶ちゃんのことでも考えているんじゃないの」

月島上曹　「あほんだら、ひとのこたあどうだっていいから、早く寝ろ寝ろ、みんな……」

(まもなくデッキ静かになる。奥のほうで誰かが寝苦しそうに歯をギイギイ鳴らしている)

6

ブルネイを出て二日目の朝をむかえた。

艦隊は前日夜半バラバック海峡を迂回し、そのまま基準航路を保ったまま、明け方にはパラワン水道に入った。ここは右手をパラワン島、左手を危険堆(新南群島)でふさがれている狭水道で、当初から敵潜水艦のもっとも跳梁《ちようりよう》しやすい水域として警戒されていたところである。そこで艦隊は日の出二時間前から再び対潜警戒航行の〝之《の》の字運動〟を開始し、速力も、夜間の十六ノットから十八ノットに増速して、パラワン島の西岸沿いを北上していった。

航行序列は前日のままだった。

武蔵は、前続艦の大和から後方一キロの距離をおいて、相変わらず艦隊の右翼を航進していた。その両側には、これもほぼ一キロの距離をおいて、駆逐艦の長波と島風の二隻が艦首《ホール》を並べていた。

おれは星野と当直を交代しておいて、砲甲板を降りていった。やっと四直があけたのである。二時からずっと配置についていて、眠っていないせいか、頭の芯がしこったように疼《うず》いている。できれば、このまま待機所に入ってひと眠りしたいところだが、もうそんな時間はない。じきに日の出一時間前の「払暁訓練」がはじまるのだ。

おれは肩の防毒面と鉄兜《てつかぶと》を戦闘配置において、その足で中部の煙草盆のほうにまわっていった。黒いトノコを塗った甲板は、しっとりと朝露にぬれて、まだどこにも人影は見えない。

艦首から吹きつける風が、ときおり霧のような細かい飛沫をふくんで、甲板を吹きぬけていく……。煙草盆には当直あけの連中が、七、八人かたまって煙草を吸っていたが、みんな渋い、浮かない顔をして、むっつりと黙りこくっている。おれも通風筒の袖にもたれて、黙ってほまれに火をつけた。

出撃中であっても、敵と遭遇するまでは、日課はいつもの通りだった。まもなく「訓練配置に就け」の号令がかかった。払暁訓練がはじまったのである。その号令で、待機所やデッキから、みんなラッタルを二段跳びに駈け上がってくる。それから散弾のように、自分の配置めがけて散っていく……。各部署であわただしくブザーが鳴り、号令が次々と連発される。トップの測距儀が始動する。高角砲、副砲が旋回をはじめる。主砲が薄明の空に、高々と砲口をあげる。艦内はいちどきに騒々しくなった。

おれは六番機銃（二十五ミリ三連装）の射手席に坐って、両手に俯仰桿《ふぎようかん》を握り、右足を下の引き金にかける。それから正面の環型照準器にまっすぐ眼をすえる。射撃開始だ。むろん訓練だから弾は出ないが、操作は実戦と同じで、五秒おきに演習用の空弾倉がこめられていく。弾室の留め金にくいこむたびにガチャガチャ鳴る弾倉の音。それを確認して一斉に「よしッ」と叫ぶ銃尾の三人の装塡手の声。艦橋の射撃指揮所は、次々に新しい目標と的針、的角、高度を指示する。それを伝令の村尾が、持ちまえの黄色い声で復唱する。そしておれは、そのたびに回転木馬のようにぐるぐる旋回する銃架の鞍座に坐ったまま、指示してくる新しい目標へ銃身を向けていく。ほいと一息つく暇もない。こうして起きぬけの払暁訓練はたっぷり一時間はつづく。

〇六二〇《マルロクフタマル》、訓練もようやく終わりに近づいた。朝もやが消えると、急に視界がひらけ、僚

対潜警戒航行序列

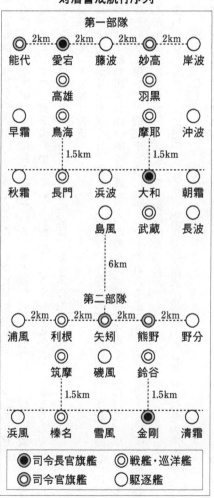

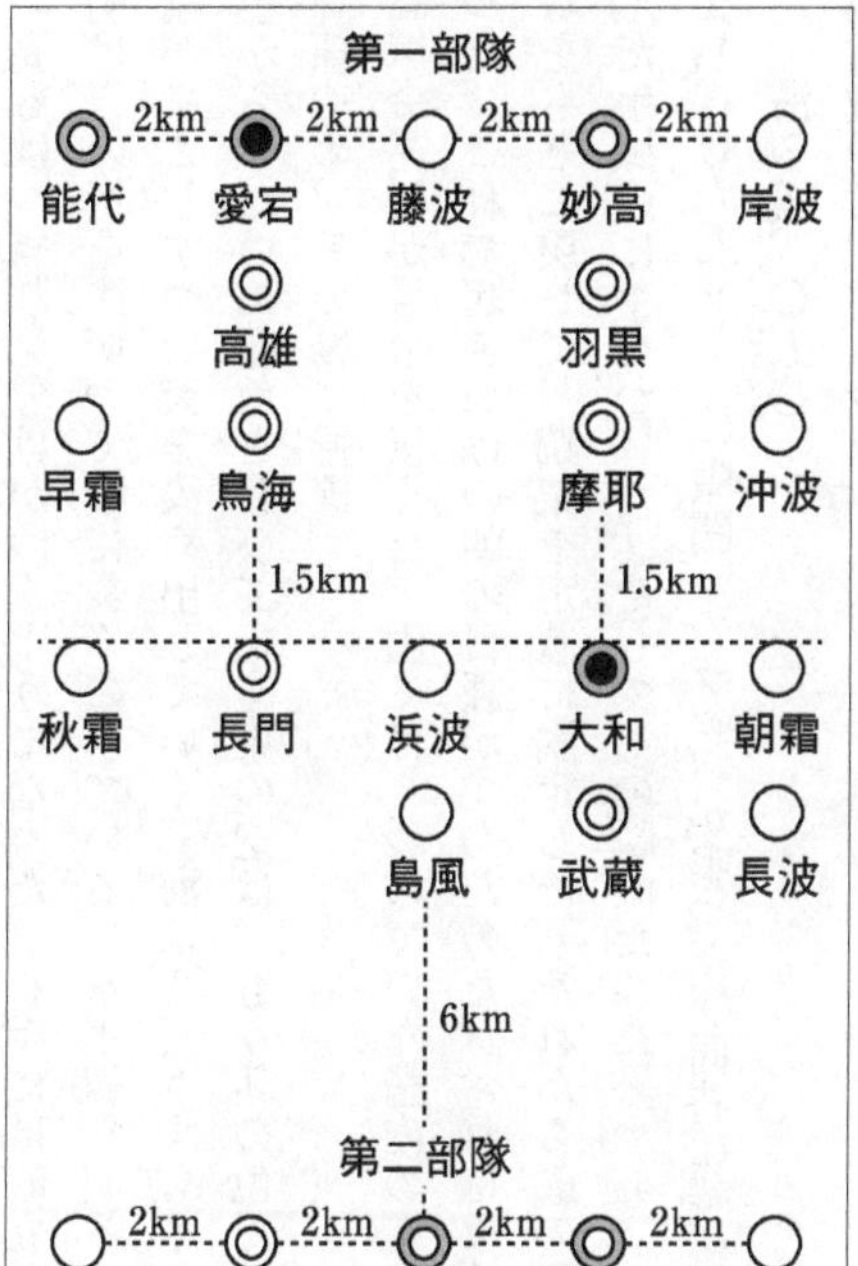

艦の姿もはっきり見分けがつくようになった。右手には屹立《きつりつ》したパラワン島の山嶺《さんれい》がかぐろく明け方の空を区切って横に長くのびている。水平線も明るく色づいて、扇形の黄いろい光の縞がすこしずつ東天を染め出していく。海はまだうすもやをかぶってまどろんでいたが、灰色からしだいに藤色をおびていく東の空は、もう朝の色だった。

「訓練やめ、その場に待機」

高声令達器が号令を伝えた。固くはりつめていた艦内の空気がほぐれ、甲板も急に静かになった。これで起きぬけの朝の日課がすんだのだ。おれはようやく一息ぬいて、ゆっくりと銃身をもとに戻して、銃架を定置に固定した。それから顔の汗をぬぐおうと思って、腰にはさんだ手拭いに手をかけた。そしてその瞬間だった。

突然、けたたましく「戦闘」のラッパが鳴った。同時に艦橋から見張員と伝令の声が飛んだ。

「左、潜望鏡、〇五〇《マルゴーマル》」

「爆雷戦用意、急げッ」

武蔵は面舵《おもかじ》をとって、艦首を正面から右へ転舵しようとしていた。打ちかえされた波が乳いろに泡立って、ざわざわと右舷を叩いている。その真上の空を、羽根を水平に広げた海鷹が二羽、つんと気取りすましたように弧を描いて飛んでいた。

おれは急いで銃架の固定をといて、銃身を真横にかまえた。瞬間、左舷前方に、鈍いくぐもった爆発音がとどろいた。と思うと、そこから巨大な水柱が、白く噴きあがった。水柱は空をついて、むくむくともり上がっていく。つづいて二本、三本。同時にその裾から、縁のささくれだった真っ黒な煙がもうもうと広がってきた。そのため、一時視界が効かなくなったが、これを見ておれにも、何が起こったか、咄嗟《とっさ》にわかった。敵潜水艦の魚雷だ。それが僚艦のどれかに命中したんだ。むろんたちこめている煙で、やられたのはどの艦かわからないが、その位置からみて、どうも四戦隊の方角らしかった。

おれは射手席から体を乗り出すようにして、あわてて射撃体勢をとったが、相手が潜水艦では目標を捕捉することもできない。むろんこれは機銃だけではない。副砲も高角砲も同じで、ただ砲身を対潜射撃角度に構えているだけだ。おれは息をのんで、次の瞬間の事態の変化を見まもった。

水柱は、隆起したまま一瞬空にとどまっているように見えたが、次には頭を割って崩れかかった。すると、その崩れ落ちる水幕のあいだから、影絵のように、一つの艦の曲線が抜け上がってきた。まといつく黒煙をたてよこに振りはらうようにして……。見ると、それは先刻までマストに長官旗を掲げて艦隊の先頭を進んでいた第二艦隊旗艦の重巡愛宕ではないか。致命傷をうけたらしく、右へかなり傾いているようだったが、しかしそれを確認している暇はなかった。

つづいて殆《ほと》んど同時に、愛宕のすぐ後ろについていた同じ四戦隊の重巡高雄の艦尾に水柱が上がった。同方向からの雷撃にちがいなかった。一瞬、黒鉛の間に、青白い焔が光って消えた。高雄は、艦底から煽《あお》られた反動で、前のめりにぐらりと大きくひと揺れしたかと思うと、そのまま行き足をうばわれて、停止してしまった。舵をやられたのだ。マストに、「われ舵故障」の赤い旗旒が見えた。

雷撃された高雄と愛宕の周囲を、駆逐艦が猟犬のように走りまわって、さかんに爆雷を投下している。しかし事前に、潜望鏡も雷跡も発見できなかったので、ただ威嚇的に、あてずっぽうに落としているだけだ。爆雷は投下されて四、五秒すると、そのたびに爆発の水しぶきを上げたが、敵潜は、抱えてきた魚雷をぶっ放しておいて、水中深く巧妙に潜航してしまったにちがいない。命中の証拠となる油は、海面に一滴も浮いてはこなかった。

つづいて前衛の駆逐艦が、やっとそれに気がついたように慌てて煙幕をたき出した。墨汁をとかしたような真っ黒な煙が濛々《もうもう》と渦まきながら海の上に広がっていく。煙幕は一時、右翼の僚艦をすっぽり包んでしまったが、愛宕はもう絶望だった。艦首を真横に振って停止したまま、ほとんど横だおしになっている。沈没寸前の状態だ。すでに「総員退去」の命令が出たのか、海面に群れをなして漂っている兵隊たちの白い艦内帽が、うすれかけた煙幕のかげに浮いて見えた。

愛宕は、やがてじわじわと右に傾きながら、哀れっぽく艦底を空にさらした。瞬間、おれは思わず眼を伏せた。とても正視できなかった。それは遠目には、無声映画の一齣《こま》のように静かで、現場からは物音一つ聞こえてこなかったが、それだけに、身も凍るような恐怖を感じた。おれが再び眼をあげたとき、愛宕の姿はもうそこにはなかった。

だが、艦隊の損失は、それだけではすまなかった。

それからまもなく、といっても、愛宕が沈んでものの五分とたたないうちに、こんどは大和のすぐ前を進んでいた重巡の摩耶が、別の潜水艦から不意打ちの雷撃をうけたのである。それもかなり近距離から、四本の魚雷をつづけざまにどてっ腹にかまされたからたまらない。海を引き裂くような轟音《ごうおん》とともに、摩耶はあっという間に、ふり仰ぐような高い水柱に呑まれてしまった。一瞬、たちこめたタール色の黒煙の切れ目に、菊の紋章をつけた艦首が逆立ちになって見えたが、水柱と煙の吹きはらわれた海面には、摩耶の断末魔の苦悶《くもん》を思わせるような泡沫が、空しく輪を描いて、しらじらと渦まいているだけで、摩耶の姿はもうどこにも見えなかった。その間、時間にしたらわずか数分、ほとんど轟沈といってよかった。

おれは、自分の眼が信じられなかった。なにかの幻想にとりつかれて、夢でもみているような、あやふやな気持ちだった。その怱々《そうそう》の変化にうまく反応できなかった。おれはもう一度、前方の海面にとまどいの眼をむけてみる。やはり、愛宕と摩耶の姿はどこにも見えない。

それにしても、なんとあっけない最期だろう。おれは今さらのように、沈没の恐ろしさに圧倒された。俯仰桿をにぎっている手の震えはいつまでもとまらなかった。そのくせ心のどこかで、「ああ、おれの艦でなくてよかった」という、くぐもるような安堵《あんど》感をおれは抑えかねていた。

付近の海面には、両艦の生存者が（愛宕、摩耶とも、乗員の半数が艦外へ退去した）漂流していた。駆逐艦は、まもなく爆雷戦を中止して、直ちに乗員の救助にあたった。舷側に数十本のロープを下げて、泳ぎついたものから順に引き揚げていった。愛宕の沈没直前、座乗していた栗田長官以下司令部幕僚、要員も、海に飛びこんで避難したが、このとき司令部は士官一名を失ったのみで、あとは全員無事に駆逐艦岸波に救助された。

一方高雄は、さっきの場所に立ち往生したままだった。いくらか艦尾を下げているようだが、それでも両舷が平衡をたもっているところをみると、沈没の危険はまずなさそうだ。しかし肝心の舵をやられてしまっては、もはや艦隊と行動をともにすることは出来ない。そこで、舵が復旧し、自力航行が可能になりしだい、ただちにブルネイに引きかえせ、という艦隊命令が発せられた。その護衛には、長波と朝霜の駆逐艦二隻が当てられた。

艦隊はこうして、朝まだきの僅か二十分ぐらいの間に、敵潜の奇襲をうけて、あっけなく重巡二隻を失い、一隻を大破してしまったのだ。これは出撃の途上にある艦隊にとって、大変な痛手だった。しかもこれら四戦隊所属の重巡は、その装備といい、速力といい、一万トン級巡洋艦の中での最優秀艦で、艦隊の「虎の子」とまでいわれ、その活躍がおおいに期待されていたのである。それが今は鳥海一隻を残すだけとなり(一隻では戦隊が組めないので、鳥海は五戦隊に編入された)、四戦隊は事実上消滅してしまったわけで、これは艦隊の一角が崩れたも同然だった。

といって、ここで作戦行動を中止して反転するわけにいかなかった。すでに別動隊の小沢、志摩、西村各中将麾下の各艦隊も、レイテに向かって行動を起こしており、またこの作戦の性格そのものも、艦隊の命運を賭けた一種の特攻作戦だったからである。

栗田長官は、まもなく連合艦隊司令部にあて、四戦隊の被害状況など、切迫した現地の実情を報告した。それに対して二時間後に返電が届いたが、連合艦隊司令部には、この作戦をいささかも変更する意思はなかった(7)。電文の要旨は、「米軍は既にわが艦隊の動勢を察知したようだ。従って、明早朝から陸上大型機及び機動部隊の艦載機による大規模な攻撃に出るであろう。サンベルナルジノ海峡及びスリガオ海峡方面には、潜水艦を集中待機させるであろう。また二十四日午後までにはサンベルナルジノ海峡東方及びレイテ湾付近に、海上部隊を集結して、我々との決戦を企図するであろう。よって、わが機動部隊をもって、極力敵を北方に吸引攻撃して、遊撃部隊の戦闘を有利ならしめる。敵機動部隊が、わが水上部隊に来襲する好機を捉え、基地航空部隊をもって、敵空母を撃滅する。よって当遊撃部隊は、対潜、対空警戒をさらに厳重にし、特に狭水道は万策を尽くして、敵潜を制圧突破するの要あり」というものであった。

旗艦を失った艦隊司令部は、その後も岸波に移乗したままだった。すでに栗田長官は、大和座乗の次席指揮官である第一戦隊司令官宇垣中将に、「本職大和に移乗まで艦隊の指揮をとれ」と、一時指揮権を移譲しておいて、旗艦の変更は暫《しばら》く時機を見ることにした。そして司令部が、ようやく大和に移乗したのはその日も午後遅くなってからであった。そのときついでに、愛宕と摩耶の生存者も、駆逐艦を大和・武蔵の両艦に横づけして転乗させた。武蔵はここで、負傷者をふくめて七百六十九名（副長以下士官四十七、下士官兵七百二十二名）の摩耶の乗員を収容したが、彼らはすぐ予備戦闘員として、それぞれ兵科別に各分隊に配置された。これで武蔵の乗員は一挙に三千百余にふくれあがった。

その移乗作業がすむと、艦隊は新たに航行陣形を立て直した。朝方と同じく五列縦陣をつくり、沈没した愛宕の位置に軽巡能代と駆逐艦早霜をたて、重巡鳥海と羽黒が摩耶、高雄にかわって、旗艦大和の両翼を固め、武蔵はその一・五キロ後方を戦艦長門と等角にみよしを並べた。軽巡矢矧を先導艦とする第二部隊は、武蔵の五キロ後方につづいた。殿艦《しんがりかん》は前と同じく戦艦の金剛、榛名で、その左右には駆逐艦四隻が直衛についた。重巡三隻と高雄の護衛となって引き返した駆逐艦二隻、都合五隻が一度に脱落したことによって、航行隊形にも大きな穴があいてしまったが、いまさらその穴埋めはできなかった。
艦隊は、航行隊形を整えたあと、再び厳重な警戒体制をしきながら、北二十七度東に針路《コース》をとって、一路レイテを目指して北上していった。

【註】

（1）戦艦武蔵のブルネイ湾入港は十月二十日のため、この日は実際には二十一日。「捷一号作戦」発動から四日目である。（捷号作戦戦時日誌）
（2）朝雲、山雲は実際には二十日に入港、満潮と野分が二十一日に入港した。（戦史叢書第五十六巻）
（3）実際には四日前である。（捷号作戦戦時日誌）
（4）「台湾沖航空戦」は実際には十月十二日〜十六日の間に行われた。（戦史叢書第三十七巻）
（5）レイテ島への米軍上陸は、実際には十月二十日である。（戦史叢書第四十一巻）
（6）実際には、十五時ごろ出撃した。（軍艦武蔵戦闘詳報）
（7）実際には、宇垣司令官が十時半頃打電、二十時半頃に返電を受領した。（戦史叢書第五十六巻）

第二章

1

　海は午後からいくらか時化《しけ》模様だったが、これは貿易風の一時的な影響だったらしく、夜に入るとまもなく風も落ちて、急にまた穏やかになった。

　武蔵は、いま僚艦とともに、リナパカン島の北端を迂回《うかい》している。艦内哨戒《しょうかい》は、いぜん臨戦体制の第一配備のままだが、これが解けるということはもうあるまい。あと数時間ほどで、パラワン水道をぬけてタブラス海峡に入る。そして途中何ごともなければ、明日早朝には、いよいよシブヤン海に進出する。シブヤン海はマスバテ島の北西部に面しているが、そこから目指すレイテまでは三百マイルとない。三百マイルといえば、気象状況さえよければ、艦載機でも、基地からゆうに往復できる距離である。いずれにしろ、あすは艦隊がもっとも恐れている敵機の爆撃圏内に入っていくのだ。

おれたちは夜食がすむと、艦橋下の待機所に上がった。デッキは通風機をとめてあるので蒸れて暑かったが、ここは隔壁一枚で露天甲板につながっているのでしのぎよかった。おまけに入り口のコーミング(防水扉のくぐり穴)から、ときおり涼しいまわり風が吹きこんでくる。おれたちは床に兵器手入れ用のケンパス(帆布《はんぷ》)を裏返しに敷いて、そのうえにあぐらをかいて坐りこんだ。

「さあ、こんなしてのんびりしていられるのも今夜かぎりかもしれないぞ」、帽子で額の汗をぬぐいながら高場兵曹がいった。「あすはそろそろ敵さんの根城に入るからな……」

吉沢兵長はうなずいて、

「だけど、あすの朝は大丈夫かな。また今朝みたいに潜水艦のやつが網をはって待ってるんじゃないのかね」

「わからんぞ。水道を出はずれたあたりで、いきなりドカンと……」

高場兵曹がいうと、吉沢兵長は肩をすぼめて、

「ひえー、そんなおどかさないで下さいよ。おれはもう愛宕や摩耶の二の舞はご免だからね」

すると倉岡兵曹が横から口を入れた。

「そのほうが、吉沢、かえっていいぞ」

「なんでさ?」

「だって、お前、そうしたらおれたちはレイテへいかずにそのまま修理ですぐ内地へ帰れるじゃないか」

「この春、パラオ沖で一本くったときみたいにかね」

「そうよ。そうくりゃこっちゃ助かるぜ」

それを聞くと高場兵曹が、

「ばかこけ、こんどはあのときとちがって、決戦だからそうはいかないぞ。それに本艦は一本や二本くったってびくともしねえから、そのまま突っこんでいくんだ」

「そうだろうね、おれもそう思うよ」

吉沢兵長が急に体を固くしたような声でいった。

おれはみんなの話を聞きながら、うしろの通風筒にもたれて、ゆっくりと煙草に火をつけた。つぎの当直まであと一時間ほどある。昨夜はここで横になってひと眠りしたが、今夜は気がはっているせいか、さすがにその気になれなかった。……もたれている通風筒を通して、機関の響きががたがたとじかに背筋につたわってくる。左手入り口のラッタルも小刻みに振動している。外からは、舷側を打っている波の音がざわざわと聞こえてくる。おれは顔を天井にむけて、ぼんやり煙草の煙を追いながら、その波の音を聞くともなく聞いている。すると自分がいよいよ血なまぐさい戦場に近づいていく身であることが、いまさらのように冷たく感じられた。

「あーあ、これが内地行きの航海だったら、文句はねえけどな。……行き先がレイテときちゃ眼もあてられないぜ」

吉沢兵長がいうと、そばから星野が、

「でも、この作戦がすんだら内地へ帰れるでしょう。きっと、そうしたら休暇も出ますよ」

「休暇どころか、白木の箱でご帰還なんていうことになるんじゃないのかな……」

「まあ、そう思ってりゃ間違いないな……」

三原兵曹がいった。吉沢兵長はそれを聞くと、

「あんた、ばかに度胸がいいね」

「いいも悪いも、ここまできちゃほかに言いようがねえじゃねえか」

「だけど、おりゃ死なねえぞ」

そういったのは倉岡兵曹だ。

「おれはどこまでも生きぬいてやるから……」

「大丈夫だよ」、吉沢兵長が笑っていった。「あんたのその顔じゃ、死に神のほうでおっかながってよりつかねえよ、きっと……」

「そう願いたいもんだな」

そこでいちじ話がとぎれた。これから先のことは誰も話したくなかったのである。すると、それまで黙って煙草をふかしていた月島兵曹がなにを思ったのか、となりの稲羽のほうに顔をまわしていった。

「稲羽、お前、女を知ってるのか?」

稲羽はいきなりそう聞かれて返事につまって、

「はあ……」

「女とやったことがあるかどうかって聞いてるんだよ」

「ないですよ」

「そうか、それじゃ杉本と星野はどうだ?」

星野と杉本が首をふってみせると、月島兵曹は、指でヒゲの先をつまみながら、こんどはおれのほうにあごをふって、

「矢崎、じゃお前は?」

おれは煙草を、灰皿がわりの湯呑みの中におしつぶしておいていった。

「ありませんよ、そんなこと……」

「こいつ、そんなこととときやがった……」

月島兵曹は笑いながら、のばしていた片足で、おれのすねのあたりを蹴とばして、

「なんだそれじゃお前ら四人ともまだみんな童貞か、勿体《もったい》ねえなあ」

それを聞くと班長の高場兵曹が笑っていった。

「そりゃそうだろうや、まだガキの十八やそこらで、女をくわえるようじゃ、ろくじゃねえからな」

「それにしても、こいつら、女の味も知らねえで、あの世におさらばしちゃうんじゃねえのか」

「よして下さいよ」、杉本がいった。「まだ、そんな、死ぬときまったわけじゃないですからね」

すると人のいい吉沢兵長が、くつくつ笑って、

「内地を出るとき、こいつらにもむりやり筆おろしをさせてやりゃよかったな。こんなことになるとわかっていたらよお」

「でも、こいつらにゃ、まだそんな気はねえだろう。食い気だけで……」

高場兵曹がおれたち同年兵の顔を見まわしながらそういうと、吉沢兵長はまた笑って、

「なに、みんなそろそろ色気づいてきているんですよ。それをね、矢崎なんか、おれが呉《くれ》で誘ってやったのに、映画をみたいとかなんとかぬかしやがってついてこねえんだから……。

お前、いまになって後悔してるじゃないのか」

おれはここでへこまされたら敗けだと思って、相手は二年も先任の兵長だが、わざとぶっきら棒におっかぶせた。

「吉沢兵長じゃあるまいし、別に後悔なんかしてませんよ」

「本当か、だけど惜しいことをしたなあ」

下士官たちは、それからも時間つぶしに、なんだかんだといっておれたちをからかっていたが、おれはただ笑って何もいわなかった。むろんおれにも女にたいする興味が全然ないわけではない。それどころかこの頃では、女に対して、ある内密な好奇心をもつようになっている。そのせいか、ときおり下腹のあたりがほてったように、妙にうじゃうじゃして眠れないことがある。釣り床の中で身をもみたてたくなるようなことだってないではない。そしてそれが、どこかで女につながっているということを、おれはもう漠然と知っている。むろんそれもまだ神秘のこもをかぶっていて、実際にそれがどういうことなのか、自分でもよくわからないが、そこに入っていけば、なにか甘い未知の新しい世界がある、ということもおぼろげながら想像できる。といっても、生身の女をどうこうしようというような熱っぽさはおれにはまだなかった。

おれは、それよりも自分の体は死ぬまで綺麗《きれい》にしておかなければならないと思っている。

そのためには、女に触れてはならない。女に触れることは、自分の体を潰《けが》すことだと思っている。それはおれにとって、肉体上の一種の戒律だ。というのも、おれの体はすでにおれの体であっておれの体ではない。天皇と祖国に捧げてしまった体だ。いちど捧げたからには、そのまま潰さずに無垢《むく》のまま捧げなければならない、とおれは今日までかたくなにそう思いこんできたのだ。だから吉沢兵長たちがいうように、女にたいする悔いもなければ、ことさらな未練もない。われながらそこは水のようにさっぱりしていて、わざわざ童貞を惜しんでくれる彼らの気持ちも、おれにはわからないのである。

若い兵隊たちは、隅のほうにひとかたまりになって坐っていた。靴下をぬいで水虫の手入れをやっている堀川の向こう側には、新兵の村尾一水の顔もみえる。彼のすべすべしたまるいあごのあたりには、まだ子供の影が残っている。小柄で丸顔で、おまけに並みはずれて色が白いので、いかにも稚《おさな》い感じだ。彼は負傷したときに使用することになっている鉛筆ぐらいの長さの止血棒に、工作の時間の小学生のように、床に顔をおとしながら無心に紐《ひも》を巻きつけている。その様子をさっきから黙ってみていた深谷兵長が、ちょっと頭をかしげるようにして、声をかけた。

「おい、村尾、お前は幾つだったけな？」

村尾は止血棒をもったまま顔をあげた。二重瞼《まぶた》のまるい眼をびっくりしたように大きく開いて、彼はいちど口ごもってから、そういうのを恥ずかしがっているような低い声でいった。

「十六であります」

「十六、ふーん、十六ねー」

深谷兵長はいいながら、あらためてしげしげと村尾の顔をながめた。

「それじゃ、小学校を出て、すぐきたんだな……」

「はい」

「どうだ、お前、大丈夫か？」

「はい、一生懸命やります」

村尾が答えると、深谷兵長はじっと相手の眼をみつめながら、

「あれだな、お前も志願さえしなかったら、いまごろうちで凧揚《たこあ》げでもしていられたのになあ。それをこうしておれたちといっしょに出ていかなくちゃならないんだから。……お前のことを考えると、なんだかこっちまでやりきれないぜ」

「本当だ、こんな可愛いやつをなあ」、吉沢兵長もうなずいていった。「だけど、こいつだきゃなんとか最後まで生かしておいてやりたいなあ……」

村尾はそういわれると、あわててまぶしそうに眼を伏せて、意味もなく止血棒の紐をしごいた。

「十六か。おれが村尾の年には、まだ中学生だった。それをなあ……」

深谷兵長が感にたえたようにまた首をふっていった。

するとと、村尾の横で上衣のボタンをつけ直していた補充兵の酒井一水が顔をあげて、

「それじゃ、村尾さんはうちの長男と一つちがいですね」

「へえ、じゃ酒井と村尾は親子みたいなもんだ」

杉本がいうと、酒井は口もとをゆるめて、

「まあ、そういうことになりますね」

「それで酒井は、村尾より若い兵隊なんだから、自分でもへんな気がするだろう？」

「いえ、それが軍隊ですから、別に……」

「そりゃそうだ。そう思わなくちゃやっていけないからな……」

「はあ」

「だけど、酒井」、倉岡兵曹が口をはさんだ。

「お前もうちのことを考えると、めったなことじゃ死ねないな……」

「いえ、うちのことはもう……」

酒井はそれだけいって、またひざの上衣のうえに顔をおとした。

彼は、十五をかしらに五人の子持ちで、召集前の商売は豆腐屋だ。年は四十一、背丈はど

うやら人並みだが、色の悪いやせた顔には、一面に彫ったような小じわがはしり、生えぎわもだいぶ薄くなっているので、年よりもずっと老けて見えた。分隊では、むろん一番の年配で、体には、もう若い兵隊に伍《ご》していくだけの力がなかった。そのため、しぜん動作も鈍いので、デッキでは毎日、自分の息子ぐらいの兵隊に追いまわされていた。酒井はボタンをつけてしまうと、両手で膝をかかえるようにして天井を見上げた。おそらくうちのことでも思い出しているのだろう。眼ぶくろをたるませたその小さな眼は、一つところを見つめたまま動かなかった。

おれはそれから間もなく、ひと涼みしようと思って、杉本と露天甲板に上がっていった。空には星が、葡萄《ぶどう》のふさでもたらしたように一面にこぼれている。中天を少し外れた右手の空に、鎌の刃のような半月がななめにかかっている。乳白色のあわいその月あかりに、進んでいく僚艦の黒い影がぼんやり見える。

おれたちは甲板のサイドに立って、しばらく暗い沖のほうを見ていた。するとそこへ近よってくる足音が聞こえた。ふりかえってうす闇にすかしてみると、分隊士の星山少尉だ。おれははっとして、体をひくようにして敬礼した。

「誰か?」

おれが名前を告げると分隊士は、

「なんだ、お前らか、涼んどるのか」

といって、おれの横にきて立ちどまった。だいぶ酔っているらしい。へんに足もとがふらついて、ぷーんと酒の匂いがした。

分隊士は、少尉といっても兵隊から叩きあげた特務少尉だ。体は小柄で、年は三十二。かん骨のつき出たその丸い顔は赤銅色に潮焼けして、見た眼は無愛想だが、あくのないさばさばした性格で、分隊員の受けはいい。星山少尉は、両手をうしろに組みながら、あおのくように空を見上げていたが、いくらか舌にからまるようなだみ声で、

「静かな晩だなあ……」

といって、大きな溜息《ためいき》をついた。おれがそばから、

「分隊士、いまどの辺を走っているんですか？」

と聞くと、分隊士はそれには答えずに、

「これがほんとの嵐の前の静けさよ。あしたはくるぞ」

「飛行機ですか」

「うん、きょう潜水艦に発見されてしまったから、敵はおそらく空母をまわして、あすはこっちの近づくのを待ちかまえているだろう」

「そうしたら片っぱしから落としてやります」

杉本がそう力んでみせると、分隊士はなにを思ったのか、急に声の調子をさげて、杉本のほうに顔をつきつけた。

「杉本、お前、いのちは惜しくはないのか」

いくら押しのつよい杉本でも、分隊士のてまえ、まさか惜しいとはいえない。そこで杉本はわざと気負いこんで、

「はあ、惜しくありません」

「惜しくない」、分隊士は鼻をならしてのどの奥で笑った。「嘘いえこいつ、誰だって命は惜しい。わしだってそうだ。それが人間だ。いいか、死ぬばかりが能じゃねえ、死ぬことはいつだってできる。大事なことは、生きて最後まで戦うことなんだ。なにごとも、いのちあってのものだね、わかったか。やせ我慢なんかせんでいい……」

星山少尉はそれだけいうと、つかんでいたハンドレールを一度ゆすぶっておいて、またふらふらと後部のほうへ歩いていった。そのうしろ姿を見送ってから、杉本がおれに小声でいった。

「分隊士、だいぶ入っているな、アルコールが……」

「でも、なかなか話せるじゃないか」

「うん、ありゃのんべえだけど、ひとがいいからよ」

おれは腕の夜光時計をのぞいてみた。じき二三〇〇《フタサンマルマル》、これから〇一〇〇《マルヒトマルマル》まで三直の見張り当直に立たなくてはならない。

「さあ、おれたちもいくか、そろそろ時間だぞ」

おれはいいながら、もういちど星のこぼれた空を見上げた。はす向かいを進んでいく長門のマストの上を流れ星が一つ、白い尾をひいてほとんど水平に飛んだ。

2

翌朝（二十四日）、艦隊はミンドロ島の南端から、針路を徐々に北東にむけて、シブヤン海に入っていった。

おれたちは、すでに夜明け前から戦闘配置についていた。「総員起し」も、けさは定時より一時間早かったのである。早暁訓練がすんでまもなくすると、海は沖のほうから静かに明けてきた。うすい橙《だいだい》色の光の縞《しま》が、東の空をやわらかく染めだしていく。海は今日も澄んで穏やかだった。油をながしたようにとろりとして、その上に白く泡だった航跡が幾条《いくすじ》も帯のようにのびている。いつもと変わらない静かな暁の海と空だ。やがて朝焼けの水平線から、最初の太陽の光線がさしこんできた。みるみるうちに、すべてのものが変化した。海も空も艦艇も、うす紅色のやわらかな光の交錯につつまれた。

おれたちは、食事にデッキへ降りていった。日課は、「総員起し」後の朝礼と体操と甲板洗いがないだけで、ふだんと変わらなかった。食事前の洗面も同じだった。おれたちは、いつものように機関科の給水係から、洗面器に真水の配給をうけ、朝風の吹きつける外舷の流し場に立って、歯刷子《はブラシ》をつかった。互いにかわす朝の挨拶も、いつもと変わらなかった。日課はいつものように進められていた。そしておれたちも、その日課にのっていつものように動いていた。しかしそれでいて、刻々と敵地に近づいているのだという緊張と不安からのがれることはできなかった。

食事のラッパも定時に鳴った。ラッパは、艦橋の高声令達器から艦内に流れたが、当直将校はラッパのあと、「食事はできるだけ早くすませ」と伝えた。

艦隊はすでに敵の制空権下に入っているから、いつ戦闘が開始されるかわからない。だから早いところ食事をすませておかなければならなかったのだ。

おれたちは急いで食事についた。ふだんは場所に余裕のあるデッキも兵隊でいっぱいだった。分隊員のほかに、八十名近い摩耶の乗員が新しく収容されていたからである。みんな肩をくっつけあうようにして、黙々と箸《はし》を動かしている。食事時になるとよく無駄口をたたく下士官たちの声も、けさは聞こえなかった。

おれは洗面袋をチストの中に放りこんでおいて、星野のとなりに割りこんで坐った。献立は、いつもと変わらない。麦めしに玉葱《たまねぎ》の味噌汁《みそしる》、それに平皿に入れた一つまみの福神漬とタクワンだ。それが妙におれの心をなごませる。決戦の首途《かどで》だというので、なにか特別の馳走《おかず》を出されたのでは、かえって落ち着けない。悲愴《ひそう》感が先にきて、めしも咽喉《のど》に通らないだろう。やっぱりこれでいいんだ、とおれは思った。おれは味噌汁の匂いがやわらかく顔をつつむのを感じた。うまい。朝のすきっ腹には、めしも味噌汁も、いくらでも入りそうな気がした。

それにしても、再びみんなでこうして食事をともにすることができるだろうか。ひょっとすると、これが最後かもしれない。最後といえば、おれは出撃以来、ある一つのことにぶつかるたびに、そこに句点でも打つように、これが最後だ、最後だと、自分にいい含めては、うつせみのつながりから自分を切り離していこうとしている。たとえば、甲板掃除をしながら、これがこの箒《ほうき》の握りじまいかも知れないとか、通路のハッチをくぐりぬけながら、あすはここを担架で運ばれるかもしれないとか、日没の赤い空にむかって、落日もこれが見納めかも知れないと思ったりしながら……。おれは自分ではっきりそれを意識しているわけではないが、そうしたひそかな試みのなかで、少しずつ死に近づく心の準備をしているのかも知れない。

おれは、なにかに追いたてられるような気持ちで、箸をもったまま、あらためてまわりの顔を見まわしてみる。

おれの横で、首をかしげてタクワンをコリコリやっているのは星野だ。そのたびに、陽に焼けたもみあげのあたりの皮膚が、上下に動いている。その向こうでは倉岡兵曹が、赤い小さな罐《かん》に入れたトウガラシの粉を味噌汁にふりかけている。彼はトウガラシが好物で、味噌汁にはこれを欠かしたことがない。平皿の福神漬けを一箸一箸のんびりつまみあげている吉沢兵長のとなりでは、深谷兵長が、なにか歯にはさまったのか、食器をもったまま歯ぐきをしゅうしゅうやっている。堀川と村尾は、汁をぶっかけためしを、食器のへりを口にくわえこむようにしてせっかちにかっこんでいる。二人とも、鼻のあたまに汗の玉をうかせている。高場班長は、坐ってから一言もいわない。片ひじをひざの上にのせ、右肩をかしげるようにして、むっつりと箸で味噌汁の中身をかきまわしている。ありふれたいつもの食事風景だったが、いまみんながどんな気持ちでいるのか、その外見からは、知ることはできなかった。

食事がすむと、おれたちはすぐまた甲板にあがった。

陽は水平線からもうかなり昇っていた。空には、どこから這《は》いだしてきたのか、ねずみがかった白い雲が綿屑でも投げたように散らばっている。太陽はそのあわいを浮遊機雷のように出たり入ったりしていた。そのたびに、日中の暑さを約束するように、雲のふちが黄色く燃えるように透けてみえた。海は青い広がりをみせて、眼のとどくかぎり、どこにも視界をさえぎるものはなかった。

〇八〇〇《マルヤーマルマル》、艦隊は前夜からの対潜警戒航行序列を解いて、あらたに対空警戒航行序列の隊形に陣容を組みかえた。これから予想される敵の航空攻撃にそなえたのである。旗艦の大和

対空警戒航行序列（輪形陣）

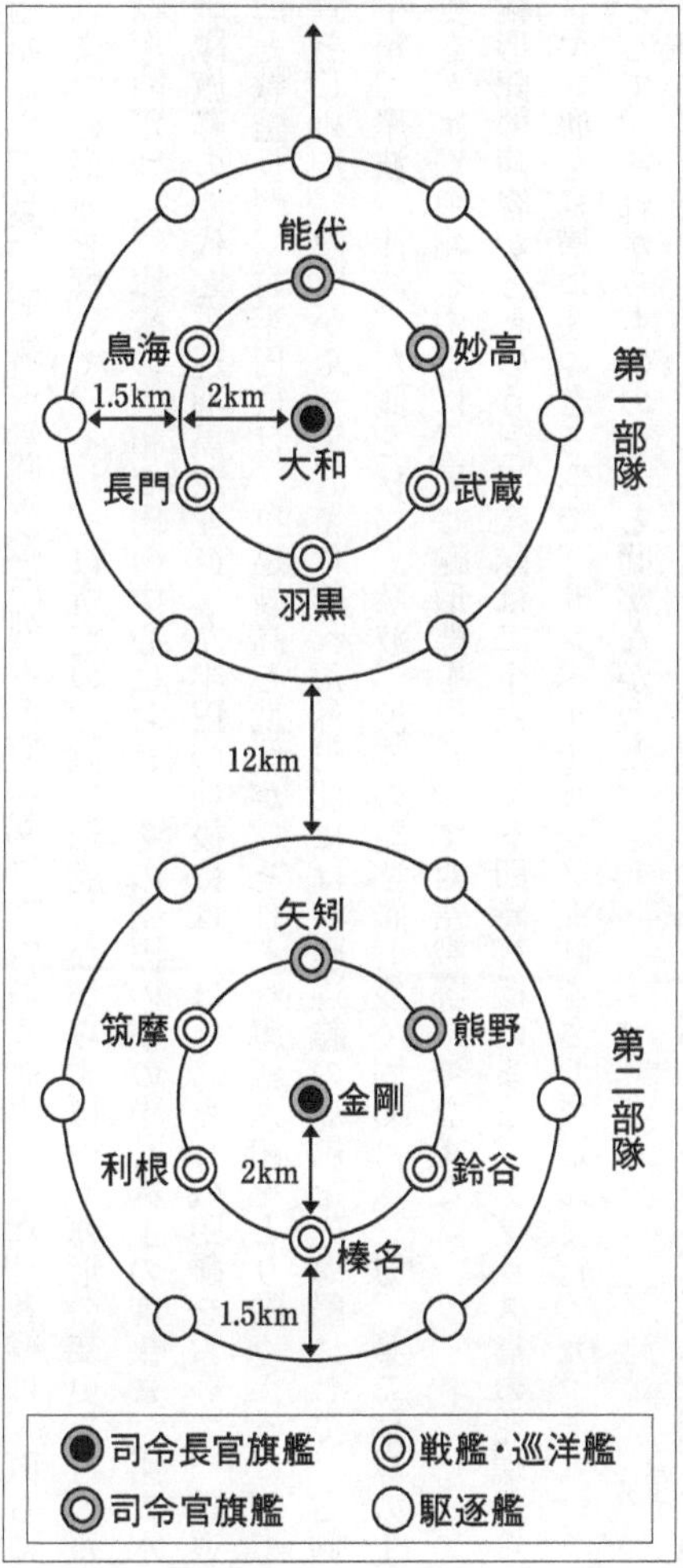

の檣頭《しょうとう》に、「各艦、順次に昼間接敵序列の位置に就け」の信号が上がった。各艦は、直ちにこれまでの縦陣を解いて、それぞれ所定の位置に転舵しながらすばやく陣形の変更を行った。

輪形陣だった。旗艦の大和を円の中心におき、その内円の縦の中心線上の前後に、第二水雷戦隊旗艦の能代と重巡羽黒が並び、左半円の前後には、ほぼ二キロの距離をおいて、重巡鳥海と戦艦長門、右半円には、重巡妙高と武蔵が、それぞれ旗艦大和をとり巻くようにして位置をしめた。内円から一・五キロ離れた外円部には、駆逐艦の島風を先導艦にして、右側は早霜、岸波、沖波、左側を秋霜、藤波、浜波の駆逐艦七隻で固めた。一方、第二部隊の十三隻も、旗艦金剛を中心に、同じ輪形陣をつくって対空戦闘にそなえた。

輪形陣の陣容がととのうと、艦隊は二十六ノット即時待機のまま、タブラス島の北端からシブヤン海を真横に突っきる形で、サンベルナルジノ海峡をさして進んで行った。

そして、それからものの十分と間がなかった。

突然、「配置に就け」のラッパが鳴った。そのラッパを合図に、艦内の空気は一変し、いっときあわただしくざわめいた。パイプの響き、ラッタルを駈《か》け上がっていく足音、甲高い号令の声、金属的な物音やなにかの軋《きし》む音……。甲板に待機していたおれたちも、はじかれたように立って、それぞれの戦闘配置に散った。

おれは鉄カブトの紐をしめなおしながら、配置の射手席につくと、急いで引き金の安全装置をはずした。指先にカチンと掛け金のはずれた手ごたえがきた。おれはその音で、生から死への、ある恐ろしい線をまたいでしまった自分を意識しながら、両手にしっかり俯仰桿《ふぎようかん》を握りしめた。俯仰桿の丸いにぎりが、汗でぬらぬらする。この感触はなにかに似ていると思ったが、思い出せなかった。額に新しい汗の粒が吹きだしてくる。おれは緊張し、瞬間、体を動かすことができなかった。

伝令の村尾が叫んだ。

「右四十度、B24三機」

「高角三、一五〇《ヒトゴーマル》、左へ進む」

村尾は鳥のように首をのばして、黄いろい声でそれを二回復唱した。つづいてラッパがまた鳴った。対空戦闘のラッパだ。おれたちがもっとも怖れていたラッパがとうとう鳴ったのである。

「対空戦闘！」

同時にそれまで正面に静止していた主砲と副砲が、一斉に砲口を空にあげて左へ旋回をはじめた。高角砲は、すでに目標を追って照準に入っている。おれも指示角度に銃身をかまえ、いち早く眼を空にむけた。正面から陽の光をかぶっているので、ひどくまぶしい。おれは急いで片手をかざして空の表面をさぐって見る。蚊のうなりのような、陰にこもった爆音が、かすかに聞こえる。明らかに飛行機のプロペラの音だ。が、雲の中に入っているのか姿は見えなかった。おれはいらいらしながら振りかえって、銃尾でやはり顔をあおのけて空を見上げている銃長の倉岡兵曹にいった。

「見えますか？」

声が少しかすれた。

「うー、わからねえな……」

と倉岡兵曹はいって、こんどは前部のほうに顔をまわした。その横で、加茂と酒井も同じようにあおのいて空を見上げている。やはりわからないようだ。するとさっきから、砂嚢《さのう》の角で伸びあがるようにして、空に小手をかざしていた堀川一水がいきなり手を振って、

「いました、いました、あそこです」

と、素頓狂な声をあげて、はるか後部のほうを指さして見せた。

その途端、第二部隊の金剛、榛名の主砲が火を吹いた。同時に両翼の駆逐艦も撃ち出した。うこん色の火箭といっしょに、砲声が轟《とどろ》くと、中空に茶褐色の弾幕が、点々と傘のように開く。

おれは弾着点から眼をはなさなかった。見ると、その弾幕と、斜めに裾をひいたトビ色のすじ雲の間を飛行機が三機、見えがくれしながら旋回している。高度は一万数千はあるだろ

うか。眼をこらして、やっとトンボぐらいの大きさにしか確認できないが、出撃いらいはじめての敵機だ。ところが攻撃に出る気配はなかった。艦隊に触接しながら、同じ高度で右へ大きく旋回している。明らかに偵察が目的らしかった。

これをめがけて第一部隊では、長門、つづいて大和も発砲したが、武蔵は射撃をひかえた。僚艦の集中射撃で、弾着観測が困難のせいもあったが、それ以上に、武蔵の位置からでは、砲身に最大限の仰角をかけても、敵の的針角度をとらえきれなかったのである。高角砲と機銃も、敵の高度がその有効範囲をはるかに越えているので、射撃できなかった。そのため艦長は、最後まで「撃ち方始め」の号令を下さなかった。

敵機は、そのまま数分の間、ぴったりと艦隊に触接していたが、まもなく艦隊の砲撃を尻目に反転して、すばやく東南方の海上に姿を消していった。斉射をくわえたのに、艦隊はこれを一機も仕留めることができなかった。

だが、ここで敵機に発見されたことは、作戦遂行途上の艦隊にとって致命的なことだった。むろん昨日敵潜に遭遇していらい、敵機の来襲は予期していたことではあったが、これで艦隊は、ついにその位置、勢力、陣形、針路などを空からあからさまにつきとめられてしまったのだ。レイテ突入の意図は、あっさり見破られてしまったのだ。とすれば、敵がこの機会を見逃すはずがない。その手前で叩けるだけ叩いて艦隊の突入を全力で阻もうとするに違いない。どちらにしろ、これで栗田艦隊はレイテに辿《たど》りつくまでに、恐ろしい死の関門を通過しなければならなくなった。

＊

武蔵は速力をいっきょに二十四ノットに上げた。敵はまもなく攻撃機をくりだして襲いかかってくるだろう。そうなると、徒《いたず》らに針路を攪乱《かくらん》されて、予定の進航はますます難しくなる。だから今のうちに一マイルでも二マイルでもレイテへの距離をつめておかなければならなかった。

敵の偵察機の出現で、艦橋はにわかに緊張した。

艦橋には、艦長以下艦の首脳部のほとんどがつめている。ここは五メートル平方ほどの広さをもった気密室で、外壁は厚さ三十ミリの装甲鈑《ばん》でかこってある。正面から左右にかけ、ちょうど眼通りの高さに、特殊な風防ガラス入りの細長い窓枠がはめこんであり、ここから外部の戦況を見ることができるようになっている。水面からここまでの高さは約三十四メートル、肉眼でも三万メートル先まで視界に入れることができる。

内部には、操艦に必要なあらゆる装置や計器類がととのっている。操舵《そうだ》機、羅針盤《コンパス》、傾斜計、速力計、チャートテーブル（海図台）、各種の報知器、受信器、伝声管、回避盤、それから両側の壁には、機関室をはじめ、艦内の各部署に通じているねずみ色の箱型の電話機が縦にずらりと並んでいる。ここは通常第一艦橋とよばれ、そのすぐ真下に、予備艦橋として第二艦橋がある。内部の設備は、第一艦橋と全く同じで、ここは応急指揮官をかねる副長の部署になっている。

第一艦橋の上はトップの防空指揮所だ。戦闘になると、艦長はここに上がって第一艦橋の航海長と一体となって操艦の指揮をとる。ただここは下の艦橋とちがって、見晴らしがきくかわりに、頭上を遮蔽するものは何もない。わずかに装甲鈑を胸の高さに張りめぐらしてあるだけだ。

ここは見張り指揮所もかねていた。両舷には、見張り用の回転式大型双眼鏡が、外壁にそってずらりと備えつけてある。そのため、面積のわりに勤務員の数は多い。むろんここにも、回避盤をはじめ操艦に必要な設備がすべてととのっていて、電話や伝声管で、艦内各部と直接連絡がとれるようになっている。

艦橋は、この防空指揮所もふくめて、艦の中心である。戦闘中一切の命令はここから発せられ、各部署からの必要な報告もすべてここに上がってくる。人間にたとえていえば、さしずめ頭脳中枢にあたるところである。

艦長の猪口少将は、トップの防空指揮所の正面に立って、左手の沖のほうに双眼鏡をあてていた。縁に指揮官標識の白線の入った鉄カブトをかむり、濃いカーキ色の開襟の戦闘服を着て、腰にきつく幅の広い黒のバンドをしめているので、長身の体は、ふだんよりずっと高くすらりとして見えた。すねに黒皮の脚絆《きゃはん》をあてた両足をやや小股にひらき、あいているほうの左手で伝声管をにぎったまま、眼にあてた双眼鏡を左から右へゆっくりさぐるように動かしていく。

艦長はしばらくそうしていたが、やがて双眼鏡をさげてひと息つくと、かたわらにこれも双眼鏡を手にして立っている副長の加藤大佐にむかって、低いおさえた声でいった。

「とうとうつかまったな」

「つかまりましたね」

副長は赤く潮やけした円い顔をふってうなずいた。加藤大佐は二年前、重巡鳥海の副長から武蔵に転任してきた。その間、武蔵の艦長は三人かわったが、どういうわけか加藤大佐はそのままずっと副長をつとめていた。武蔵にとっては、二代目の副長だった。年は四十六、背丈は中ぐらいで、肉付きのいい厚い胸と広い肩をもち、体は銅像のようにがっちりしていたが、外がわにひらいた大きな耳と、いつもひとつところに焦点をすえているような鋭い大きな眼を見ると、細かいことにも目はしのきく用心深い士官という印象をあたえた。副長は左腕を胸の高さにあげて、手首の時計をみながら、前に上体をおくるようにして、艦長のほうに顔をむけた。

「艦長、ただいま〇九《マルキユー》一〇《ヒトマル》です。さっきの偵察機の報告で、敵がすぐ攻撃隊を発進させたとすれば、もうおっつけやってきますね」

「うむ」、艦長は正面から吹きつける風に眼を細めながら、首をかるく前後にふった。「そろそろやってくるだろう」

「で、敵の発進地はどのあたりでしょう」

「おそらくサンベルナルジノか、スリガオの沖だろう。ほかには考えられん」

「すると母艦機でも十分やれる距離ですね」

「やれる。それにあのあたりには陸上基地もあるにちがいない」

「それをもろにかぶるとなると、こたえますね」

「うむ、これで無傷でレイテに突っこむのぞみは絶たれてしまった。被害が軽くてすめばよいが……」

艦長はいって、指先で額の汗をぬぐった。高さ三十四メートルの艦橋からは、まわりの僚艦もひと眼で眼にいれることができた。どの艦もまっすぐ艦首をたてて、航跡を白く吹きあげるようにして走っている。そしてどの艦にも、なにか一生懸命なものが感じられた。艦長

は、それらを一隻一隻眼でおさえるように見まわしてから、

「副長、見た通り本艦は輪形陣の外側で、空から攻撃を受けやすい位置にある。今日は一日対空戦となるかも知らんが、艦内防禦《ぼうぎょ》のほうは万事よろしく頼むよ」

「はあ、その点は運用長ともよく連絡をとってありますから、それに、収容した摩耶の乗員も二百名ほど応急員にまわってもらいましたので、大丈夫だと思います」

「注排水装置のほうも支障はないな」

「ありません。責任者の掌砲長からも、さっき報告がありました」

副長は指のはらで無意識に双眼鏡の革紐をしごきながら、風に声をけされないように、語尾をあげていった。

「右舷前方異状なし」

「左舷後方異状なし」

そういって、二分おきに受け持ちの警戒範囲を報告しているのは、外壁にずらりと並んだ見張員だ。みんな肩をのりだすようにして、百五十倍の大型双眼鏡をのぞきこんでいる。鏡架が動くたびに、レンズのふちがキラキラと陽の光をはじく。

「水平線《みずぎわ》をよく見張っておれ」

見張員のうしろに立って、見張長が余裕のあるはきはきした声で繰り返し念を押している。

「三番、五番は百二十度方向を見張れ」

「四番、正面から眼鏡をはなすな」

トップの十五メートル測距儀の両袖上にとりつけてある対空用の電波探知機も、右から左へ、左から右へと旋回しながら、索敵の電波を出している。その下の電探室では、四名の電探員が略帽の庇《ひさし》をうしろにまわして波のように白い光の流れる受信器の盤面を喰いいるように睨《にら》んでいる。

「電探もとへ、右へ二八〇《フタヤーマル》」

伝令の抑えつけるような声がそこから聞こえた。

艦長は、こんどは右舷のほうに双眼鏡をあてた。頬のあたりがひきつったように固くこわばってみえるのは緊張のせいだろう。肉の厚い上唇を内がわにくわえこむようにして、いまはいっときも油断できないといったふうだ。機関のはげしい震動にのって、その長身の体が上下に小刻みに揺れている。

「旗艦、面舵《おもかじ》に変針しました」

艦長付伝令が、艦長のほうに顔だけむけて、気ばった声で報告した。

艦長は双眼鏡をさげ、ちらりと大和のほうを見てから、伝声管に口をあてて、下の第一艦橋の航海長にむかって号令を下した。

「面舵、右三十度」

航海長が下でそれを復唱すると、手練の操舵長は、その号令にしたがって、正面の旋回計の目盛りをみながら、両手にかかえるように握った舵輪を右へまわす。武蔵はそのままいっとき直進惰力にのっていたが、やがて舵が利きはじめると、ぐらりとひと揺れして、船体をわずかに左に傾けながら、大きく波をきって艦首を右へまわしていく。艦長は旋回計の針と艦首のふれ具合を、交互に注意ぶかく眼で追いながら、ふたたび顔を下げて伝声管に口をおしつけた。

「航海長、この艦は若干左へまわり過ぎるくせがあるから、戦闘になったら気をつけてくれ。とくにあて舵のときに注意してくれ」

「了解」

ピカピカに磨きあげた銅製の伝声管をふるわせて、航海長の声が下からつつぬけに上がってくる。

「左前方異状なし」

「右後方異状なし」

「妙高、観測機を射出、水偵一機、左へ飛んでいきます」

「長門、右へ変針しました」

「後続艦異状なし」

見張員が配置の報告を交互に伝える。そのとっつきの手旗台では、略帽にあご紐をかけた信号兵が、旗艦の大和に「警戒、異状なし」の手旗信号を送っている。両手の紅白の手旗が、きびきびと舞うように動いて、次々と文字を宙に描きだしていく。

そこへトップの方位盤指揮所から、縦梯子《ばしご》をつたって砲術長の越野大佐が防空指揮所に降りてきた。長身で筋肉質の均整のとれた体格だ。広い額とタワシのように毛深いその頬には、けさ剃刀《かみそり》をあてたばかりのひげの剃《そ》りあとが、もみあげのあたりまで青く光っている。砲術長は、艦長の横に立ちどまって、野太い声で、

「今日は一日対空戦闘ですかな、艦長」

艦長は、ジャイロコンパスにすえていた視線をもどして、

「そういうことになりそうだな……」

といって、手で額の汗をぬぐって、それを無造作にズボンにこすりつけた。

砲術長は頬骨のはった四角な顔をこころもちあおのけて、青く澄んだ空をひとわたりぐるっと見廻してから、

「艦長、今日は視界はいいですな。絶好の射撃日和です」

「喜んでばかりおれんぞ。視界がよければこっちもそれだけ狙われるからな……」

「でも砲戦にはやはり視界がきかんといかんですわ。まあ、来たらひとつ大いに撃ちとってやりましょう」

砲術長が笑いながらそういうと、艦長はそれを軽くたしなめるように、

「だが砲術長、対空戦は水上戦のようなわけにゃいかんぞ。相手は足が速いからな。だから来たらその都度正確に信管を調整して撃たんといかん」

「はあ、わかってます」

砲術長は顔をひいて、ちょっとの間なにか言いたりなそうに口ごもっていたが、ひょいと腕の時計を見て、

「さて、いまのうちに、わたしは膀胱を空にしておきましょう。はじまってからだと、これだけはちょいとっていうわけにはいきませんからな……」

と、おどけたように笑っていって、艦長のうしろをまわって右側面のラッタルを下に降りていった。

するとそこへ、砲術長といれかわりに、艦長付の野村中尉がラッタルを二段とばしにかけ上がってきた。段鼻で眼の大きな小ぶとりの若い士官だ。みると片手にうすい水色の錨《いかり》のマークのついて受信紙をもっている。中尉は艦長のわきにぴたりと体をつけて、

「艦長、旗艦からの情報です」といいながら、それを艦長の眼の高さに両手でひろげて見せ

た。

それは栗田長官が、麾下《きか》の各艦長にあてて発した訓令電文で、各方面の情報を総合すると、敵はすでにわが行動を察知し、空母を主力とする有力な機動艦隊をサマール沖に集結、以後北上中の模様であり、敵の大規模な航空攻撃は必至であるから、各艦は一層警戒を厳にして、即時待機に万全を期せよ、と書かれてあった。

艦長は下顎をひくようにして、受信紙にひと通り眼をとおすと、顎をふって「よし」といった。それから双眼鏡の覗き穴に片手をのせ、顔をまっすぐ艦首のほうにむけた。かすかにピッチングしている艦首の向こうには、近づきがたいほど明るく澄んだ群青の海原が、陽の光を燦々《さんさん》とあびて目路もはるかに広がっている。そこへそりかえった艦首が、真っ直ぐ切りこむように突き進んでいく。それまで悠長にうねっていた波は、犂《す》きおこされた勢いで、瞬間さっと艦首の左右に分かれる。そのたびに波はバシッバシッと横っ腹を叩きながら、舷側すれすれまで弓なりに躍り上がって飛沫をまき散らした。

艦長は、ちょっとの間、まばたきもせずに飛沫に黒く濡れている前部の鉄甲板のあたりをじっと見つめていたが、まもなく向き直って、一語一語嚙《か》んでふくめるようなゆっくりした口調で、栗田長官の電文の要旨を乗員に伝えた。はりのある艦長の声は、高声令達器を通して、上は露天甲板から下は密閉された機関室まで、艦内の隅々に伝えられた。

「敵機来襲の公算大なり。各員は日頃の訓練の成果を遺憾なく発揮し、各々の戦闘部署において最善をつくして貰いたい」

艦長は「艦長より」と前おきして、それをもう一度繰り返して全乗員に伝えた。

3

陽ざしがしだいに強くなってきた。さっきまで頭上にまだらに散らばっていた雲も、いつのまにかぬぐいとったように消え、海の色も黒みをおびた濃藍色にかわった。降りそそぐ陽の光は海面をおおい、かわいた潮の匂いを発散させながら、おれたちの首筋や肩のうえにじりじりと照りつけてきた。

おれたちは、あれからずっと配置に待機していた。もう配置を一歩も動けなかった。いまにもやってくるかも知れない敵機の襲撃に備えていたのである。おれは腕の時計を見た。十時をちょっとまわったところだ。するとあの偵察機が去ってから、すでに二時間近くたっていることになる。二時間といえば、相当の飛行距離である。かりに基地が遠く離れているにしても、もうそろそろやってきていい時刻だ。それとも敵は艦隊をもう少し手もとに引きよせておいて叩くつもりなのか。どちらにしろ敵がつい眼の先に来ていることは、もう間違いないのだ。

だが味方は、肝心の偵察機をもっていないので、このときになっても敵の所在やその勢力、動静についてたしかな情報を得ることができなかった。敵が一方的に攻撃を仕掛けてくるのをただ待っているだけだった。それにしても、こうしてただ敵の出方を待っているというのは、なんとも不気味でいやな気持ちだ。おれはもうなんでもいい、どうせやってくるものなら、いっそ早くきてしまえばいいとさえ思った。息づまるような緊張と恐怖に耐えきれなかったのである。だがその待機の時間も長くはつづかなかった。

案の定、それからまもなく対空戦闘のラッパが鳴った。おれたちはいっせいに眼を沖に向けた。

見ると、右舷のはるか沖合の空に、ちょうどゴマ粒のような黒点があらわれた。それもはじめは一つ二つと数えられるほどだったが、やがて水平線の裏側から、ピンポン玉のようにつぎつぎにはね上がってきた。それが一つところにじっとはりついている感じに見えるのは、艦の動きと同行しているためらしかった。

トップの対空電探が、それを追ってあわただしく旋回をはじめた。同時に測距儀もあおるように右へ右へ廻っていく。

おれは銃側に備えつけてある照準望遠鏡を急いでのぞいて見た。気がせいて焦点をあわせるのももどかしい。レンズはやがて内包してある赤い十字の線上に、そのゴマ粒をしっかりだきしめる。円く空をかぎったレンズの表面を、ゴマ粒は群がったまま右のほうへ流れるように動いていく。まだ遠くて機種ははっきり確認できないが、まぎれもなく敵の艦載機だ。それはおれの眼に一つ一つ突きささるように焼きついてきた。おれは膝がふるえているのを感じた。

艦橋で見張員が叫んだ。

「左二十五度、敵艦載機」

「高角四、二三〇《フタサンマル》、右へ進む」

瞬間、艦内は不気味に静まりかえった。すべての物音が一点に集中したところで、どこまでも深く澄んでいくような静けさ……。そのくせ気まぐれな軽い指のひと突きで、あっけなく崩れてしまいそうである。無言で、海だけがむやみに明るかった。

おれは銃身を二、三度動かしてみた。星野も銃架を左右に試動している。俯仰も旋回も調子がいい。その間に、一番銃手が弾倉を装塡する。装塡された弾倉の耳を薬室の抑え金がくわえこむ。これであとは射撃の合図を待つばかりだ。

「六番機銃、配置よし」

銃長の倉岡兵曹が、砲甲板の指揮塔に立っている群指揮官の星山少尉に片手をあげて報告した。同時にまわりの各銃座からも、同じ報告が群指揮官に告げられる。星山少尉は、それにいちいち指揮棒をふってうなずいていたが、うなずくたびに、かむっている鉄カブトのみねが陽の光をはじいて鈍く光って見えた。

おれは顔をあげたまま、目標から眼をはなさなかった。

左手の海ぎわをひと塊りの綿雲が、帯のような長い裾をひいてのろのろと西のほうへ這《は》っている。いかにも悠長で気ままな雲の流れだ。その雲のはずれのずっと手まえの海面を、どこから飛んできたのか、飛魚の一団が飛んでいる。飛魚の群れは、波間にたわむれながら一息つくと、おのれの自由な境遇をたのしんでいるかのように、またぴんと羽根を広げて軽々と飛んでいく。そのたびに、なんど色の羽根の先から、ひとつらなりのこまかな水しずくがななめにこぼれ落ちる。おれはそれをちらちらッと眼のはしに入れながら、とうとうやってきたと思い、口から熱い息を吐きつづけた。

敵機は、真っ直ぐ右へ進みながら、攻撃の機会を狙っているらしかった。まもなく吸いこまれるように、沖の雲の中に見えなくなったが、あの雲を出たら反転して、いっせいに機首をこちらにむけて突っこんでくる作戦にちがいなかった。

「いいか、ふだんの訓練のつもりで落ち着いてやれ」

砲甲板で、星山少尉と並んで立っている砲台下士官の高場班長が、両手を口にあてて叫んでいる。おれは了解のしるしに片手をあげながら、もういちど顔だけまわして、銃尾を振りかえって見た。

両側に、腰の高さに砂嚢を積みあげてある銃尾には、三人の装塡手が並んで、半腰の姿勢で立っている。補充兵の酒井一水は、無意識に指でズボンの縫い目のあたりをつまみながら、つやのない濁ったかなつぼ眼をしきりにぱしぱしやっている。口をとがらせて、あわてて防弾チョッキの紐をしめ直している斜視の加茂上水の横では、左装塡手の堀川一水が、片手をかざして、じっと沖のほうに眼をすえている。頰に田虫の斑点のあるその円い顔は、鉄カブトをかむっているせいか、よけい寸がつまって丸く見える。旋回手の星野は旋回輪を握ったまま、さっきから正面に眼をむけたまま身動き一つしない。その横で、首に電話機を吊し、円いゴムの大きなレシーバーを耳にあてて立っているのは、伝令の村尾一水だ。鉄カブトが大きすぎるのか、いつもびっくりしているような二重瞼の大きな眼も、はんぶん庇のかげにかくれてしまっている。そんなところはいかにも子供子供して頼りない感じだが、それでも、指揮所からおりてくる号令の一言半句も聞きもらすまいとして、両手で耳のレシーバーをしっかりおさえている。おれはそんな村尾を見ると、なにか励ましの声をかけずにはいられなかった。

「村尾、いいか、しっかりするんだぞ」

おれが自分にもいい聞かせるつもりでそういうと、村尾は顔をふって、

「は、はい……」

と大きく眼をみはってうなずいたが、頬のあたりが突っぱったように硬直して、なにかをせいいっぱい耐えているふうだった。

銃長の倉岡兵曹は、さっきから指揮棒をさげたまま、砂嚢のまわりを行ったりきたりしている。いっときもじっとしていられないといった様子で、ときどき沖のほうに眼を走らせたり、銃尾や後ろの砲甲板のほうを意味もなく見上げたりしている。口もとがへんに青ざめて、あごのあたりが小刻みに震えているようだった。おれは顔をもどしながらいった。

「銃長、もうそろそろきますよ」

「うん……」

「いまの位置だと、きっと右舷から突っこんでくるでしょうね」

「さあ、どっちかな……」

倉岡兵曹は喘《あえ》ぐようにいって、下げていた指揮棒をあわてて右手にもちかえた。

するとそこへ、となりの四番銃長の吉沢兵長が、わざといたずらっぽく景気でもつけるようなおどけた声で、

「堀川、どうだ、きんたまあがってねえか」

「さわってみて、あがってたらな、いまのうちにつかんでいっぱい下げておけ。お客さんがきてからじゃ間にあわねえからな」

「は？……」

吉沢兵長は笑っていったが、それは誰の笑いも誘わなかった。おれも彼と眼があった拍子に、ちょっとつられて笑いかけたが、それも痙攣《けいれん》したように、口のはしに凍りついてしまった。吉沢兵長自身も、おそらくそんな駄洒落《だじゃれ》でも飛ばさないことには、どうにもいたたまれなかったのかも知れない。

おれたちは、対空要員の機銃員だ。周囲を厚い装甲鈑でかこまれた砲塔砲員とちがって、戦闘配置は露天甲板である。遮蔽物といえばわずかにまわりに砂嚢が積み上げてあるだけで、あとは全身を天日にさらされている。防弾チョッキに鉄カブトこそかむっているが、素っ裸も同然だ。もし爆弾でも一発まともにくらったら、それこそ全員が髪の毛一本のこさずに吹っ飛んでしまうだろう。

おれはふと今日が自分の最期になるのではないかと思った。これまで何度か死線をくぐりぬけ、そのたびに多くの仲間の死を見とどけてきたが、こんどはおれの番かもしれない。その予感は、現実の重みをもって、へんに生々しくふくれあがり、ぎりぎりと胸を咬《か》んだ。あと何分かのちには、おれは血まみれになって甲板に倒れるか、木《こ》っ片《ぱ》のように海に吹き飛ばされる。そしておれの一切が消滅する。そう思うと恐怖から、まわりの風景がいっぺんに稀薄《きはく》になった。空も海も、僚艦の艦橋もマストも、なにもかも急に色あせて、白く透けたように視野から遠のいていく……。一瞬、おれは盲目撃《めくらう》ちに射撃したい衝動にかられながら歯をくいしばった。そしてそのまま体の中に熱く泡立ってくるものを懸命におさえていた。恐怖は心のうちにも外にもあった。

「敵機編隊、反転しました」

「高角六、的針二五《フタゴー》、真っ直ぐこちらにむかってくる」

見張員の声につづいて、伝令の村尾一水がうわずった声で叫んだ。おれたちはじっと固唾《かたず》をのんで、敵機の動きを見守った。白く輝いている雲の表面に、コークスでもばらまいたように、黒い小さな点々が散らばっている。そこから迫ってくる殺気がひしひしと感じられた。おれは、鉄カブトの下の汗どめの白鉢巻きをもう一度しめなおし、落ち着け、落ち着けと自分にいいきかせながら、俯仰桿をひきしぼり、銃身を静かに水平線に向けた。

武蔵はメインマストに戦闘旗をかかげ、すでに全速力で避退運動にうつっている。艦首に切りかえされた波が、凄《すご》いいきおいで左右にはじいていく。ぶち当たる波の飛沫が舷側をこえて、滝のようにはね上がる。フル回転の推進器《スクリュー》のあおりをくって、艦尾波が渦をまいて泡だち、逆巻く。艦上構造物が小きざみに振動する。マストの鋼索《リギン》がうなる。風がびゅーびゅー耳もとを切っていく。

敵機は二段がまえに編隊をくんで、鉤《かぎ》の手に右へ廻りながら、まっすぐ射程圏内に迫ってくる。艦隊の針路を右から牽制《けんせい》しておいて一気に突っこんでくる作戦だ。すでに武蔵の全砲門（四十六サンチ主砲九門、十五・五サンチ副砲六門、十二・七サンチ高角砲二十四門、二十五ミリ連・単装機銃百十三門、十三ミリ機銃八十八門）は、敵機に、射角をあわせて発射の瞬間を待っている。

緊迫した号令が、つぎつぎに艦橋からとんだ。

「左三十八度、高角四、二六〇《フタロクマル》」

「目標、左へ反転」

「左砲戦、むかってくる敵艦載機！」

突然主砲が火を噴いた。艦長の「撃ち方始め」の号令が下ったのである。つづいて副砲が砲門をひらいた。ぐわーん、ぐわーんと砲火が入り乱れて交錯する。斜め向こうをいく大和と長門も砲撃を開始した。濛々《もうもう》とたちこめる黒褐色の硝煙のあいだから、太いうこん色の火箭がひっきりなしに上がっている。敵機は、しかし味方の斉射にもひるまず、翼をつらねて踏みこむようにぐんぐんその距離をつめてきた。

武蔵は、一斉射撃の烈しい反動に耐えながら、最大戦速二十七ノットをふりしぼり、銛《もり》に追われる巨鯨のように、轟音《ごうおん》と硝煙につつまれたシブヤン海を縫うように進んでいった。

4

戦闘は輪形陣で行われた。

　敵機は雷撃機TBFと急降下爆撃機SBD、SB2Cからなっていた。これに直衛の戦闘機《グラマン》F6F六機が加わっていたが、このうち三機は、情報打電の任務を負っているのか、編隊から離れて一万数千の高度を旋回しながら、味方の砲撃を避けていた。

　艦隊はいっせいに之《の》字形の回避航行にうつった。雷撃と被弾をかわすためだ。各艦とも右から左へ、左から右へと、交互に艦首をふって転舵していく。いずれもエンジン全開の最大戦速だ。曲折した前続艦の航跡にのって後続艦がそれに続く。戦艦の長門は、重巡鳥海の二キロ後方を、武蔵は中央の旗艦大和と、はすかいに艦首をならべ、重巡妙高のあとを追った。

　敵機は左手から黒い巻雲のように迫ってくる。これに向かって各艦が狂ったように斉射を浴びせる。大砲の連続的な轟きは、まわりの空気を縦にも横にも引き裂いて鳴動した。たちこめる砲煙は、陽の光に横縞《よこじま》の明暗をあざないながら、風に吹きまくられ、幾重にも、とぐろを巻いて、砲塔に、艦橋に、マストにからまりつく。そのあいだを、先の尖《とが》った鋭い稲妻のような火箭が、閃々《せんせん》と空に噴き上がっていく。第一部隊につづいて、後続の第二部隊十三隻もいっせいに火蓋《ひぶた》をきった。

　空は、みるみるうちに斑《まだら》な弾幕におおわれた。それはいっとき凝結したように見えながら、やがてそのふちまわりがささくれたように崩れ、うす汚く広がりはじめる。月面写真のあばたを思わせる黒灰色の弾幕の輪だ。敵機はその弾幕の中を巧みにかいくぐり、突きぬけ、ついに上空いっぱいに群がってきた。

　おれは敵機に銃口を向けたまま、緊張し歯をくいしばって「撃ち方始め」の号令を待っていた。咽喉がつまってうまく息がつけなかった。……ああ、恐ろしい、いやだ、いやだ、何もかも投げだして、どこか安全な場所へ逃げてしまいたい。隠れてしまいたい。だが、まわりは海だ。どこにも逃げ道はない。どこにも隠れる場所はない。そう思うと、頭の中は熱く渦巻き、こらえ性もなく体が震えてくる。全身の毛穴がいちどに開いてしまったような恐怖感をどうすることもできない。つめたいものが背筋をじたじたと流れていく。瞬間、おれは何をしていいのかわからなかった。

「くるぞ、いいか、落ち着いて撃てッ！」

　上の砲甲板から高場兵曹が叫ぶと、同時に、機銃群にも「撃ち方始め」の号令がかかった。おれは反射的に腰をうかせて、狂気のように引き金にかけていた右足を力いっぱい踏みしめた。

ダッダダダダ、カカカカカッ……。

前後に激しくおどる三本の銃身から、二十五ミリ曳光弾《えいこう》が、矢のように青い尾を引いて空に噴き上がっていく。

敵機はそのうえから右へ大まわりに旋回するとみせて、パッと左右に散ると、そのまぐらりと白い星のマークのついた翼をかえして、嚮導機《きょうどう》を先頭に逆おとしに突っこんできた。

キーン、キーン、キーン、キキキキキイイイイ……。

鋭い金属的な飛行音が空気をつん裂いてはじく。翼と翼がつぎつぎに折り重なって、硝煙のあいだを斜めにかすめる。と、その先のこそげたくさ色の翼から、胴体から、太い葉巻のような魚雷が無造作にこぼれ落ちる。それは一瞬、宙にとまって所在なげにぶら下がった感じにみえる。陽がそれを横から片明かりにそめて鈍い光を放つ。が、つぎの瞬間、魚雷はもんどり打って、カーッと眼いっぱいに飛びこんでくる。おれは、息をつめて落下の瞬間を待った。そのまばたきするほどの僅かの時間が、気のとおくなりそうな長さに思われる。

突然、前方に水しぶきが上がった。魚雷だ。魚雷は着水と同時に二、三度ジャンプしてから、正面にその黒光りの鋭く尖った頭をおこして、そのまま一直線に艦のどてっ腹めがけて殺到する。

「左九十度、魚雷ッ」

「右四十度、魚雷、まっすぐむかってくる！」

見張員が叫びつづける。武蔵はそのたびに烈しく身ぶるいしながら、左右に大きく舵をきって、きわどいところでそれをかわしていく。

雷撃機のあとに突っこんでくるのは爆撃機だ。鼓膜をえぐるような爆弾の落下音が断続的に轟く。赤い火の玉がぱっと四方に散る。眼がくらむほどだ。同時にそこから水柱が噴き上がる。水柱は空をついてむくむくと噴き上がっていく。それも一本や二本ではない。眼の前に何本も屛風《びょうぶ》のように立ちはだかる。と、それがまたいっぺんに崩れて、艦橋に、煙突に、甲板に立ちまわっているおれたちの頭の上に、滝のようになだれ落ちる。おれたちはたちまちずぶ濡れだ。

敵機は、運んできた魚雷と爆弾を投下して身軽になると同時に、さっと機首をあげてマストすれすれのところを向こう舷に舞い上がっていく。すると、そのあとからまた新手《あらて》の編隊が突っこんでくる。荒れ狂う硝煙と水柱のあわいに、翼の影がちらちらする。おれはそれにむかって引き金をひきつづけた。さっきまでの恐怖感はもうなかった。感覚がいちどに麻痺《まひ》してしまったのかも知れない。と、同時に、つ、き、も、の、が落ちたように、恐怖のうろこの下から、はげしい怒りがどっとせり上がってきた。それは何に対する怒りか、容赦なく突っこんでくる敵機にか、それともおれたちをここまで追いつめたものにか、それはおれにはわからなかったが、わからないまま轟々となる爆音と水柱の向こうに、おれははじめて烈しい怒りをはなった。

硝煙の切れ目に、艦尾のほうから突っこんでくる次の編隊が見えた。四機だ。おれはそれにむかって真正面から銃弾を叩きつけた。一機が尾部からぱっと黒い煙をふきだして、翼をかしげながら横にそれていくのがちらっと眼にはいったが、その先を見届ける余裕はなかった。

敵機は、急降下にうつると同時に、銃撃をくわえてきた。三十ミリ機関砲のロケット弾が青白い閃光をひいて、ななめに頭上をかすめていく。梯子《はしご》撃ちだ。ロケット弾は、塔壁や鉄甲板にはねかえって、カチンカチンと鋭くかわいた音をたてた。

前面の海は、硝煙で薄暗くかげっている。それが敵機の爆音と閃光にふるえて、たえず動いているように見える。その上は砲声と銃弾の渦巻きだ。おれは銃身に仰角をかけて、目標を右から左へ追った。そのとき、いきなり鉄カブトの横っつらをぐわんと打たれた。爆弾の破片らしかったが、遠くから飛んできたのか、中へは通らなかった。瞬間、おれはがくんと押されて、鈍いめまいを感じた。そのため、引き金にかけていた足がはずれて、いっとき射撃が中断した。

それを見て、上の指揮塔から群指揮官の星山少尉が、もちまえのせっかちなきんきん声で怒鳴った。

「そら、六番機銃どうした ッ？　はやく撃て、それ、左から突っこんでくる、早く……」

そこまでいって、突然星山少尉は両手で胸をおさえてよろめいた。そしてそのままあごをねじって、うしろむきに一回転したかと思うと、崩れるように頭を下にして、指揮塔の床に倒れこんだ。突っこんできた敵機の銃弾をまともに胸にうけたのである。瞬間、胸の傷口から、蛇口をひねったように血がふきだしたが、星山少尉は体を二つに折って、ぐったりとうつぶせになったまま動かなかった。ほとんど即死だった。

昨夜おれたちに「死ぬばかりが能じゃない、大事なことは最後まで生きぬくことなんだ」といっていたその分隊士がいちばん先に死んでしまったのである。

おれは体をたてなおして、急いでまた引き金に足をかけた。艦首のほうから敵機が錐《きり》もみの急降下で突っこんでくる。それが投弾しながら頭上の空気を真横に切って過ぎた。轟音と同時に、なにか黒いものがおれの鼻っ先を唸《うな》ってかすめた。おれは反射的に顔をひいたが、その瞬間、銃尾で誰かの悲鳴がきこえた。見ると中銃の装塡手の酒井一水が、銃尾の角に跳ねとばされたように片足をあげてあおのけにひっくりかえっている。首から肩にかけて、血だらけだ。だが射撃中ではどうしてやることもできない。おれはとっさに鞍座から腰だけうかせて、さっきから銃架の向こうがわの砂嚢のかげに頭をおしつけるようにしてへばりついている銃長の倉岡兵曹にむかって叫んだ。

「銃長、酒井が、酒井がやられました。二番と交代だッ」

倉岡兵曹は聞こえたのか聞こえないのか、顔をあげようともしない。じっと顔をふせたまま だ。そのふせた鉄カブトのうえに、破片で裂けた砂嚢の砂が、細く糸のようにこぼれている。それを見ると、おれは急にカッとなって、また、

「銃長、酒井がやられたッ」

と大声で怒鳴るように叫んだ。

倉岡兵曹はやっと顔をあげて、倒れている酒井をみて眼をむいたが、その顔にはまるで血の気がなかった。彼は片ひざをついた姿勢で、いざりのように銃尾のほうに行きかけたが、そばに立っている伝令の村尾に、

「伝令、急いで中部救護所に知らせろ」

とだけいって、また砂嚢のかげに頭をさげてへばりついてしまった。

だがおれは、それ以上倉岡兵曹にかまってはいられなかった。正面からつぎの編隊が突っこんできたからである。その間に、操法通り二番銃手の須坂上水が、酒井にかわって一番の位置についた。

キーン、キーン、キーン、キキキキキイイイイ……。

飛行音がはげしく頭上に交錯し、翼がひらめく。おれはそれを環型照準器の中にだき込み、敵機が機首をさげて急降下にうつる瞬間をとらえて引き金をしぼった。旋回手の星野も一斉射すむごとに、新しい目標をとらえて敏捷《びんしょう》に銃架を旋回してくれた。彼は戦闘開始から黙って一言もいわなかったが、旋回操作は、ふだんと同じように落ち着いて、照準も正確だった。射角のぶれもあまりださなかった。射撃は、射手と旋回手が二者一体となっていなければ目標捕捉は困難だが、相手が同年兵の星野だと、おれもへたにあわてずにすんだ。

銃長の倉岡兵曹は、それでも気がさすのか、ときどき砂嚢のかげからうわ目づかいに顔だけあげて、片手の指揮棒で目標を指示したが、おれはもう彼の指揮棒には眼もくれなかった。装塡手の堀川たちと、旋回手の星野さえしっかりしていてくれさえすれば、銃長は砂嚢のかげにへばりついていても、別に射撃に支障はなかった。

突然、右舷後部のほうで轟音がとどろいた。それにさらに底ごもった鈍い爆発音がおり重なったと思うと、同時にはげしい横ゆれがきた。そのショックで、おれはもう少しで射手の鞍座からずり落ちそうになった。

「右舷後部、魚雷命中！」

真上の艦橋から、伝令の吠《ほ》えるような声がきこえたが、あとはまわりの轟音にかき消されて、なにを叫んでいるのか聞きとれなかった。

投弾をすませた敵機が、低空で艦上をひと跨《また》ぎに飛んで、つぎつぎに右舷上空に舞い上がっていく。おれはそれにむかってたてつづけに追い撃ちをかけたが、敵機はあっというまに硝煙のかげに見えなくなった。

そのときマストの真上を三機の雷撃機がかすめた。つづいて胴体のずんぐりした爆撃機が四機、横に一列にならんでその後を追った。両翼のつけ根のあたりに抱えている筒のような長っぽそい爆弾の形が黒くはっきり見える。それにむかって各艦の砲火が集中する。敵機はその火の矢ぶすまをぬって、水平にかまえた翼を宙でひらりとま横にかえしたと思うと、そのまま左前方の大和をめがけて突っこんだ。大和は機を逸せず、これに一斉射撃をくわえながら、左から大きく右へ転舵していく。その艦尾のあたりでなにかがピカッと光った。

大和の両舷は、たちまち水柱におおわれた。巨大な白い茸《きのこ》のように、水柱は空高くもりあがり、その白いかこいの中に大和の姿を呑みこんでいく。それから十重、二十重にあやもつれた黒煙の渦だ。そのむこうに全速力で走っている長門の艦橋が黄色くかすんで見えたが、大和はあっという間に水柱と煙につつまれてしまった。やられたなと思っていると、やがてそのどす黒い煙を底のほうから振りはらい、かき分けるようにして、大和の輪郭がもどかしいほどゆっくりと浮かび上がってきた。艦首を真っ直ぐおこして、さかんに砲撃の閃光を吐いている。見たところどこにも変わったところはなかった。無事だったのだ。

「大和ッ、でかしたぞ」

上の砲甲板で誰かが唸るような声で叫んだ。

敵機はこの攻撃を最後に引きあげた。運んできた魚雷や爆弾をおとしたあとは身軽だった。敵機はいっせいにあげ舵をとって、すばやく射撃圏外にのがれると、再び編隊をくみ直して、海と空のまじわる青い紐のような水平線のかなたに、一機一機小さな点となって消えていった。

それに追い撃ちをかけた長門の主砲の一発を最後に、僚艦の砲声がぴたりとやんだ。たれこめていた硝煙が風に吹きまくられ、ちりぢりになって、おうど色にうすれていく。あたりは急に透きとおるような深い静寂につつまれた。さっきまでの血の狂ったような錯綜《さくそう》した烈しい音の世界がまるで嘘のようだ。しかしおれたちには、それが却《かえ》っていぶかしく不安だった。気負いたった気持ちを途中であやふやにはぐらかされ、虚脱したような空虚のなかにすとんと落ちこんでしまったようで、ふいにのしかかってきたその静寂の重さを瞬間受けとめかねた。

「撃ち方やめ、その場に待機」

指揮所の号令を伝令の村尾が復唱した。敵機は視界から完全に姿を消したのである。

おれたちは、ようやくほっとして互いに顔を見あわせた。誰の顔も、いま抜け出たばかりの恐怖と緊張にかたくこわばっている。しばらくは誰も無言でうつけたようにぼんやりしていた。けれども、いつまでも虚脱の沼につかっているわけにはいかなかった。敵はまた新手の編隊を差しむけてくるだろう。それまでに急いで配置を整備して、つぎの戦闘に備えておかなければならなかった。

おれたちは早速手分けして、銃座に散乱している撃殻薬莢《うちがらやっきょう》をかたづけたり、焼けた銃身を冷却したり、機動部に注油したりして、急いで配置の整備にとりかかったが、その間もおれは酒井一水のことが気が気でなかった。酒井はさっき担架で看護兵に運ばれていったが、その後どうなったかわからなかった。ひょっとすると、あれっきりになってしまったかも知れない。とにかくいまのうちに急いでいって見てやらなければならない。そこでおれは、あとを星野に頼んでおいて、銃長の倉岡兵曹にいった。

「ちょっと、酒井の様子を見てきますから……」

倉岡兵曹は、銃座の外に出てぼんやり海の方を見ていた。いつもは横に突っぱっているようなそのいかつい肩も、寒そうにしょぼくれて力がなかった。さっき砂嚢のかげに小さくなっていたことを、だいぶ気にしているようだった。おれが声をかけても、間《ま》が悪そうに眼をそらしたままうなずいて、一言もいわなかった。

おれは顔の汗をふきふき、ハッチをくぐって中部上甲板の臨時治療所へかけおりていった。

治療所といっても、兵員デッキに毛布を一枚ならびに敷いてあるだけだったが、治療に必要なものはむろんちゃんと揃っている。底の浅いニッケル箱にいれたいろんな形の鋏《はさみ》や注射筒、接合針、メスなどの手術器具、薬品箱、ホウロウびきの洗面器や汚物桶、消毒用の電気煮沸器、副《そ》え木《ぎ》、繃帯《ほうたい》や赤い十字のマークのついた脱脂綿の袋などが、脚に車のついた移動式の手術台のまわりにおいてある。

手術台のまわりには、手術中らしく、白い上っ張りを着た軍医と看護兵がひとかたまりになって動いている。その上には、室内灯のほかに、別の移動灯が二個下げてあった。ここのデッキだけは通風筒《ファン》がフル回転で、外の新鮮な空気を送りこんでいたが、それでも中は、アルコールや石炭酸やヨードホルムの臭いがこもって、むっとしていた。

ラッタルの角に、ズックの背あてにところどころ黒く血のついた担架が二本、無造作にかさねて立てかけてある。酒井一水は、その横の床に、ほかの負傷者たちといっしょに寝かされていた。みると顔は眼と口だけ残して、あとは繃帯だらけだ。あごから首にかけたあたりに血がにじんでたれている。左のわき腹にも、三角布が二重にあててあったが、そこにも血が赤くにじんでいた。酒井は眼をとじたまま、半分口をあけて、のどの奥をぜいぜい鳴らしていたが、手も足もぐったりして、もう意識はないようだった。

左壁のチストの前に、七分隊の兵隊が四、五人、負傷者をまるくとりかこんでしゃがんでいる。そこから、「しっかりしろよ」という声にまじって、ときどき負傷者の切なそうな呻《うめ》き声が聞こえていたが、酒井には呻くだけの力もなかった。とすると、もう助かる見込みはないのか。おれはちょうどそばを通りかかったのっぽの看護兵をつかまえて様子を聞いてみた。看護兵は立ったまま、事務的にちらっと酒井の顔をのぞきこんだだけで、黙って首をよこに振って見せた。

するとそこへ星野がやってきた。星野も酒井の様子を見てびっくりしたようで、しゃがんでいるおれのほうに腰をかがめて低い声でいった。

「駄目か……」

おれはうなずいてから、酒井の耳に口をよせて、二、三度彼の名を呼んでみた。しかしそれにもなんの反応がなかった。

「よせ、よせ、どうせ駄目なら、そっとしておいてやれよ」、星野がおれの肩をひいていった。「それにしてもかわいそうにな。五人の子持ちだっていうのに……」

酒井一水は、それから三十分ほどして、別に苦しむ様子もなく、眠るように息を引きとった。

酒井一水の左の胸ポケットには、赤い布のお守り袋といっしょに、手札型の写真が一枚、半紙に包んで入れてあった（それも表の一部は血で汚れてしまっていたが）。写真はむろん家族のものだった。店の戸口で写したものらしく、ブリキ屋根の軒先に「酒井豆腐店」と太字で書いた木枠の白い看板がみえる。上の四人の子供は、それぞれ年相応に緊張したよそゆきの顔を正面にむけて、一列に並んで立っていたが、瘦せて眼の大きい奥さんに抱かれているまだ二つくらいの女の子は、片手に縫いぐるみの大きな人形をかかえて、うれしそうににこにこ笑っている。いまこの瞬間、父親のうえになにが起こったのかも知らずに……。

酒井はとりわけ子供のことを気にかけていたようだった。子供をおいて自分だけ遠く離れてきているだけによけいだったかもしれないが、たとえば酒保の菓子や罐詰《かんづめ》なども、自分ではほとんど食べないで溜めておいて子供たちに送ってやっていた。その便船が、途中で沈められる危険は十分承知のうえで、基地から内地行きの便船が出るたびに、彼は小包を欠かさなかった。おれも、消灯後デッキの隅にしゃがんで小包に紐をかけている彼の姿を何度か見かけたことがある。たまにそんなところにぶつかると、彼は、「いまは娑婆《しゃば》じゃ菓子なんてめったに子供の口に入りませんからね」と、きまりわるそうに笑っていったものだ。

彼は今年の一月の召集組で、横須賀《よこすか》海兵団で三カ月の速成教育をうけたのち、四月、武蔵が呉のドックに入渠《にゅうきょ》中に転勤してきた補充兵だった。おれが四分隊から六分隊に配置換えになったのも、ちょうどその頃だから、彼とはそれからほぼ半年間ずっと一緒だったことになる。彼はどちらかというと口の重いほうだったが、それでも配置と班が同じだったせいもあって、二人で一緒に当直に立ったときなどに、よく商売のことや身の上話を聞かせてくれたものだった。ついせんだっても、リンガ泊地で、後部の見張り当直に立ったとき、なんのきっかけからか、話がそっちに流れたことがある。彼はいつもの癖で、ときどき舌の先で唇をなめながら、

「……できのいい豆腐ってのは、そうですね、まあ割り箸でつまんで崩れないで持ちあげられるようなら味もいいですよ。豆腐はなんといっても豆の煮あげと、にがりのうちかたがこつですが、豆にもよりますね。秋口にとれた内地大豆なら一等ものです。満州《まんしゆう》大豆とちがって呉《ご》が出ますから……。わたしは、兵隊のほうは性にあわないけど、これで、豆腐を作らせたらうまいもんですよ。親父にうんと仕込まれましたからね、お得意さんにも、おたくのはコクがあって舌ざわりがいいってよく褒《ほ》められたもんです。もっともこの節じゃ、豆も配給制で豆腐も思うようにつくれませんが、でもそのうちこの戦争でもすめば、また豆が出まわるでしょうから、なんとか無事に帰還できたら、また嬶《かかあ》を相手にはじめるつもりです。まあ、豆腐屋といえば、二時男といわれるくらい早起きが身上で、冬場なんかこたえますけど、でも自分が丹精した味を売るっていうのは励みのあるもんですよ。やっとわり箱からあげてくるまどりにしたやつを、おかもちに沈めて、明け方の町の裏通りを天秤《てんびん》でギイッチギイッチ、てくっていくのは気持ちのいいもんですよ。ラッパも澄んでよく透《とお》るしね……」

また、いつだったか、夜の砲甲板でこんな話を聞いたことがある。

「……嬶とは最後に大船駅《おおふな》で別れました。発《た》つ前の日に、外出する同年兵にこっそり頼んで電報をうっておいたら、六つの坊主と下の子をおぶって、大船まで面会にきてくれました。あいにく雨の日でね、わたしたちはそこで軍用列車に乗せられたんですが、ホームが混んでいて、やっと会えたと思ったらもう発車でしょう。二人ともあわてちゃって、あいつは動きだした列車についてホームを駈けてきました。わたしのいる窓枠をつかんだまま、片手に坊主の手をひっぱっているんですが、坊主は駈けている嬶に無理に手をひっぱられるもんだから、わあわあ泣きだしちゃってね、わたしが危ないから離せ離せといっても、あいつは夢中で、『父ちゃん、いいかい、死んじゃ駄目だよ、死んじゃ、……生きててよ、うちのことは心配しなくていいんだから、生きて帰っておくれよ、いいかい、父ちゃん……』っていいつづけて、とうとうホームの端っこまで泣いている坊主といっしょに駈け通しでしたよ。あとで同年兵にひやかされましたが、あの時はこっちも胸がつまっちゃってね。持ってきてくれたすしや草餅なんかものどを通りませんでした。あれからまだ半年しかたっていないけど、自分じゃもう二、三年も前のような気がしますよ。だけど早く帰してもらいたいですね。こんなことは下士官たちの前じゃいえませんが、豆腐さえ作っていられたら、もう文句はありません。わたしはね、くるまえに籾摺《もみす》り用の中古の発動機を一台買いこんできたんです。あの重い豆ひきの石臼をこんどは動力でやってみようと思ってね」

といいながら、油揚げやつとの作り方まで、おれにこまごまと説明してくれたりした。そしてそんなときの彼は、人がかわったように声にも熱が入って、いかにも得意そうだった。

彼の家は、彼でちょうど三代目の古い豆腐屋だそうだが、たしかに召集さえなければ、彼はいまもちゃんと豆腐をつくっていられたのである。腕のいい町の豆腐屋さんで店をはっていられたのである。だが、酒井一水はもう二度と豆腐を作ることもできなければ、ラッパを流して売り歩くこともできない。駈け落ちまでして連れ添ったという妻や五人の子供にも、もう逢《あ》うことはできないのだ。

酒井一水はすぐ看護兵の手で死体収容所にあてられた隣のデッキに移された。おれは配置にあがるまえに、星野といっしょに水筒の水で彼の口をぬらしてやったが、繃帯にくるまったまま、急に眼くぼのおちてしまった彼の顔は、なにか強い訴えをふくんで、いかにも無念そうだった。

〈間奏〉

（露天甲板。黒く点々と落ちている血痕。吹きあてる風と機関の響き。兵隊たちは、配置のまわりに坐って待機している。その頭上では電探が旋回している。艦橋指揮所のほうから、ときどき見張員や伝令の声が聞こえる。点滅する発火信号。兵隊たちの話し声は低い。どの顔も濡れたような汗……)

堀川一水 (鉄カブトをとって顔の汗をふきながら)「あれでさっきは何機ぐらいきたんですか」

杉本兵長 「五、六十機じゃないかな」

堀川一水 「だけど、敵も勇敢ですね。あの弾幕の中をしゃにむに突っこんでくるんですから……」

杉本兵長 (煙草に火をつけて)「そうさ、アメ公だって死にものぐるいよ」

吉沢兵長 (村尾の肩をたたきながら)「どうだ、村尾、大丈夫か……」

村尾一水 (息をぬいて)「はあ……」

吉沢兵長 「でも、こわかったろう」

村尾一水 (うなずいて)「はあ……、あんまり凄いんで、一時はどうなるかと思いました」

矢崎兵長 「でも、お前はよくやったぞ。おれは腰でもぬかしゃしないかと思って、心配していたんだ」

星野兵長 (村尾に水筒を渡しながら)「ほんとだ、お前ははじめてにしちゃしっかりしていたぞ……。ほれ、水でも飲めや、のどかわいたろう」

村尾一水　（水筒を受けとって）「のどがなんだかしびれちゃって……」
稲羽兵長　（手拭いで首のまわりをふきながら）「しかし、弾っていうやつはなかなか当たらねえな。標語の〝一発必中〟っていうわけにはいかねえぞ」
杉本兵長　「とてもとても、千発も撃って一発か二発当たればいいとこだ」
加茂上水　「それで、さっき何機ぐらい落としたんですか」
星野兵長　（弾薬筐《きょう》に片手をかけて）「せいぜい五、六機だろう」
加茂上水　「そんなもんですか、あれだけ撃って……」
星野兵長　「ほかの艦のことはわからないけど、でも引き揚げていくときには、結構揃っていたからな」
須坂上水　（うなずいて）「そういえばそうですね」
吉沢兵長　（あたりを見廻しながら）「ところで、倉岡兵曹はいねえな。どこへいったんだ？」
堀川一水　「厠《かわや》じゃないですか？」
吉沢兵長　「厠？　だけど倉岡の大将、今日はさっぱり元気がねえな、どうしたんだ、いったい……」
三原一曹　（笑いながら）「臆病風にとっつかれちまったんじゃないのかね」
田畑兵長　（顔をふって）「いうな、いうな、戦闘は長いんだ、そのうち自分でしゃんとなるだろうや……」

矢崎兵長　（ハッチに上がってきた高場兵曹に）「班長、酒井一水はさっき死にました」

高場上曹　（うなずいて）「おれもいまいってきたとこだけど、やっぱり駄目だったな……」

田畑兵長　「あれじゃもう助からないですよ。右のわき腹をもろに裂かれちまったんだから」

高場上曹　「だけど、かわいそうなことしたな。補充兵のなかじゃ、わりかた気のきくい兵隊だったのに……」

三原一曹　（煙草の火をもみつぶして）「右舷のほうはどうですか。あっちも大分やられたんでしょう？」

高場上曹　「四人ばかりやられた。五番射手の笹木は重傷で意識不明だ」

三原一曹　「対空戦となると、やっぱり機銃分隊が一番やられる率が多いね。そこへいくと砲塔砲員はいい」

月島上曹　（舷外にペッとつばをはいて）「おれたちも、あのままずっと副砲にいたら、こんな目にあわずにすんだのにな……。露天じゃ死ぐのを待っているようなもんだ」

風間二曹　「しかし、あの副砲だってわかりませんよ。主砲とちがって外部の鉄板は薄いんだから、天蓋に一発命中したらそれっきりですよ」

月島上曹　「でもよ、露天機銃よりましだぞ。外が見えねえだけでもいいや」

深谷兵長　（吐きすてるように）「きょうは無事でも、あすはレイテに殴りこみ、どっちみち助からないな、おれたちは……」
三原一曹　「深谷、われ、いやにあっさりいうじゃないか」
深谷兵長　「だってそうでしょう。こっちには飛行機は一機もないのに、このまま突っこんでいったらやられるだけですよ。そりゃもう眼にみえてますよ」
杉本兵長　（沖のほうに顔をむけて）「だけど味方の飛行機はいつになったらくるのかな」
高場上曹　（顔の汗をふきながら）「さっき信号科のやつがいってたけど、栗田長官も再三航空部隊に出動を要請したんだけど、まだ連絡がこないんだってさ」
吉沢兵長　「一体なにしてるんだろう。今日は陸海空あげての総攻撃だっていうのにね」
高場上曹　「肝心の飛行機がなくて出動できないんじゃないのかな……」
村尾一水　（心配そうに）「でも空母の小沢艦隊はそのためにこっちへ向かってるんでしょう」
風間二曹　「こうなると頼みは小沢艦隊だけか……」
加茂上水　（溜息をついて）「早くきてくれるといいですね」
高場上曹　「だけど小沢艦隊も保有機数は僅かだっていう話だから、きてもそれほど当てにはならないんじゃないかな」
吉沢兵長　（顔をしかめて）「大体さ、飛行機の掩護《えんご》もなしに、ブルネイを出てきたのが、どだい無理だったんだ」

稲羽兵長「それにしても、このまま裸で進んでって大丈夫かな、勝ち目はあるのかね」

月島上曹「勝ち目？　そんなことより死ぬことを考えておいたほうがよさそうだな……」

稲羽兵長「でも連司の豊田《とよだ》長官は、一応勝算ありとみて作戦に踏みきったわけでしょう」

月島上曹（鼻をならして）「ふん、なにが豊田長官だ。自分は安全な内地の日吉《ひよし》にすっこんでて、無電一本で艦隊を動かそうとしてやがる。おれはその料簡が気にくわねえ。自分がたてた作戦なら自分で艦隊をひっぱってやってみたらいいんだ」

三原一曹（いまいましそうに）「ほんとだ、その通りですよ」

高場上曹「つべこべいうな……。ところで伝令、いま正確なところ何時だ」

村尾一水（腰の秒時計をみながら）「十二時十分前です」

高場上曹「じゃ、あれから一時間たってるな、するともうじき次がやってくる時分だぞ」

星野兵長（首をふって）「あーあ、またか、いやだな、飛行機だけは……」

＊

第一波の空襲で、武蔵は右舷後部の百八十八番ビーム付近に魚雷一発をうけたが(1)、それでもはた目にはなんの変化もなかった。隣室の十一番罐室と、第二水圧機室に若干浸水があった程度だった。艦体も一時右へ五度傾いたが、これもまもなく注排水装置（艦が片舷に損傷をうけて傾いた場合、ビルジポンプを使って反対舷に注水し、ヒール《横傾斜》およびトリム《縦傾斜》を匡《きょう》正《せい》するための応急装置）によって復原し、速力も依然最大戦速を保持していた。

しかし、外見はとにかく、この一発の魚雷が武蔵にあたえた影響は深刻だった。魚雷が命中した瞬間の激動で、前檣《ぜんしょう》のトップにある主砲の射撃方位盤が旋回不能になってしまったのである。むろんこれは、直ちに後檣の予備方位盤に切り換えられたが、被害はそれだけにとどまらなかった。同時に機銃の電動照準装置も故障して使用不能におちいった。機銃の照準装置は、原理は方位盤と同じで、砲甲板の覆塔機銃を四基一群の単位にして一斉に発射できる装置であるが、その故障で各銃は、それからは単独の第二射法（曳光弾で目標を捕捉する射撃法）によらなければならなくなった。

だが、故障個所をそのまま放っておくわけにはいかなかった。早急に復旧して次に備えなければならなかった。そこで艦長は、ただちに工作長にその復旧を命じたが、時間的に間にあわなかった。現場に駈けつけた工作兵や電路員が、ジャッキやスパナでがちゃがちゃやっているうちに、まもなく敵機の第二波が襲いかかってきたのである。

敵機は、こんども太陽を背にして真横から突っこんできた。これは敵の巧妙な作戦だった。

太陽の光をまともにうけると、こちらはまぶしくて正確な照準がしにくくなる。敵はそこを狙っているのである。

艦長は「撃ち方始め」の号令をかけておいて、艦首のほうから殺到してくる敵機の動きに眼をすえた。投雷の瞬間をとらえようとしているのだ。正面の日光をさけて鉄カブトを下げ加減にしているその汗にぬれた顔のうえに、飛翔《ひしよう》する敵機の影がちらちらと映ったり消えたりしている。艦長付きの野村中尉と佐野少尉も、艦長のわきに立って、右手に握った丈《たけ》〇・六メートルほどの白い指揮棒を上段にかまえたまま、じっと息をつめて敵機の動きを見まもっている。魚雷の着水点をとらえて艦長に報告をするのが、艦長付きの任務なのだ。

嚮導機を先頭に、敵機はつるべおとしの急降下態勢に入った。それを寄せつけまいとして、砲門は火を吐きつづける、と、斜めにかたむいたその胴体から、魚雷が陽にひらめいて落ちてくる。魚雷は、いったんふわりと宙に浮いたのち、そのまま自身の重みで頭部をさかさにして、硝煙のかげに消えていく。つぎつぎに着水の水しぶきが上がる。その上を敵機が翼をかえして一気に舞いあがっていく。右から左から頭をならべて殺到する魚雷の航跡……。それはどれも艦の進航方向とほとんど対角線だ。

見張員と同時に佐野少尉が指揮棒をふって叫んだ。

「左六十度、雷跡三本」

「まっすぐ向かってくる」

一刻一秒をあらそう瞬間だった。魚雷の距離と角度をとっさに目測して、その進航方向に艦をすみやかに平行にむけて、突進する魚雷をかわさなければならなかった。

艦長は、さっと顔を左へふって、海面をたち割って突っ走ってくる雷跡をにらみながら、正面の伝声管に口をつけて叫んだ。

「面舵一杯、急げッ」

武蔵は船体が大きいだけに、転舵を下令しても、舵が利きはじめるのに一分半もかかる。それまで艦は惰性で定針のまま直進していく。が、やがて、ぐらりとひと揺れして、艦首を大きく右へふりはじめる。それにつれて、まわりの海が、空が、航跡の水尾《みお》が慌てたように、右へ右へとまわっていく。

艦長は、伝声管をにぎりしめ、突進してくる魚雷の速度と回避盤の針を喰いいるように交互に眼で追っている。その顔は、緊張のあまり赤黒くふくらんで見えた。

指揮所につめている士官や見張り員たちも、みんな固唾をのんでじっと雷跡に眼をこらしている。だれもまばたきひとつしない。不気味な息づまるような一瞬だった。

魚雷は一定の深度をたもち、後ろに白いリボンのような航跡をひいて、海面すれすれのところを矢のように走ってくる。しつっこく喰いさがって、ぐんぐんその距離をつめてくる。

右へ廻りこんでいる艦の回転速度がもどかしい。このままかわしきれるか。二秒、三秒……。右端の一本が、さっと艦首のはなをかすめて過ぎた。

それを見て艦長はなにか言おうとしたが、突然ぐわーんと激しい震動が艦を下からあおった。回頭中のそのどてっ腹に、残りの二本が命中したのだ。底のほうで、くぐもった炸裂音《さくれつ》がとどろき、同時に舷側に水柱が噴きあがった。武蔵はその反動で、一瞬いき足をはばまれ、のめったように艦首を激しく左右にふった。

伝令が、よろめいた体をあやうく立てなおして叫んだ。

「左舷中部、魚雷命中」

艦長は、自分のわき腹に刃物でも刺されたように、ぎくっと下唇をかんで唸った。

「うむ、喰ったか……」

が、すぐさまわれにかえって、

「戻せ、取り舵四十度」

と伝声管を通して、下の航海長にむかって叫んだ。

そのあと、各部署から被害の報告が電話でつぎつぎに艦橋に上がってきた。報知器の赤ランプが点滅し、被害個所を示す受信器の警報ブザーが鳴りつづけた。受話器を両手にもった伝令が、興奮した声で、それをいちいち復唱する。

「第二機械室火焔《かえん》侵入、運転不能」

「第三水圧機室浸水」

「揚錨《ようびょう》機室浸水、隔壁から水がどんどん入ってきます」

艦長はそれに対して、てきぱきと命令を下した。

「応急員、被害現場に急げッ」

「水圧機室は直ちに排水にかかれッ」

左舷の手旗台の下から濃い茶褐色の煙が濛々と吹き上がってきた。煙は艦橋の窓枠にからまり、隔壁をなめるようにして、指揮所の中まで吹きこんできた。一時は、だれもかれも煙の渦にとりまかれた。艦長は咳《せ》きこんで、二、三度、空いているほうの片手で、うるさそうに眼のまえの煙をふり払いながら、さらに右舷から突進してきた二本の魚雷をかわすために、航海長につぎの命令を発した。

「方向〇七五《マルナナゴー》、おろせ面舵」

その横では、艦長付きの野村中尉が、じっと顔をふせて正面の傾斜針の赤針をにらんでいる。細かく目盛りを刻みつけてある白い盤面の上を、赤針はふるえるようにじわじわと左へ動いていく。二度、三度、四度、六度……。中尉が、針が停止したのを見とどけて、眼のつれた顔をあげた。

「艦長、左に傾斜しています。現在針点六度」

艦長は、顔をまわして意外に落ちついた声で、

「うむ、わかっておる」

といいながら、伝声管で第二艦橋の副長に傾斜復原の処置として、直ちに注排水装置による右舷への注水を命じた。

右舷中部に、ふたたび鋭い、叩きこむような炸裂音がとどろいた。その煽《あお》りをくって、艦上構造物のすべてがはげしく動揺し、震動した。警報器の赤ランプがまた点滅した。同時に射撃指揮所の砲術長越野大佐から、緊急の直通電話がかかってきた。艦長付きの佐野少尉は、赤ランプがつくが早いか、とびつくように受話器をとりあげて叫んだ。

「艦長、砲術長より、主砲の予備方位盤故障！」

隔壁から肩から上をのりだして、右舷海面を注視していた艦長は、振りむきざま、少尉の手から受話器をひったくるようにして、砲術長に、

「なに、故障、どうしたッ？」

砲術長のせきこんだ声がコイルを流れてくる。

「ただいまの震動で、動輪軸が屈曲して旋回不能です」

「復旧の見込みはないか」

艦長は繰り返して叫んだ。

「……見込みはないのかッ」

「ありません！」

受話器を耳にあてたまま、艦長はいっとき正面に眼をすえて、なにか考えをめぐらしているふうだったが、すぐにきっぱりした声で命令した。

「よし、第三射法に切りかえろ」

トップの主方位盤につづいて、予備方位盤が故障をおこしたので、主砲はもはや第三射法による以外になかったのである。第三射法というのは、前部の一番主砲を右舷に、二番主砲を左舷に、後部の三番主砲は後方に、あらかじめ向けっきりに向けておいて、各砲塔がその射撃範囲を分担するという、変則的な射撃法だった。むろん照準も、砲塔測距儀による各砲単独の砲側照準である。

大型艦の砲は、大体どの艦も同じだが、射撃はすべてトップの方位盤で行われる。方位盤の射手がトップで照準して引き金をひくと、それが電動作用で自動的に砲側につたわり、各砲塔が一斉に発射できる仕掛けになっている。これは各砲塔ばらばらな単独射撃とちがって、目標の捕捉や弾着修正がきわめて容易だった。そのため散布界の誤差も少なく、その高い命中率とともに、砲の威力を最大限に発揮することができる。だがその有効な一斉射撃も、いまの方位盤の故障で事実上できなくなってしまったのだ。これは武蔵にとって、たいへんな痛手だった。その戦闘能力が一気に半減してしまったといってもいいほどの深刻な打撃だった。

それにしても、直撃弾を受けたというならまだしも、水線下にくった魚雷一本の震動ぐらいで、あっけなく故障するような方位盤を、どうしていいままでそのままにしておいたのか。戦闘には震動はつきものである。むしろ激しい震動の連続といってもいい。しかも方位盤は、主砲の射撃には欠かすことのできない兵器だ。方位盤あっての大砲であり、大砲あっての方位盤とさえいわれている大事な兵器だ。とすれば、そこにあらかじめ不測の震動にも十分耐えうるだけの防禦装置を施しておくべきだったのだ。

武蔵は、大和とともに現在の造船技術の粋を集めて建造されたものだといわれている。新造艦であれば、むろんそれはそうにちがいない。たしかにその構造といい、装備といい、排水量といい、これまでの陸奥《むつ》・長門級戦艦の型を大きく破っている。そのため部内でも、武蔵・大和は無類の安定性を備えた「不沈」の戦艦とまでいわれている。だがその誇称はとにかく、その堂々たる見かけの内がわに、このような脆《もろ》さを秘めていたのだ。ちょうど張り子の虎のように、なまくらな脆弱《ぜいじゃく》さをこっそり内に抱えこんでいたのだ。しかし戦端を開く今日まで、誰もそれに気がつかなかったのである。これは明らかに、造艦設計上の大きなミスであるが、問題の根は、さらにもっと深いところにあるのかも知れなかった。

だが、敵を前にした今となっては、もうどうすることもできない。復旧の見込みが立たなければ、窮余の第三射法で敵をふせぐほかはなかった。

艦長は、隔壁から上体をのりだして、前部の砲台を見おろした。すでに一、二番主砲とも、所定の位置に旋回をおわって射撃を開始している。当然各砲とも方向はまちまちだったが、それをみて、艦長はさっそく砲術長を通してつぎの命令を各砲台長に伝えさせた。

「各砲塔は、無駄弾を出さんように信管を正確に調整して撃て」

5

雷撃機のあとにつづいて爆撃機SB2Cがなだれをうって突っこんできた。右も左もいき交う翼と爆音。兇暴《きょうぼう》で執拗《しつよう》な震動と、なんとも巨大な騒音の波長。爆弾は空を引き裂き、海を沸騰させ、鉄板をえぐり、閃光を発して炸裂した。

おれはしかし夢中だった。夢中で撃ちに撃った。そして、撃っているという、ただそのことだけで、かろうじて自分を支えていた。一切の感覚をひとくくりにして、おれはそれを銃口の火の中に溶かしこもうとあせった。さもなければ、巻きすぎたゼンマイをおっ放したように、いっぺんに意志の踏んばりを失って、恐怖に気が狂ってしまいそうだった。

突然、斜面の硝煙の裂け目から、SBDが二機、翼を垂直に倒して突っこんできた。翼をはなれた爆弾が、硝煙のかげにちらっと黒く光ってみえた。同時にプロペラの先から、ロケット弾が噴きだした。弾はたてつづけに透けた青い火をふいて流れるように頭の上をかすめていく。そしてそのまま機首をまっすぐこちらにむけてぐんぐん高度を下げてくる。みると、おれの胸ぐらとほとんど一直線だ。実際は多少それているのかも知れないが、眼のほうが勝手にそう見てしまう。どれもこれもおれだけを狙って遮二無二《しゃにむに》突っこんでくる感じだ。

おれはあわててその先頭機に銃口をふりむけた。青い曳光弾が、中空で敵機のロケット弾といきちがいになって斜めに噴きあがっていく。が、じれったいほどあたらない。真横に構えた翼はびくともしない。プロペラがぴかっと光をはじいて躍る。「糞ッ、糞ッ」、おれはのどの奥で叫びながら、夢中で引き金をひきつづけた。

だが、それも一弾倉を撃ちつくすひまがなかった。突然頭上に、シュルシュルシュルッという音が走ったと思うと、眼のまえに、ぐわんと炸裂音が轟き、水柱が噴き上がった。瞬間、おれの体はその風圧に巻きこまれた。腰がぐんと浮きあがったのを感じて、無意識に銃架のどこかに手をかけようとしたが遅かった。鋭く閃《ひらめ》く光の玉が眼を打ったのと、射手席からあおのけざまに後ろの甲板に叩きつけられたのと、ほとんど同時だった。

周囲は、硝煙が陽の光をさえぎって暗くかすんでしまっている。おれは、ぐんと胸をおされたような気がした。見ると、上から砂嚢がずり落ちているのだ。おれはそれを両手でのけて、やっと起き上がって、あわてて眼のまわりの砂をこすってみた。砂といっしょに血が手についてきた。血は上衣にもべっとりとくっついている。おれはあわてて体じゅうをさわってみた。別にどこにも傷はない。痛みもない。左の手首から血がしたたっているが、これはただのかすり傷で、あとは浴び血のようだった。

敵機がいちじ左舷機銃の射程圏内から遠ざかった。攻撃態勢を立て直すためらしい。おれはその間を見はからって、急いで腰の手拭いを口でひきさいて手首に巻きつけた。それから眼の汗をぬぐって銃座を見まわしてみた。銃尾の角に誰かがうつ伏せに倒れている。みると左一番の加茂上水だ。おれはあわててそばに駈けよって、

「おい、加茂、加茂、どうした……」

と肩をゆすぶってみたが、もうぐったりしてウンもスンもない。右乳下をロケット弾でうち抜かれたのだ。ずたずたに裂けた防弾チョッキの下から肋骨《ろっこつ》が二本、折れた割り箸のように白くとびだしていた。斜視の眼は、両方ともびっくりしたように開いたままだった。

さっき酒井のかわりに中一番をつとめていた須坂上水も足をやられた。これは破片の裂傷だが、かなり深手らしく、銃尾の横に倒れたまま、苦しまぎれに両腕にかかえこんだ弾倉の

角に歯をたてながら、肩をふるわせてもがいている。腰から下は血で真っ赤だ。血は、くの字に曲げた右足のつけ根から吹きだしていた。

「いいか、堀川、しっかりおさえてろ……」

そういいながら、堀川に手拭いで傷口をおさえさせて、須坂の腿《もも》に止血棒を巻きつけているのは星野だ（止血棒はめいめい細紐といっしょに腰にさげていて、看護兵がくるまでの間、応急用に使われる五寸ぐらいの木の棒で、出血どめに傷口に巻きつけた紐を上からねじって締めておくためのものだ）。そのわきに伝令の村尾が、両手で首につるした受信器《レシーバー》をおさえながら、半腰の姿勢で立っている。その顔は恐怖に動顚《どうてん》して、いまにも泣きだしそうに見えた。だが銃長の倉岡兵曹の姿はどこにも見えなかった。一体どこにいったのか。大声で村尾に聞いてみたが、彼も知らないという。すると堀川が顔をあげて、

「救護所へいくといってました。看護兵を呼びに……」

「救護所？」

おれはうそをつけと思った。負傷者が出た場合は、銃側の電話で報告すればいいことになっている。そのために伝令がついているではないか。それも堀川でもやるならとにかく、戦闘中、銃長はみだりに配置を離れてはいけないことになっている。おれはぴんときた。倉岡兵曹はそれを口実にして、この場をいっときでも逃れようとしているのだ。

おれは急いで抱えていた加茂を銃座の外にひきずりだして、右手の砂嚢のかげに寝かせておいた。銃座においては射撃に邪魔だったからである。両手は血でぬらぬらだ。おれはそれを急いでズボンにこすりつけて、ついでにまわりの撃殻薬莢《うちがら》を外にかき出した。するとふいに、うしろのほうで、ぐわんと爆弾が破裂し、雷鳴音が聞こえた。おれは思わず血まみれの加茂の首っ玉に顔をふせてしまった。そのとき、稲妻よりもっと明るい火の帯がぱっとはじいて、頭の上をかすめていった。つづいてどす黒い煙が、舷側から覆いかぶさってきた。あたりは真っ暗だ。そのあい間にも、音はひっきりなしに轟いていたが、それが爆弾か、魚雷か、味方の砲声か、もう区別がつかなかった。

おれは、やっと顔をあげてあたりを透かしてみた。煙にまかれてしまったのか、一瞬前後の方角がこんがらがってしまった。そこへまたヒューッときた。おれはとっさに片手で顔をかばいながら、一気にそこを駈けだした。が、二、三歩もいかないうちに、爆風に足をとられてひっくりかえった。はずみでしたたか頭をうったが、すぐはね起きた。それからそのまま手さぐりで、急いで明るいほうへ這《は》っていった。

右手になにかがさわった。みると、横倒しになった弾薬筐のわきに、吉沢兵長が陽の光をさけるような恰好《かっこう》で、片手を顔にのせたまま、横むきざまにひっくりかえっている。爆風に吹きとばされたショックで一時気を失ったのかも知れない。おれはそう思って、あわてて体をかえして、手をひっぱってみてやっと気がついた。死んでいるのだ。破片で首筋をぬかれていて、左の鎖骨の下に、こぶしがらくに入るくらいの穴があき、そこから泡をふくんだ血が吹きでていた。が、それさえ見なければ、眼尻から両頰にかけて一面にそばかすのちらばっている大柄な彼の顔は、眠っているように穏やかで、どこにも苦しんだ形跡はなかった。青黒い陰をやどした肉の厚いうわ瞼《まぶた》をふかぶかと閉じて、僅かにめくれた唇のあいだから、額縁にまいた金歯が一本のぞいていた。

吉沢兵長は、ほかの兵長たちのように荒くれたところは少しもなかった。女好きで多少ずぼらなところはあったが、なにごとも控えめに構えていた。彼は兵長でも古参だったので、先任下士官や班長あたりから、何度か役割(日課の割り振りをする係)か甲板係をやるようにいわれていたが、一度も引き受けなかった。そういえば、彼が若い兵隊に文句をつけたり、甲板整列などで棍棒《こんぼう》を握ったりするのを見たことがない。これは深谷兵長の場合もそうだったが、そんなときはむしろ若い兵隊をかばってくれたものだ。

彼は十四年の徴兵で、海軍に入るまえの商売は呉服屋の丁稚《でっち》だ。生まれは栃木で、うちもやはり古い呉服屋だったが、なんでも土地の中学を出るとすぐ、遠縁にあたる浅草《あさくさ》の同業者の店に見習い奉公に出されたということだ。

「呉服屋といっても、おれはどうせ三男坊だから、将来はどっかの会社の月給取りになるつもりでいたんだ」と、いつだったか、煙草盆で詳しくその身の上話を聞かされたことがある。海の上だとほかに所在がないから、暇があるとみんなよくお国自慢やうちのことを話に出すが、とりわけ彼は話ずきのほうだったから、ときにはこちらの聞かないことまでも気さくに話してくれたものだ。

「だけど、おれも丁稚じゃ苦労したぜ。すぐ商売を教えてくれるのかと思ったら、どうしてどうして。……いって一年間は店の掃除や風呂たきや使い走りで、旦那にゃおこられるし、番頭にゃいじめられるし、それでおれもほとほと丁稚がいやんなっちゃって、二、三度うちへ逃げて帰ったこともあるけど、そのたんびに、親父やおふくろに説教されて連れ戻される始末さ……。それでも二年目あたりから、番頭にくっついてお得意まわりをするようになった。反物を入れた大行李《だいこうり》を背負わされてよく廻ったものよ。お得意さんは、場所が場所だから、半分がたは吉原《よしわら》の置屋だったな……」

これには聞いていた下士官たちが笑いだして、

「それじゃお前はそのころから遊廓《くるわ》のほうにもいっしょに年季をいれていったってわけか。道理でその道にたけてると思った」

とからかったりすると、吉沢兵長はいつもの癖で、わざと大げさに親指で鼻のあたまを二、三度ぴんぴんとはじきながら、

「そう思うだろう。ところがな、そのころはおれもまだうぶだったからよ、商売であのしまの大門をくぐるたんびにがたがたしちゃって、顔から火がでたもんだ。それにおふくろがしつけにうるさくて、徴兵検査がすむまでは絶対上がるなっていうんで、そのことを店の旦那にも頼んでおいたもんだから、とてもとても……。そのかわり検査がすんだその日にゃ大威張りですっ飛んでいって、さっそく筆おろしをやったけど、世の中にこんないいものあったのかと思って、おったまげたぜ。まあいってみりゃ、おれもそれからすっかり病みつきになっちゃったっていうわけだ」

だが、彼に陽があたっていたのもどうやらそのころまでで、検査を境にして急に暗くかげってしまった。出征中の兄が徐州《じょしゅう》作戦で戦死したのは、彼の検査がすんで間もなくだった。彼はいやでも兄にかわって家業を継がなければならなくなった。彼をむりやり見習い奉公に出した父親の思惑《おもわく》は不幸にして当たってしまったのである。そこで彼はすぐ栃木に戻ったが、それもわずか半年間で、翌年の一月には、徴兵で海軍に引っぱられたのだった。そしてそれから五年、もうとっくに三年の満期は過ぎているのに、今日までずっと服役延期をくわされていたのである。

「兄貴が戦死しちゃったもんで、親父もおふくろも、いまじゃおれだけを頼りにしているんだ。それにいざりの兄貴はいるし、下の妹二人も早いとこ片付けてやんなくちゃなんねえしな。だからおれもこんなところにいつまでもうろうろしちゃいられねえんだ。早くこんなジョンベラ服ぬいで前掛けをしめなくちゃ、おれんとこは夜も日もあけねえや。もっとも今は衣料統制で呉服屋も商売あがったりだけど、なに、そのうちまたいい時がくるさ。……だけどあれだな、戦争っていうのは女を汚くしちまうな。うちの商売が呉服屋だから言うわけじゃないけど、大体よ、女がいまみたいに、そろいもそろってあんな不恰好なモンぺなんかはいているようじゃ駄目だ。風情も色気もあったもんじゃねえ。女はやっぱり袂のついた色ものに限る。自分の着たいものを自由に着られるっていうのが本当の世の中よ」

吉沢兵長は恐らくそういう「本当の世の中」のくるのを待っていたにちがいない。帳場に坐って自由に商いのできる日のくるのを待っていたにちがいない。だがそれも、爆弾の破片とともに空しく消えてしまった。彼のいう、本当の世の中がこないうちに、死のほうが早くきてしまったのである。戦争さえなかったらという仮説が、そのままあてはまる無残な死に方で……。それにしても、奉公先で浅黄《あさぎ》色の前掛けをしめて使い走りに飛びまわっていたとき、彼ははたしてこんな惨めな最期を想像したろうか。

おれは無意識につかんでいた吉沢兵長の片手をあわてててつき離すようにして、また急いで体をふせて配置のほうへ駈けていった。できればとっつきの通風筒のかげあたりに、彼を引きずりこんでおいてやりたいと思ったが、戦闘中ではそれもできなかった。

星野はすでに旋回の鞍座について、銃架を目標に向けている。右舷がわからまわりこんできた敵機がふたたび射程圏内に入ってきたのだ。

するとそこへ加茂と須坂のかわりに、摩耶の乗員が二人、自発的に駈けつけてくれた。彼らはこういう場合を考えて、あらかじめ近くの艦橋下の待機所に待機していたのである。みると二人とも、おれと同年くらいの兵長と上水だったが、おれは、眼の下に絆創膏《ばんそうこう》を貼っている肥《ふと》った上水のほうは中銃の一番に、色の黒いのっぽの兵長には右銃の一番をやってもらうことにして、いっとき中断していた射撃を開始した。

「目標、右七十度、三機突っこんでくる」

伝令の村尾が叫ぶと同時に、星野が歯をくいしばって銃架を一気に左から右へ旋回させていく。おれは銃口を目標にむけながら、星野の旋回がきまったところで、力いっぱい引き金をふみしめ、正面から撃ちこんでいったが、狂ったようにあたりをゆるがす絶え間ない轟音と水柱と沸騰する火箭と硝煙のなかでは、とても正気のままではおれなかった。

【註】

（1）この時魚雷を受けたのは、実際には百三十番ビームである。（軍艦武蔵戦闘詳報）

第三章

1

敵機が完全に視界から消え去ったのを見とどけて、おれはようやく一息ついて服の袖口で顔の汗をぬぐった。緊張が一時にゆるんだせいか、汗はふいてもふいても湧くように毛穴から吹いてきた。おれはそのままじっとしていた。なんだかぐったりして口をきくのもおっくうだ。頭の芯が疼《うず》くようにしびれて、耳の奥がまだがんがん鳴っている。硝煙が吹きはらわれ、あたりは急に静かになった。海の上にはふたたび陽の光が白く流れ、みしみしと鳴るような深い静寂の底から、やっと舷側をうつ波の音が聞こえてきた。おれは鞍座をおりて、あごにくいこんだ鉄カブトの紐《ひも》をゆるめながら、銃尾にまわっていった。それから弾薬筐《きょう》の横においてあった水筒の水をがぶがぶ飲んだ。陽に焼けた生ぬるい水が乾いたのどをうるおす。

それでいくらかひと心地がつく……。おれは口をぬぐいながら、まだ鞍座のサイドに立って沖のほうを見ている星野に、水筒をまわしてやった。彼の顔も虚脱したようにぼんやりして間がぬけて見えた。

するとそこへ倉岡兵曹が、あたりをうかがうようにして、艦橋下のハッチから駈《か》けだしてきた。いままでどこかで時間をつぶしてもぐっていたのにちがいない。そのくせ、あわてて戻ってきたとでてもいうように、わざと大げさに息をはずませている。それを見るとおれはぐっときて、思わず向き直っていった。

「どこへ行ってたんですか」

倉岡兵曹は銃尾に立ちどまって、意味もなく片手をあげた。それから眼尻に妙なつくり笑いをうかべながら、いかにも弁解がましく、

「看護兵を呼びに治療室へさ……」

「だって戦闘中ですよ」

「わかってるよ」、倉岡兵曹はうるさそうにおれから眼をはずして、「……だけど、須坂の傷があんまりひどかったもんでな」

おれは彼のほうに顔をつきあてるようにして、

「でも、須坂はもうとっくに看護兵が担架で運んでいきましたよ」

「そうか、それじゃ行きちがいになったのかな。おりゃ、中部のほうへ行ってたから……」

あとは独り言のようにいって煙草に火をつけたが、彼はそれっきりそっぽをむいてしまった。

それにしても、おれたちはこれまで彼にどれほどしごかれてきたか。甲板整列で棍棒《こんぼう》をふるうたびに彼はいったものだ。「貴様ら、でれでれしやがって、そんなことで帝国海軍の水兵がつとまるか」。そしておれたちは、そういう彼の陰険なおどしとののしりに耐えて今日まで一途《いちず》にやってきたのだ。それが、真の勇気を要求される今になって、当の本人がこのざまだ。しらばっくれやがって……。おれはこれまでのことをあらいざらいぶちまけてやろうと思ったが、やっとのことで我慢した。お互いにどうなるかわからない戦闘中ではあり、それにおれの年次では、下士官の彼にそれ以上のことを口にすることはできなかった。

その時、「おーい、倉岡兵曹ちょっと……」という声がした。振りむくと、いつおりてきたのか高場兵曹が、通気筒の前に立って手まねきしている。倉岡兵曹は虚をつかれたように顔をふってうなずくと、吸いかけの煙草を手にもったまま、そっちへ歩いていった。ガニ股の足をひろうたびに、腰にさげた防毒面のゴムの蛇腹が、すねたようにおどっているのを見ながら、おれはそこに、彼のこころのうちを垣間《かいま》見た気がした。

高場班長は、倉岡兵曹を前に、両手を腰にくんで何かいいはじめた。離れているので声はわからないが、おれにはそのひやりとするような威圧的な班長の固い表情から、相手に何を言っているのか、聞かなくてもわかった。彼も指揮塔から戦闘中の倉岡兵曹の態度をずっと見ていたのにちがいない。それをいまになって呼びつけたのは、相手が下士官だし、銃尾にはおれたちのほかに摩耶の乗員もいるので、そこを考えたのだろう。

高場兵曹はそれからもしばらく顔をふくらませて何か言っていたが、おれたちはなるべくそっちは見ないようにして、すぐ戦死者の収容にとりかかった。備えつけの担架だけでは足りないので、二人一組になり、死体の頭と足を両方から抱え上げて中部の上甲板におろした。ロケット弾や破片をうけているので死体の傷口はだれもひどかった。兵隊たちは肩をえぐられ、腹に穴があき、胸が裂け、腕をとばされ、眉間を割られていた。なかには顔をぐしゃぐしゃに砕かれて、誰だか見分けのつかないものもあった。

加茂の体はもう冷えて硬直していた。砂粒にまみれた額が透けたように青白かった。薄くひらいている瞼《まぶた》のうらに、かきのように濁った眼球がのぞいていた。おれがさっきあててやった傷口の手拭いは、血をにじませたまま、陽にやけて、黒くにかわのようにこわばっている。甲板にのばした片方の手は、かたく握りしめられていたが、その手で彼はけさ方まで毛布をたたみ、雑布《そうふ》をにぎり、烹炊所《ほうすいじょ》から飯鍋を運んできたのである。

加茂上水はおれより一年若い兵隊で、体は検査のとき志願兵の身長規定すれすれだったというくらいで小柄だったが、根っからの働きもので、こまめによく動いた。ときには人の分まで進んでやるようなところがあった。作業員整列やカッター揚げの号令などがかかると、誰よりも早く現場にかけつけるのも彼だった。おまけに勉強のほうも熱心で、消灯後も遅くまで常夜灯の下で講義録を開いて、算術や読み方の勉強をやっていた。彼はまだ無章兵だったので、砲術学校へ入るための試験準備をしていたのである。

加茂上水は山形の生まれで、うちは百姓だった。小学校を出ると一年ほどうちの手伝いをしながら村の木工場で働いていたそうだが、海軍にはいるまで、汽車にのったことも海を見たこともなかったそうだ。はじめて海を見たとき、どこにも堰《せき》がないのに、どうしてこんなにいっぱいの水がひとつ所に流れずに溜っているのか、不思議でならなかったという。夏場をこさないうちに米櫃《こめびつ》が底をついたというから、うちの暮らしは楽でなかったようだ。これも彼から聞いた話だが、彼のうちはだいぶ長い間村八分をくっていたという。なんでも父親が田圃《たんぼ》の水利権のことから、村の旦那衆にたてをついたのが原因だといっていたが、いつだったかも彼は、

「村八分というのはひどいもんですよ。隣近所はふるい一つ貸してくれないし、田植えにゆいを頼みにいっても、みんなそっぽをむいて誰も来てくれないし、共有の籾摺《もみす》り機だってまわしてくれないし、なにもかもうち手間だけでやっていかなくちゃならないんですからね。

大変でした。でも現金なもんで、わたしが海軍に入るときまったら、やっとそれが解けたんですよ。〝兵士の家〟だというんでね。だからわたしが海軍に志願したのも、半分以上はうちのためでした。そうすれば、八分のほうもなんとかなるだろうと思ってね。……わたしは長男ですが、下に弟が三人もいますから、いつ死んでもいいと思っています。戦死すればわたしのようなものでも、靖国神社に祀《まつ》られて、うちもこんどは〝名誉の家〟になりますから、村の人たちだって、もう前みたいなひどいことはしないでしょうし、おやじやおふくろもそれだけ肩身が広くなりますからね。まあそうなれば、わたしもいくらか親孝行ができるというわけです」

加茂からこんな話を聞いたのは、まだ四分隊にいたころだった。夜、副砲の天蓋の上でまるで他人事《ひとごと》のように笑いながらおれに話してくれたものだが、彼はすでに今日あることをこころに深く期していたのかも知れない。だが、くにもとの両親は彼の死をはたして「親孝行」と受けとるだろうか。また彼の家に因業な村八分をくわした村の人たちは、彼がどのような屈折した思いに身をよじらせて死んでいったかわかってくれるだろうか？

おれは堀川と二人で加茂を抱えあげて死体収容所におろしてやった。もともと小柄で軽いはずなのに、冷えた彼の体は、その胸奥の声と同じように重かった。

戦死者は、それぞれ頭を艦首のほうにむけて一列に収容されていた。中はざわざわして薬品の匂いや生ぐさい血の匂いでむれていたが、死体のまわりだけは遮断されたように不気味で静かだった。

とっつきの消火栓のわきに、杉本と稲羽が空の担架を下げて立っていた。吉沢兵長を運んできたのである。おれたちが加茂を抱えて入っていくと、二人はすぐ担架をおいて手を貸してくれた。床には血が、流したようにこぼれている。おれは滑らないように用心しながら、体のむきをかえて吉沢兵長のとなりにそっと加茂上水を寝かせてやった。

杉本は、加茂の硬直した足をそろえてやって立ちあがると、

「こいつは真面目でよくやったぞなあ……」

といって、しばらく青ざめた加茂の顔を上からのぞきこむようにしていたが、

「おれはよ、こいつをあと八日だけ生かしておいてやりたかったと思うよ。一日付で兵長の進級がきまっていたんだからな。ゆうべもおれに冗談まじりにいってたよ、わたしはいま戦死すれば一階級あがって兵長だけど、十一月一日以後に死ねば、村の軍人墓地の墓標にも、海軍二等兵曹って書かれるから、そうすりゃ、すこしゃはたの聞こえもいいし、うちのもんの顔もたつだろうっていってたんだ」

「そうか、そんなことまでいってたか……」

稲羽がうなずいていった。その横で堀川は眼を赤くしてしきりに鼻をこすっていた。

おれはしゃがんで加茂と吉沢兵長の鉄カブトをとってやった。とても窮屈そうに思えたからである。吉沢兵長は、もうすっかり面変わりしていた。まばらにひげの生えた頬はそげたようにこけ、閉じた眼は見ちがえるほどくぼんで見えた。血がいちどにぬけてしまったせいかも知れない。さっきは、傷はのどの一カ所だけだと思ったが、見ると、上衣の第四ボタンの下にも、赤く小さな傷口がひらいていた。蠅が一匹、そこの血のかたまりの上にたかって、ときどき羽根の下で両足を拝むようにこすりあわせている。それを見るともなく見ていると、突然、なにか熱いかたまりのようなものがのどにはげしくこみあげてきた。おれはふらふらと立ち上がって、息をつめたままじっと奥歯をかんだ。それからしばらくして、「さあ、上がるか……」という杉本の声をどこか遠くのほうに聞きながら、ぎごちなく曲がっている吉沢兵長の両手をそっと胸のうえにのせて合わせてやった。

戦死者はつぎつぎにデッキに運びこまれた。むろんこれで戦闘がすんだのなら、儀仗《ぎじょう》兵をたてて丁重に水葬に付すところだが、いまはデッキの中へ収容しておくだけがやっとだった。水葬はおそらく夜に入ってからか、それともこの作戦が終了したのちになるだろう。もっともそれまでおれたちも生きていられるかどうかわからないが……。

配置へ上がると、そこへ昼のにぎり飯が届いた。主計兵が鍋に入れて運んできてくれたのである。主計兵はふだんは横柄で、なにかというと威張りちらしていたが、いまはそんな様子は少しもなかった。下士官でも新兵のように汗だくになって、「願いますよ、頑張ってくださいよ」といいながら、各戦闘配置へ食鍋を配って歩いた。まもなく高声令達器から号令が流れた。

「各自いまのうちに早く食事をすませ」

食事！　おれはその号令にある戸惑いを感じた。なにか不意に日常の勤務の中に引き戻されたような錯覚におそわれたのである。その唐突な変化がささくれだった気持ちのさやにうまくおさまらない。凍りついていた恐怖の合わせ目が、生あたたかくふやけて、逆さまわしのフィルムのように、日常の約束ごとのなかにまぎれこんでいく。それにしても、死に直面しながら、ちゃんと空腹を意識して食べ物にいやしく心が動くということがわれながら不思議だ。

おれたちは食鍋を前にして配置のまわりに坐りこんだ。食鍋には、にぎりめしが山に入れてある。杉本はさっそくそれに手をのばして、

「さあ、早いとこ、腹ごしらえしようぜ」

といって、ついでにおれにも一つとってくれた。にぎりめしはゴマ塩をたっぷりまぶして大きくにぎってあった。おかずはぶった切りのタクワンと大和《やまと》煮《に》の牛罐《かん》、それに二人一個あてのサケの罐詰だ。罐詰はどれもすぐ食べられるように、ちゃんと蓋が開けてあった。

「主計科のやつらも、今日はサービスがいいなあ」

稲羽が笑っていうと、星野が口をもぐもぐさせながら、

「そうさ、今日はお互いに命がかかっているからよ」

と、低い声で独り言のようにいった。

堀川と村尾一水が薬罐《やかん》をもって湯呑みにお茶をついで廻っている。それを見て深谷兵長が二人のほうに手をふった。

「おい、お茶なんかいいから、早くすわって食べろよ」

おれもそばから、

「ほんとだ、お茶はめいめい勝手についで飲めばいいんだ、ふだんとちがうんだから……」

と言って、前にきた村尾の手をひっぱって、無理に隣にすわらせておいて、足もとに食鍋を引きよせてやった。

「ほれ、早く食べろ、食べろ」

「はあ、いただきます」

「村尾、遠慮するな」杉本がサケ罐をつつきながらいった。「それから堀川、お前もうんと食え、腹がへっちゃなんとかかっていうからな……」

おれはなにげなくまわりを見廻してみた。みんな蚕のように黙々と食べている。だがそこ

には、さっきまでいた酒井一水や吉沢兵長や加茂上水の姿はもうなかった。単装機銃の田畑兵長も三原兵曹も、おれの配置の須坂上水も、重傷を負って治療室へ運ばれてしまった。むろん残ったおれたちも、これからどうなるかわからない。敵機が襲ってくれば、またこの中から何人かが煙のように消えていくのだ。おれは、なにものかに烈しく突っかかるような気持ちで二つ目のにぎりめしに手をのばした。

するとそこへ高場兵曹が戻ってきた。負傷者の様子を見に治療室のほうへいっていたのである。砂嚢《さのう》のまえで立ちどまると、彼は倉岡兵曹のとなりに坐っている二人の摩耶の乗員に、

「どうもご苦労さん……」

と自分のほうから敬礼して星野の横にすわりこんだ。それから腰の手拭いをとって、顔の汗をふきふき、

「須坂は大丈夫らしいや。あれで破傷風さえこなけりゃ、やつは助かるだろう。だけど三原兵曹と田畑はむずかしいな……」

それを聞いて倉岡兵曹が顔をあげた。

「田畑もやっぱり駄目ですか?」

高場兵曹は星野から湯呑みをうけとっておいて、

「うん、二人とも時間の問題だな」

「そうですか、やっぱり……」

倉岡兵曹はいって、海のほうに眼をそらしたが、そのまま手のむすびが割れて下に落ちたのにも気がつかなかった。

おれは、田畑兵長がやられた現場は見なかったが、彼には四分隊以来、ずいぶん気合をいれられたものだ。乗艦早々のおれにとって、甲板係の倉岡兵長とともにもっとも怖ろしい兵長だった。あの短艇庫で、半殺しになるほど彼にのされたっけ。それから休暇みやげと称して特別に棍棒をかましたのも田畑兵長だった。その彼はいま胸をぬかれて死に瀕《ひん》している。おそらくもう二度と腕を組んでデッキをのし歩くことはないだろう。あの鼻にかかったがら声や猿のように頬骨の突きでたあのごつい顔にも脅《おび》えなくてすむだろう。これでおれもやっと彼から自由になれると思ったが、そこには不思議になんの解放感もなかった。

堀川一水が鍋の蓋のうえににぎりめしと罐詰をのせて高場兵曹の前に運んできていった。

「班長、食事です」

高場兵曹はそれを見て、

「むすびもいいが、ああいうのを見てくるとどうも食う気になれないなあ」

といって顔をしかめたが、それでも一つとって口に入れながら、片膝ついて湯吞みにお茶をついでいる堀川に、

「お前は腹いっぱい食べたか」

「はあ」

高場兵曹はうなずいて、それから何を思ったのか、堀川のほうに肩をよせるようにして、

「お前はきょうはよくやってるな。おれはお前を見直したぞ」

班長の声は甘みをふくんでやわらかだったが、そういわれると堀川はどぎまぎして、あわてて眼をふせた。

「こんどはお前も上水に進級できると思うから一生懸命やれよ」

「はあ……」

高場班長はさらに言った。

「いいか、今日はお前が名誉挽回《ばんかい》するいい機会なんだぞ。そのことを忘れるな、わかったな……」

「はあ……」

堀川はいって立ちあがった。

去年の春、艦がトラック島に停泊しているときだった。堀川は、洗濯日に前甲板の物干綱に洗って干しておいた班長の防暑服の上衣を紛失してしまった。パクられたのか、洗濯紐《ストップ》の結び方がゆるくて海に吹きとばされたのか、いくらさがしても上衣は出てこなかった。防暑

服は官給貸与品であるから、それだけでも彼は半殺しの制裁を覚悟しなければならなかった。事実班長も、夜の甲板整列（棍棒などによる私的制裁）で、徹底的にのしてやるといきまいて彼を許さなかった。気の小さい彼はその剣幕に動顛《どうてん》して、その日の夕方から二日後に錨鎖《びょうさ》庫で発見されるまで行方をくらましていたが、それが軍刑法七十三条の戦時逃亡罪にふれて、禁錮三日の処罰を受けた。そしてそれがたたって、この五月の進級をすべってしまった。高場兵曹はそのことをいっているのである。

するとと杉本がそれを聞きつけて、おれのほうに顔をよせていった。

「ふん、てめえのせいで逃亡させておいて、うまいことといってやがらあ、お天気屋め」

「本当だ、いまになって名誉挽回がきいてあきれるわ」

おれもいって杉本にうなずいて見せた。

2

食事をすますと、おれたちは一番副砲下の通風塔壁のかげに集まった。ここは前部から吹きあてる風の死角になっているので、煙草を吸うのにも都合がいい。杉本はさっそくギンバイのさくらをおれたちに一本ずつ配ってくれた。するとそこへ右舷のハッチから、ひょっこ

り同年兵の石巻が出てきた。厠《かわや》にでもいっていたらしい。彼はおれたちの顔を見ると、

「おー、お前らか……」

といって、飛びつかんばかりにそばに駈けよってきた。

「おー、石巻」

おれたちは口々にいって石巻をとりかこんだ。

「どうだ、副砲のほうは？」

石巻はせきこんだように赤いにきびだらけの顔をふって、

「うん、なんとかやっているよ。それよりもおれは、機銃員がだいぶやられたって聞いたから、お前らのこと心配していたんだ」

「そうか……」

「でもよかった、よかった、無事で……」

石巻がいうと、杉本は石巻にもさくらを一本ぬいてやりながら、胸をたたいてみせた。

「なに、おれたちはみんな悪運が強いんだから大丈夫だ」

おれたちは四分隊以来の同年兵の仲だ。戦闘中は、配置がちがえばめったに顔をあわすことができないが、石巻がやってきて偶然顔がそろったのである。五人とも、上衣もズボンも、水と汗に濡れて汚れて、ところどころ飛び血がこびりついている。血は手にもしみついてい

る。顔つきもみんなとげとげしく荒《すさ》んでしまっている。けれども、こうして再び生きて会うことができたのだ。おれたちは久しぶりに再会したような気持ちで、兄弟のように仲良く肩をよせあって煙草に火をつけた。

「やっぱりさくらはうまいなあ」

星野が眼を細くしていうと、杉本が、

「そうよ、こんなときにあんなまずいほまれなんて、おかしくって吸えるかって……」

といって、こんどはおれのほうに顔をよせた。

「矢崎、どうだ、さくらの味は？」

「悪くないね」

おれは胸いっぱい煙草を吸いこんだ。にぎりめしもうまかったが、煙草の味も格別だった。そしてその一服ごとに、ああまだ生きていた、という切ないほどの実感が胸にこみあげてくる。

おれはそのまに、さっき手拭いの端布をまきつけておいた手首の傷をほどいてみた。傷口はごく小さかった。三センチほど皮膚が裂けているだけで、血はもう止まっていた。星野が横から顔をしかめながらのぞきこんで、

「どうしたんだ、そこ……」

「なに、さっき破片でちょっとかすられたんだ」

「痛むのか?」

「もう、なんともないよ」

おれはいって手首をふって見せると、ほかの三人もそばへ寄ってきて、

「でも、よかったな、そのくらいで。お前もう少しで手首をもってかれちゃうところだったぞ」

「うん、助かったよ」

おれはそこへ新しく杉本に彼の手持ちの繃帯《ほうたい》をまいてもらった。星野は、治療所にいって薬をぬってもらってこいといっておれの肩をおしたが、これっぽっちの傷では恥ずかしくて、下までのこのこ降りていく気にはなれなかった。

石巻はしばらく夢中で煙草をぱくぱくやっていたが、やがて星野のほうに顔をむけて、

「さっき厠で堀川から聞いたけど、吉沢兵長がやられたって本当か?」

星野はうなずいて、

「うん、即死だった」

「そうか……それで倉岡兵曹は?」

「あいつはいるよ。そのかわり田畑兵長がやられた」

「田畑兵長もか。だけど吉沢兵長は惜しいことしたな、いい人だったのにな……」

するとと杉本がおれにむかって、

「お前んとこの銃長はどうしたんだ。さっき高場班長になんだかお説教くらっていたようだったけど……」

おれは簡単に、

「戦闘中、とかげみたいに甲板にへばりついていて頭をあげないんだ。きっとそれでだろう」

「へあ、あいつがか、道理で……」

それを聞きつけて石巻が言った。

「あいつって誰だ?」

星野が面倒くさそうにいった。

「倉岡兵曹だってさ」

石巻は眼をまるくして、

「あの反っ歯が。へえ、人は見かけによらないもんだな……」

「さすがの倉岡さんも、アメ公にゃ頭が上がらないってわけか」

つられて稲羽がそういうと、杉本は怒ったようにあごをふって、舌の先の煙草のかすを唾といっしょにぺっぺっと吐きとばした。

「ふん、ざまはねえな。ふだんはあんなでかい面《つら》こいて、威張りくさっていてさ、もっともそんなやつにかぎって、いざとなるとから意気地がねえっていうけどよ。……だけどそこへいくと、うちの吉沢兵長はしっかりしていたぞ。ふだんはあの通り助平でぐでぐでしてたから、どうなるかと思ってたけど、戦闘になったらどうしてどうして、ちゃんと銃座の正面に立って、いちいち目標を指示してな、大声でおれたちを励ましながら、最後まで立派だったぞ」

「あれで、吉沢兵長は芯はしっかりしていたんだなあ」

石巻がいった。

「そうよ。倉岡なんかに較べたら、雲泥の差だ」、杉本は口いっぱいにふくんで煙を吐きだしながらいった。「だいたい、人間の本性なんていうのは、ふだんはわからねえけど、こういうときにはっきり出てくるもんなんだ」

すると稲羽が、

「矢崎、こんどやつがそんな真似しやがったら、かまうこたあねえ、冷却水でもぶっかけて、背中をどやしつけてやれ。今までさんざんぶん殴られたお礼によ」

「戦闘中そんなひまなんかないよ、こっちだって自分のことで精一杯なんだから……」

おれが笑っていうと、稲羽も、

「それもそうだけど、やつのいままでがいままでだからよ」

といって、顔をしかめて笑った。

すると星野が思い出したように、

「ついでにあの中米のやつも、ここまで連れてきたかったたな。どうだ、やつはどんなふうになったと思う」

というと、杉本が、

「焼玉エンジンか。あれも倉岡兵曹と同じ穴のムジナじゃねえのか、口《はす》ばっかり達者でよ、……きっと見ものだったぜ」

「それにしても、中米はいいときに転勤していきやがったな」、稲羽がいった。「それから分隊長のヤマネコ」

おれは稲羽に念をおしてみた。

「山根大尉の転勤先はたしか江田島《えだじま》だったたな?」

「うん、だからさ、ヤマネコは今ごろ兵学校の教官室あたりで、中米は中米でスマトラの防備隊でごろごろして、武蔵がいま敵の攻撃をうけている最中だなんていうニュースを聞いて、結構、助かったと思ってるんじゃやないのか」

「ありそうなことだな、癪《しゃく》にさわるけど……」

杉本がいまいましげに舌を鳴らしていった。

看護兵が死体をのせた担架を二つ前部のほうから下げてきた。二人とも、とがった青い顔をして、服は血にまみれていたが、かむっている略帽は兵隊のものだった。担架は、あわてて道をあけたおれたちの前を通って後部へ運ばれていった。おれたちは体をひいたまま一瞬息をつめたが、それが塔壁のかげに見えなくなるまで見送っていた稲羽が、やがて顔をもどしながら、すこしのどにつかえた声でいった。

「だけど、あんなふうに、こんなところで死にたくないなあ」

ちょっと間をおいて星野もいった。

「おれもどうせならタタミの上で死にたいよ。どうだ、お前は？」

おれはうなずいて、

「おれもそう思うよ。人間はやっぱりタタミの上で死ぬのが自然《ほんとう》だからな……」

すると杉本が、そんなまわりの空気をふりきるように、わざとちゃかちゃかした声で、

「さあ、いまのうちにもう一本ずつ吸うか。お前らにゃ、こんな士官用のさくらなんかもったいないけどよお」

といって、またとっておきのさくらをおれたちに一本ずつ配ってくれた。そこでおれたちは、そろって二本目のやつに火をつけた。

おれは仲間とこうして一緒にいることに胸がいっぱいになる思いがした。まぶたの裏がひとりでに熱くなるのを感じた。みんないいやつだなあ……。杉本はいつものくせで、口をとがらせて、せっかちにすぱすぱやっている。煙に眼をすがめている石巻の横では、このごろやっと鼻から煙を出すことをおぼえた稲羽が、顔をあおのけて煙のあとを追っている。星野はぼんやり海のほうを見ながら、ひと吸いごとに舌の先で唇をなめている。戦闘の幕間《まくあい》の中の五人の少年兵士だ。マストの上には、陽が黄色く燃えている。艦はうねりを蹴って全速力で走っている。音の途絶えて不気味に静まりかえった艦の上だ。おれたちはときどき顔を見合わせて、意味もなくうなずきあった。黙って眼と眼で言葉を交わしあった。五人の心は一つに溶けあって、煙といっしょに空に上がっていくかのようだ。だがその一本も、しまいまで吸いきることは出来なかった。まもなく対空戦闘のラッパが鳴った。敵の第三次攻撃隊が現れたのである。

ラッパが鳴ると、星野はあわてて吸いさしの煙草をもみつぶしながら、いきなり向きなおって、

「おい、いいか、みんな最後まで頑張ろうぜ」

と、いかにも年上らしく、一人一人おれたちの肩をたたいて大声でいった。

「いいか、稲羽、杉本、矢崎、死んじゃ駄目だぞ。みんなここまで一緒に生きてきたんだか

らな。最後まで生きようぜ」

それから、とっつきの副砲のラッタルをまるくなって駈け上がっていく石巻にむかって、

「石巻もいいか、頑張れよ」

「おー」と石巻も手をふって叫んだ。

「それじゃまた逢《あ》おうぜ」

ラッパは配置へ駈けていくおれたちの頭上ではげしく鳴りつづけた。

3

敵機が射程圏内に入ると、これに砲口をすえて待ちかまえていた大和と長門の主砲が火を吐いた。一瞬、濃い茶褐色の砲煙のなかに両艦の姿が呑まれる。わずかにそれとわかるのは、艦首の一部とマストの先端だけだ。つづいてあとを追っかけるように、本艦の主砲も火を吹いた。紺碧《こんぺき》の空は、ふたたびみるみるうちに黒い弾幕の斑点にうす汚くおおわれていく。各艦の砲門はたがいに二秒と間隔をおかなかった。

おれは沖に眼をむけたまま、ズボンに掌《てのひら》の汗をこすりつけておいて、急いで照準器の環のなかに目標を捕捉した。まだ肉眼では小石ほどにも見えないが、敵機は一かたまりずつ編隊

をくんで、一面に苔《こけ》を敷きつめたような弾幕のあわいを右へ動いていく。別に左へ廻りこんでいる一群も見える。艦隊の針路を両翼からおさえつける作戦らしかった。

だが、たまらないのは敵機の接近をこうしてじっと待っている時間だ。敵が機銃の射程距離に入るまでの氷結した空白の時間だ。みぞおちのあたりが凝縮して燃えるように熱い。額からは冷や汗が玉になって吹きでてくる。おれは生唾《なまつば》をのみこみのみこみ落ち着こうとあせった。どこに体の重心をおいたらいいのかわからない。おれはわざと目標から眼をはなして、アスファルトを流しこんだ足もとの甲板の継ぎ目のあたりにいっとき眼をすえてみる。そこに飯粒が五、六粒散らばって落ちている。さっき誰かがこぼしたやつだ。それからその横に、錨《いかり》のマークのついたボタンが一個、ボタンは片がわが平たくつぶれている。加茂か須坂のものかもしれない。そしておれはいまそれをこうして見つめている。だが、この戦闘のあとにおれはもう一度このボタンを見ることができるだろうか。ふたたび生きてこの飯粒を眼にすることができるだろうか。

小石の群れは金属性の鋭い爆音をひいて近づき、みるみるうちに飛行機の形となり上空を覆った。つぎつぎに視界をさえぎってくる黒い翼の群れ……。同時に伝令の村尾がのどをふるわせて叫んだ。

「機銃、撃ち方はじめッ」

瞬間、おれは足の裏まで凍るような恐怖を覚えながら、それでも反射的に銃口を上げて引き金を踏みしめた。ダダダダダ、カッカカカッ……。連発する烈しい発射の反動をおれは全身で受けとめた。そしてはげしくほとばしる兇暴《きようぼう》なその連射音の中に、恐怖もなにもかもいっしょくたに溶かしこむようにぶちこんで、無茶苦茶《むちやくちや》に撃ちまくっていった。

敵機はこんども雷撃機を先頭に、艦の針路をたくみに牽制《けんせい》しながら突っこんできた。まるで血にかつえた禿鷹《はげたか》のように、執念ぶかく両舷から同時に襲いかかってきた。艦をめがけて四方から殺到する魚雷と爆弾、あたりをつんざく砲声と爆音、海と空の厚みをふさいで濛々《もうもう》とたちこめる硝煙。水柱は乱立し、噴き、崩れ、そしてまたあとからあとから空をついて噴き上がった。

武蔵はこの窮地からなんとか逃れでようと全速力をあげて、くろぐろと硝煙にかすむ旗艦大和のあとを追いつづけた。だが、艦内の状況は悪化するばかりだった。魚雷の破壊口から、海水がつぎつぎに艦内に流れこんだ。流れこんだ海水は、そのまま奔流となって次の区画の壁をキルクのように簡単にぶち抜いた。各所に浸水の騒ぎがおこり、応急指揮所の電話は鳴りつづけた。応急員は中部にとび、後部へ駈け、そしてまた濡れねずみになって前部へとってかえして浸水個所の防禦《ぼうぎよ》につとめた。だが、手もちの円材、マットなどの応急資材だけでは、とてもそれを喰いとめることは出来なかった。

艦上の装備もつぎつぎに破壊された。トップの測距儀はレンズを砕かれ、ヤードの信号灯は四散し、電探室のラッタルは飴《あめ》のようにひん曲がり、探照灯は根こそぎ吹きとばされた。艦の傾斜も後ろへ一メートルであったのが、浸水のため二メートルを超え、前トリムは一メートルにもなった。

それからまもなく武蔵が右へ回頭したその瞬間だった。石つぶてのように、真上から突っこんできた雷撃機が、右舷前部に二本の魚雷を同時に命中させた。とっさにあて舵《かじ》をとったがかわしきれなかったのである。突然、龍巻《たつまき》のような水柱が重なりあって噴きあがった。腹わたにしみるような炸裂《さくれつ》音が鳴動し、艦内をきしませ、マストはおののいたように烈しい痙《けい》攣《れん》をくり返した。

頭を崩して水柱が前部の鉄甲板になだれ落ちると、武蔵はまるでその重みを支えかねたように、ぐったりと前にのめりこんだ。ついに艦首を割られてしまったのだ。だが、被害はそれだけにとどまらなかった。つづいて左舷中部の百二十七番フレーム付近にも魚雷を撃ちこまれた。ちょうどそこは主砲の動力源である水圧の本管が通っていたが、魚雷はそのきわまで穴をうがって炸裂したのだ。そのため厚い甲鉄で保護してあった径三百ミリの水圧管は、ねじれたようにバルブから裂けて、そこから過熱した乳白色の圧力水が噴きだした。知らせで近くに待機していた応急員がマットをかついで急行したが、現場はすでに海水が充満して、全く手のつけようがなかった。主砲はその後ただちに動力源を予備水圧機に切りかえた。おれはつぎつぎに目標をかえながら撃ちに撃った。さいわい銃尾の堀川たちは、弾倉を絶やさなかった。撃ちつくして空になるとすぐ新しい弾倉を補給し、装塡した。旋回手の星野も機敏に正確に銃架を目標につけてくれた。そのため射撃は瞬時も途絶えることなく、銃口はアセチレン灯のような黄色い光を吐きつづけた。

指揮官付きの月島兵曹がやられたのはその直後だった。ロケット弾に頭をうち抜かれたのである。むろん即死だった。月島兵曹とは六分隊にきてから、班は違ったが、おれは相手が最古参の下士官でも、彼にはそれほど神経をつかわずにすんだ。それに万事に気さくであけっぴろげで、すこしも構えたところがなかったので余計だった。ときには彼のほうから寄ってきて、「お前もいくら年が小さくたって、もう山型(善行章)一本つけた一人前の兵長なんだから、もっとでかい面こいたっていいんだぞ」といって、逆にハッパをかけたりした。彼は例によって鼻の下にたくわえた自慢のヒゲをなぜながら、なにかというと冗談をとばしてみんなを笑わせていた。そしてそれがまたとかく気づまりなデッキの空気をおおいにやわらげてくれたものだ。いつだったかも、酒保の時間にぶらりとおれたちのところへやってきて、「おい矢崎、お前、潜水艦の中にどうして水が入らねえのか、その原理を知っているか」といきなり藪《やぶ》から棒に聞くのだ。おれはまたはじまったなあと思って、「原理なんていっても、

そんなむずかしいことは知りません」とこっちも適当にあしらっておくと、月島兵曹はなにか思わせぶりににたりと笑って、

「なんだ、海軍さんのお前が知らねえのか。それじゃうちのかあちゃんが知らねえのも無理はねえな。あのな、去年休暇で帰ったときによ、うちのかあちゃんがそれをおれにしつっこく聞くんだ。潜水艦の中に水が入らないのがどうしても不思議だって……。そこでおれはちゃんとその原理を教えてやったんだ。お前、風呂ん中に入ったとき、股のあそこに水が入るか、入らねえだろう、潜水艦もそれとおんなじことよってな……」

月島兵曹は三年前、上等兵曹に任官した年の秋結婚した。といっても、遠縁にあたる旅館の一人娘のところに婿養子に入ったのである。二十六の年だった。うちは水戸《みと》の街道筋で、代々庄屋をつとめていた旧家だったそうだが、いまはすっかり没落して、養鶏で生計をたてているという。兄はどうにか中学を出て会社員になったが、彼は高等小学校から一年農学校に通っただけで、そこを退学するとすぐ海軍に志願したのである。

「おれははじめっから恩給めあてで志願したんだ。学歴がなくて、恩給をつけるには軍隊が一番てっとり早いと思ってな。そしてその恩給はもうとっくについちゃったから、あとはもう娑婆《しゃば》へ出るだけだ。出るときは団門《だんもん》兵曹長で腰にガチャガチャ短剣をつってな。そうすりゃおれにはなにもいうことはねえ。おれは高場みたいに海軍でめしをくって将来偉くなろう

なんていう料簡《りようけん》はねえんだから。それにこっちゃ娑婆へ出たって、うちが旅館だから食いっぱぐれはねえし、あくせくすることはないんだ。義父《おやじ》が頑張ってるけど、なに、いくら婿でも、こっちゃ恩給もちだから大威張りよ。それに義父だっていつまでもいねえんだから……。おれの代になったら商売は全部かあちゃんと番頭にまかしちゃってな。おれは好きな将棋をさしたり、ひとついい猟銃とセパードでも手に入れて、猟でもやろうと思ってるんだ。まあ、いままで戦争戦争で苦労してきたんだから、その分、娑婆へ出たら、うんと楽をしなくちゃあ損だからなあ……」

十二年にわたった月島兵曹の海軍生活はおわった。しかしそれは兵役をすませて娑婆へ出ていったのではない。血にぬれた砲甲板の上で終わったのである。ひたすら待ちのぞんでいた恩給を手にすることもなく、彼がひそかに描いていた娑婆での生活の夢は、口径三十五ミリのロケット弾一発のためにあっけなく消えてしまったのだった。

星野が艦首よりに銃架をまわしながら、おれになにか手をふって合図した。みると硝煙の切れ目から、角の切りたった黒い翼をかえして急降下にうつろうとしている一隊が眼にとびこんできた。おれはそれにむかって下からいっきに銃弾をたたきこんだ。曳光弾《えいこう》の青い光の縞《しま》が狂ったように中空へ吸いこまれていく。敵機はその弾道をはねかえすようにしてまっしぐらに突っこんでくる。同時に投下した爆弾が、眼のまえでつづけざまに水しぶきを吹きあげて炸裂した。おれは反射的に顔をふせて爆風をさけたが、そのときだった。銃架の旋回がとまっているのに気がついた。敵機はすでに反対舷のほうへぬけてしまったのに、銃架はさっきの位置から動いていないのだ。見ると、星野の体が旋回の鞍座からずり落ちている。片手でまだ旋回輪をにぎっているが、頭をがっくりと胸におとしたまま動かない。畜生、やられたんだ。そこへ伝令の村尾と倉岡兵曹が背をかがめて駈けよってきた。おれもとっさに鞍座から立ちあがりかけたが、斜め前からつぎの新手《あらて》が突っこんできたので、そのまま急いで銃口を目標に向けながら、鞍座の二人に向かって叫んだ。

「星野をどけろ、早くどけろッ」

それから突っこんでくる敵機に眼をすえたまま、大声で倉岡兵曹を呼んだ。

「銃長、旋回手をやって下さいッ」

倉岡兵曹は銃架ごしにおれのほうを見たが返事をしない。おれはもう一度、

「早く、早く、間にあわないッ」

と叫んでおいて撃ちだしたが、倉岡兵曹はわざとのようにおれのほうに背中をむけて、村尾と二人で星野をひきずるようにして旋回の鞍座を離れてしまった。旋回手がいなくては銃架は動かない。おれは固定照準で射ちまくりながら、さらにうしろにむかって叫んだ。

「倉岡兵曹、銃長、銃長、交代だッ……」

するとそこへ駈けよってきたのは、銃尾で装塡手をやっていてくれた摩耶の兵長だ。

「よし、わたしが交代しよう」

おれはほっとして息をついで、

「頼みます。照準器ずれてませんか？」

「大丈夫……」

兵長はいいながら鞍座につくと、手につばをふっかけて旋回輪をにぎり、すばやく銃架を目標につけた。倉岡兵曹と村尾は、いちじ星野を銃座の外へかかえだしておいてから、すぐまた配置にもどったが、摩耶の兵長のかわりには、短期現役兵の本山兵長が補充された。射手と旋回手は銃架の正面にいる関係でやられる率も多い。それがいやなら戦闘が一段落するまで自分がかわって装塡手をやればいいのだ。それを倉岡兵曹は、本山をわざわざ下の給弾室から呼びあげたのである。彼は相かわらず砂嚢のかげにへばりついて、たまにしかその顔をあげなかった。

敵機はしぶとくくい下がっていた。食い下がって離れなかった。しかも投雷・投弾はおどろくほど正確だった。一度急降下に移っても投角度がはずれたとわかると、そのまま反対舷につきぬけ、ふたたび艦尾から廻りこんできて、沈着に投弾をくり返した。

まもなく右舷の三番高角砲も破壊された。砲塔の天蓋に直撃弾が命中したのである。まわりの装甲鉄は、擂鉢《すりばち》でも割ったように上からおし潰され、二本の砲身は、砲架からはずれ落ちて、横むきにひっくり返ってしまった。中には砲台長をふくめて十六人の砲員がつめていたが、生き残ったものは一人もなかった。砲床はこなごなに散らばった肉片と血の海と化した。

つづいて煙突下の砲甲板に二十五番（二十五キロ爆弾）が命中し炸裂した。胸をきりきざむような轟音《ごうおん》とともに、四番探照灯は四散し、その横に据えてあった二連装の十三ミリ機銃は、銃員ごと海に吹き飛ばされてしまった。

敵機は最後に薙《な》ぎ払うような銃撃をくわえて引き揚げたが、おれは「撃ち方やめ」の号令がかかるのを待って、急いで星野のところへ駈けよってみた。星野は銃座のうしろにうつぶせに寝かされていた。抱き起こしてみると傷は腰と左の胸の二カ所、破片でえぐられたのか、胸のところは肩口からはすに裂けて、ぶよぶよに崩れた肉のあいだから血が湧くようにたれている。彼は眼をとじたまま、ひと息ごとに肩で荒い呼吸をきざんで喘《あえ》いでいたが、顔にはすでに蠟《ろう》の色をにじませ、ひと眼で致命傷だとわかった。

おれはしゃがんで、ほどいた鉢巻きで胸の傷口をおさえてやってから、星野の耳に顔をおしつけていった。

「星野……星野、おれだ、わかるか、星野……」

星野は閉じていたうわ瞼を重そうにあげて、ぼんやりと目線《めせん》をおよがせながら、

「おお……矢崎……矢、矢崎か……」

「星野、しっかり、しっかりするんだ」

「お、お……おれも、と、とう、とう……」

おれは彼の首の下に片腕をまわして、かむっていた鉄カブトをとってやりながら、そこへ顔色をかえて飛んできた杉本と稲羽に、

「担架だ、担架だ、早くもってきてくれッ」

と叫んでおいて、ついでに堀川と二人で鉢巻きのはしに水筒の水をひたして、とび散った顔の血をそっとぬぐってやった。星野は、自由な左手（右手はつけ根からよじれてしまっていた）で、しきりに胸の傷口のあたりをまさぐっては、

「あ……あつい……ここが……み……みず……水を……くれ」

とうわごとのようにいったが、重傷者に水をのませるわけにはいかなかった。そのまま眠るようにいってしまうことがあるからである。おれは彼の頭を片手で支えたまま、

「もうすこしだ、星野、我慢しろ、いま治療室へ連れてってやるから、そうしたならな……」

と言い言い彼を励ましたが、そういいながら、星野はもう駄目なんだという思いにおれは

胸をかきむしられた。

するとそこへ杉本と稲羽が道板を一枚ずつかついで駈けてきた。空き担架がなかったのである。仕方がない。そこでおれたちは二枚並べにした道板の上に、急いで星野をのせて中部の治療所へ運んでいった。途中ハッチのところで深谷兵長がとんできて、「おお星野か」といいながら、後ろにまわって垂れ下がった星野の足を支えてくれた。歩くたびに傷口の血が道板のあわせ目からぽたぽたと甲板にたれた。

治療所につくと、眼鏡をかけた長身の軍医は、星野の胸の傷口をひと眼のぞきこんだだけで、首をふって、片手ににぎったメスで奥のほうを指さした。治療の余地はないから奥へ寝かせておけという合図だ。軍医は指でずり落ちた眼鏡のつるをもちあげると、また体のむきをかえて、やりかけの手術にかかった。手術台の上には縁に黒線二本の略帽をかぶった士官が顔をむこう向きにして横たわっていたが、おれはすがりつくような気持ちで、白い上っ張りを着た軍医の背中にむかって言った。

「軍医、こいつをなんとか、なんとかしてやって下さい、お願いします、軍医……」

おれたちは、いっときそこに立って返事を待ったが、軍医はもう見向きもしなかった。なにか突っぱねるようなこの軍医の診断には、しかし誤りがなかった。星野は、おれたちが奥へ運び入れてものの十分とたたないうちに、のびでもするように、大きなしゃっくりを一つして、息をひきとってしまった。それでも息をひきとる少し前、星野はなにか不意に意識がさめたように、眼をあけて、両わきにかがみこんでいるおれたちの顔をゆっくり見まわしながら、チストの中にあるあれを、あとでうちに送ってくれるように……と、かなりはっきりした声でいった。

おれは、あれときいただけでぴんときた。先月の十月はじめだった。おれたち武蔵の乗組員は、半舷《はんげん》ずつ戦艦の長門に便乗して、シンガポールのセレタ軍港に入った（武蔵と大和は機密保持上入港できなかった）。そしてそこで、片舷五時間の予定で、ジョホール・バルに最後の外出上陸をしたことがある。そのときおれたち兵隊には、主計科から現金と交換で一人三十円の軍票が渡されたが、星野は別に同郷の主計科の下士官の手づるで、おわたり以外の軍票を手に入れた。おれたちもあとで彼から十円ずつその分け前にあずかったが、彼はそれで華僑《かきょう》の店から鼈甲《べっこう》の櫛《くし》や帯どめや、わに皮のバッグなどを買いこんだ。両親と祖母へのこんどの休暇土産だといっていたが、彼はそれをうちに持って帰る日のことをずっと楽しみにして待ちあぐんでいたにちがいなかった。

星野は信州松本《まつもと》在の金物屋の長男だったが、海のない山国育ちのせいもあって、小さい頃から海と艦に憧れていたので、土地の商業学校を卒業した翌年、家中の反対を押し切って海軍に志願したという。十八の年である。

「おれもあの頃はのぼせていたけど、いざ来てみると、海も艦もたいしたことはなかったなあ。なにごとも遠くで想っているうちが花なのよ、っていう唄の文句通りだった。でも志願するときは、まさかアメリカとこんな戦争がはじまると思わなかったからなあ。海軍に入ったら遠洋航海でもしてロハで珍しい外国見物ができると思っていたんだけど、すっかり当てがはずれちゃった」

彼は志願兵ならたいてい志望する砲術学校や水雷学校の試験も一度も受けなかった。だからおれたち同年兵のなかでも無章兵は彼だけだった。学校へいけば進級が早いかわりに勤務年限がそれだけのびる。彼はそれを避けていたのである。

「おれはもう海軍にゃなんの未練もないんだから、志願兵の五年の満期がきたら早くうちへ帰るんだ。みんなが待っているからなあ、とくにばあさんがよ。おふくろをおれを産んだあと、肺尖《はいせん》カタルになって、ずっと寝こんでいたもんで、その間おれはばあさんの手で育てられたんだ。だからばあさんは、おれが可愛くて、志願したときも泣いて反対したっけ……。それでさ、いまもおれが無事でかえってくるまでは、好きなお茶ものまないんだといって、ずっと茶断ちしているそうだ。だから早く帰ってやんなくちゃなあ……。それにおふくろは体が弱いから、帰ったらなるべく早く嫁さんでももらって楽をさせてやろうと思ってるんだ。結婚したら、そうだな、子供は五人はほしいな、男三人の女二人。おれはいまから考えているんだけど、男のうち一人は跡取りにして、あとの二人は医者と建築かなんかの技師にしようと思っているんだ。女の子はどうせ嫁にやるんだからいいけど、男にゃ手に職をもたせないとな。そのかわり軍人だけは真っ平だ。おれ一人でもうこりごりしているからよ」

星野はおれたちによくこんな話をきかせてくれたものである。稲羽は、そのたびに、星野は総領の甚六だけあっていうことが世帯じみてらあ、といって笑っていたが、彼はやはりうちのことを一番気にかけていたのだ。うちの反対を押し切ってとび出してきただけに、尚更《なおさら》だったかもしれない。星野は空母赤城《あかぎ》の生き残りで、おれはもともと悪運が強いほうだから、これからだってなに大丈夫だと力んでいたが、その悪運にもついに見離され、ひたすら孫の帰りを待ちわびて茶断ちまでしているというおばあさんの必死の願かけにもこたえてやることが出来なかった。

おれたち同年兵は、きょうまでずっとこの星野を中心にやってきた。二つ年上の星野を中心にかたまって、お互いにかばいあいながら下士官や古参の兵長たちの圧迫から自分らを守ってきた。星野はいわばおれたち同年兵の柱だった。そしてその柱がいま失われてしまったのである。

「星野の……馬鹿野郎……なぜ死んだ……畜生、畜生……」

突然、杉本が首をふって、のどの奥からしぼりだすような声でうめいた。顔をふせて歯をくいしばっているおれの横で、稲羽は口ににぎりこぶしをくわえたまま、嗚咽《おえつ》をおさえてあごをふるわせている。「……つぎッ、ガーゼ、コフェル……早くせんか……」。怒鳴っている軍医の声にまじって、デッキのあちこちから負傷者の陰惨なうめき声や、苦痛にあえぐとりとまりのないうわ言が聞こえてくる。そのなかで、おれたち三人は死んだ星野をかこんで石のように黙って立っていた。

4

艦隊は輪形陣のまま、針路をいぜんサンベルナルジノ海峡にむけて進んでいった。ブルネイを出撃するときは、別動隊の第三部隊をのぞいて三十二隻だった栗田艦隊も、これまでに重巡五隻と駆逐艦二隻が沈没、または落伍《らくご》艦の護衛について戦列を離れてしまったので、総勢は二十五隻に減っていたが、いまはこの勢力で、日没時にはサンベルナルジノ海峡に入り、夜陰に乗じて海峡を突破したあと、明払暁にはレイテ湾に突入しなければならなかった。

まもなく、後方にかすかに見えていたマスバテ島が水平線に姿を没し(1)、かわりにはるか前方からシブヤン島の稜線《りょうせん》が浮きあがってきた。ようやくシブヤン海の中央部に入ったのである。島は陽の光に青白く煙ったように、肉眼でもはっきり見えた。艦隊はそれを遠く左手にのぞみながら、針路をさらに北々西に向けて進んでいった。

武蔵はすでにかなりの被害をうけていたが、それでもまだ陣形内にふみとどまっていた。艦首をさげたまま、僚艦のあとを必死に追っていた。だが多量の浸水にくわえて、片輪の三軸運転（四つの主機械室のうち第二主機械室が運転不能のため）では二十ノットあげるのがやっとだった。そのため僚艦からもしだいに遅れがちとなり、いまは殿艦《しんがりかん》の沖波との距離も二マイル以上も離れてしまっていた。

武蔵は、第一戦隊の二番艦《ふた》として、第二艦隊の主力だった。第一戦隊は、ほかに大和、長門をくわえて三戦艦で編成されていたが、もしこのうち一隻でも欠けることがあれば、戦隊の機能を十分に発揮することができないばかりでなく、第二艦隊の今後の作戦行動に重大な支障をきたすことになる。したがって第二艦隊司令部としては、多少の被害は承知の上で、武蔵をなんとしてもあすの突入作戦に同航させる必要があった。搭載しているその四十六サンチの主砲の威力に期待をかけていたのである。そしてその期待は、武蔵のいまの状態ならまだ可能かもしれなかった。夜に入れば被害個所もある程度復旧できるだろうし、肝心の主砲方位盤の故障もなんとかなるかもしれない。だが、その艦隊司令部のわずかな期待も、つぎの第四波の攻撃によって微塵《みじん》にうち砕かれてしまった。

対空戦闘のラッパが鳴った。

おれは銃身を沖にむけながら、瞬間、顔からすーっと血がひいていくのを感じた。下腹のあたりが固くこわばって震えている。押さえようと思っても止まらない。だが、こんな恐怖に咬《か》まれているのはおれだけだろうか。みんなもおれと同じ恐怖の淵にはまりこんでいるのだろうか。それを確かめたい。おれは銃尾をふりかえってみた。伝令の村尾がいる。堀川がいる。本山がいる。摩耶の上水のうしろには倉岡兵曹がいる。みんな息をつめたように固い顔をあげて、沖から接近してくる敵機に眼をすえている。みんなもおれと同じなんだ、と思っても、粟だった心の動揺は押さえきれない。おれはなにかみんなに声をかけようと一度顔をたてなおしてみたが、それもへんにのどにつかえて声にならなかった。声にならない言葉だけが舌をこわばらせ、のどの奥に沈んでいく。

敵機の襲撃もこれで四回目だ。それなのにおれはまだそれに馴れることはできない。恐怖は毎回刃物のように鋭く迫ってくる。怖ろしい瞬間だった。

おれは無意識に俯仰桿《ふぎようかん》を握りかえてみたり、銃架の支脚にさわってみたり、ズボンをつまんでみたり、またなんのわけもなく鞍座から腰を上げたり下げたりしていた。どうしてもじっとしていることができない。体中に汗がふいているのに、暑いのだか寒いのだかわからない。自分の足がどこにかかっているのかそれもわからない。……だが、そんなちりちりした状態も長くつづかなかった。まもなく主砲の轟然たる音響が頭上をおおった。おれは瞬間、あとさきを見かえるゆとりもなく、絶望的なその轟音のなかに、転げこむように自分を投げこんでいった。

第四次攻撃隊三十機は、魚雷を三本、それもしょっぱなに右舷中部に一本、左舷艦首に同時に二本を打ちこんだ。その炸裂のショックで、武蔵は艦底からマストのてっぺんまで悶《もだ》えるように烈しく震えた。艦首の主錨《しゅびょう》は、鎖をきって海にふっ飛んだ。外舷部の鉄板は裂け、内がわから洞窟のようにめくれあがった。海水はそこから堰をきって艦内に流れこんだ。まわりの防水隔壁も、その水圧でつぎつぎに亀裂がはしり、抜かれ、破壊された。

浸水個所は、しかし下部区画だけでおさまらなかった。水圧が加わるにつれて、水は中甲板にまでまわりこんできた。ごうごうと唸《うな》りながら、壁や防水扉のハッチをぬいて下部から噴き上がってくるのだ。海水の氾濫した居住区《デッキ》では寝台が落ち、チストがひっくり返り、そこからはみ出した被服や靴や帽子や釣り床などが、渦巻きにのってぷかぷかと浮かびだした。

武蔵は、この浸水でさらに縦のバランスを失ってしまった。艦尾をあげて、前のめりに艦首を海面につけてしまった。両舷の錨鎖孔は海中に没し、その尖端《せんたん》にとりつけてある金色《こんじき》の菊の紋章も波をかぶりはじめ、前トリムはついに三メートルにまで達した。そのため艦の安定性はいちじるしくそこなわれてしまった。

そこへまた直撃の大型爆弾を二発くった。その一発は二番主砲の天蓋に命中した。一瞬、眼もくらむような閃光《せんこう》が散ったが、厚さ三百ミリの天蓋の特殊甲鉄はびくともせず、わずかにまわりのペンキが剝げたにすぎなかった。が、左舷中部に命中したもう一発の被害は深刻だった。

轟音と同時に、ぱっと透きとおるような閃光がひらめいた瞬間、八番機銃員は全員舷外に吹きとばされてしまった。黒褐色の煙と焰《ほのお》にまかれて、ひきちぎられた首や胴体や手足や服の切れっぱしが、ひと塊になって空に舞い上がったと思うと、そのまま枯れ木からふるい落とされた落ち葉のように、はるか向こうの海のうえに散らばってしまった。

おれは射撃に夢中でそれが八番だとは気がつかなかったが、稲羽はそこの射手だった。むろん彼も海へ吹きとばされてしまったのだった。「撃ち方待て」の号令がかかったとき、おれは八番がやられたと聞いて、あわててそこへとんでいって見たが、銃身をさかさにしてひっくり返った銃座のあとには、蛇腹のきれた防毒面と膝から下の片足が一本、おき忘れたように転がっているだけで、稲羽の名残をとどめるものはなに一つなかった。あたかも彼がこの世に存在しなかったかのように……。

おれたちは稲羽のことをよく「お嬢さん」とか「三等郵便局長」とか綽名《あだな》で呼んでいた。三等郵便局長の由来は、彼の家が群馬の田舎の郵便局だったせいだが、お嬢さんというのは、女性的な彼の顔立ちからきていた。黒眼のはった二重瞼の大きな眼、円いふっくらとした下あご、色の白いくせに不思議に潮やけしないすべすべした皮膚、それはいかにもお嬢さんの綽名にぴったりだった。もっとも最近はヒゲやにきびも出はじめて、やわらかだった顔の輪郭もだいぶ男らしくひきしまってきていたが、おれたちはなにかというとふざけてそう呼んでいたものである。本人はそれをひどくいやがっていたが……。

彼は顔だちもよかったが、声もよかった。歌をうたわせたら艦内でも彼の右に出るものはなかった。四分隊では長いこと分隊長の従兵をやっていたが、それも一つは、分隊長が彼の美声を見込んだためらしい。夜、士官室で士官たちの退屈しのぎに彼がなにか歌わされているのを、おれも通りがかりに、二、三度聞いたことがある。歌といってもほとんどが流行歌だったが、彼はどんな歌でも最後まで調子を崩さずに心をこめて歌った。とりわけ「荒城の月」と「誰か故郷を想わざる」が得意で、演芸会などで彼がこれを歌いだすと、兵隊たちはむろんのこと、士官たちまで耳をそばだて、あるものは涙をうかべて聞きほれたものである。なんでもおっ母さんがとても歌が上手で好きで、うちでもよく蓄音機をかけて聞いていたというから、彼もその影響で自然にこつを覚えたらしかった。

「お前は海軍なんかより歌手を志願したほうがよかったんじゃないか。あれだけ歌えるんだもの。兵隊でアンパン帽かぶしておくのはもったいないや。お前、道をあやまったぞ」

おれたちがそんなことをいってからかったりすると、彼はきまって例の女のような肉のうすい唇をとがらさせて、

「冗談いうな、歌手なんかにだれが……。おれは自分だけでこっそり歌ってるのが好きなんだ。歌をうたっている間は辛《つら》いことも忘れていられるからな。それをいつだったか、はじめての分隊演芸会で、順番指名で歌わされたときに眼をつけられてしまった。あのとき、矢崎みたいにいい加減にハトポッポでも歌っておけばよかったのに。……大体おれはひと前に目立つことが嫌いなんだ。さらしものみたいにさ……。それよりもな、おれは海軍やめたら牧場をやろうと思ってるんだ」

「牧場？　なんだお前、親父の跡をついで郵便局をやるのじゃなかったのか」

「なにが郵便局なんて。一日椅子にすわってスタンプを押したり、人の銭勘定なんかしているあんな退屈な仕事はおれの性にあわないよ。それより牧場だ。おれのところは近くに榛名《はるな》や妙義山《みょうぎさん》があるから牧場にはもってこいなんだ。どっかその辺の麓の高原に、五、六十頭牛を放し飼いにしてな、口笛でもふきながら一人でのんびり乳でもしぼって暮らすのさ。そうしたらお前らも遊びにこいよ。お互いに同じ鍋のめしをくって、生死をともにした仲だ。粗末にゃしないよ。朝から乳風呂にいれて、しぼりたてのおいしいやつをうんとご馳走《ちそう》してやるからな……。まあ牧場っていうのが、おれの未来の夢なんだ」

だが、稲羽に未来はなかった。彼の未来はばらばらにちぎれた五体といっしょに海のなかに消えてしまったのだ。彼は暗い海の底に横たわりながら、ついにかなえられなかった牧場の夢をなおも追いもとめていくだろうか……。

右舷上空から爆撃機四機が一つらなりになって釣瓶《つるべ》落としに突っこんできた。武蔵はとっさに面舵《おもかじ》をとったが、舵をきかす余裕がなかった。先頭機から順に投弾しながら、一番副砲の天蓋すれすれのところをかすめて反対舷へ舞い上がっていく。その一弾が二番主砲横の右舷甲板に命中した。その下部は主計科事務室で、そこには予備応急員の主計兵三十人近くが待機していた。爆弾は露天甲板をつらぬいて、四方を隔壁でかこまれた広さ三十坪ほどのその区画のど真ん中で炸裂したからたまらない。主計兵たちは、一瞬にしてだれかれの区別もなくたたき潰《つぶ》されてしまった。

砕かれた頭蓋骨、どろどろの脳液、吹っとんだ首、縄のようにもつれた腹わた、ちぎれた手足、そして床一面の血だ。血は折り重なった死骸の下をあらいながら、入り口のへしゃげた防水扉の隙間から通路がわへびたびたと流れ出た。天井やまわりの壁もはねた血でずっくり濡れ、ところどころ肉片が平たくはりついていて、そこからも血の滴が雨だれのように垂れていた。生存者は一人もいなかった。

つづいて左舷高角砲甲板に二十五番の大型弾が一発命中したが、これも砲甲板をぶち抜いて、下の機銃の弾薬供給所のアーマー（防禦甲鉄）の上にはね返って炸裂した。ここは電動の揚弾機を使って、上に機銃弾を供給するところで、七名の供給員がつめていた。いずれも補充の老兵だったが、炸裂と同時に全員が焔のなかに消えてしまった。

それからものの三秒とたたなかった。こんどは左舷の二番測距儀のきわで、小型爆弾が二発、つづけざまに炸裂した。瞬間、昼もあざむくような閃光が烈しい熱風を巻いてふき上がった。四・五メートルの測距儀は、覆いごと空中に吹っ飛び、まわりにした測距員もいっしょにどこかへひっさらわれてしまった。あとには掘りかえされた貝塚のような穴がぽっかり開いているだけだった。

そしてその時だった。砲台下士官の高場兵曹がやられたのは。彼は爆風で上の砲甲板から下の露天甲板の繋柱《つなぎばしら》のところまで吹っとばされてきたが、どこへ飛んでしまったのか、右腕と首がなかった。おそらく横合いからきたよほど鋭利な破片で、右の脇腹から上へ一気に袈《け》裟《さ》がけにあおられたらしく、切れ口はそり落としたようにたいらで、すこしもささくれたところがなく、血もそれほど出ていなかった。おれたちにも、最初それが誰かわからなかったが、ひっくり返してみて、上衣の胸に縫いつけてある名札で高場班長だとわかったのである。

高場兵曹は副砲から機銃に配置がえになったことを、はじめはだいぶ腹にすえかねていたようだった。なにかいうと、「おれはもともと大口径砲出身だ、こんな豆鉄砲なんかおかしくていじれるか」とうそぶいていた。それでも根がやり手の下士官だったから、じきに機銃分隊の空気を自分のものにしてしまった。相変わらず横柄で、お天気屋で、いいときはよかったが、悪いとなると、ひっくりかえったカッターのように手がつけられなかった。そんなときは相手が下士官でも容赦しなかった。だからのんきやの月島兵曹などとちがって、下のものにはまるで人気がなかったが、そのかわりに上のうけはよく、優秀な下士官で通っていた。もっとも、こと砲術の分野にかけては、事実、優秀な下士官だった。砲術学校の高等科を二番で出てきているだけあって、砲の構造機構にも精通し、どんな複雑な射角の計算でも三分とかからなかった。

彼はこの十二月一日付で兵曹長に進級することになっていた。すでに横鎮《よこちん》（横須賀鎮守府）からもその内報が届いていた。うちは茨城の農家の次男で、十七のとき志願して今年で丸十年になるが、同期の中でもかなり早いほうの進級だった。彼はふだん自分のことはあまり話さないほうだったが、それでも兵曹長の内報をうけたときには、さすがにうれしかったらしく、得意になって班のおれたちにいったものである。

「これでおれもやっと念願の短剣がつれるっていうわけだ。十年は長かったけどな。ついでにお前らともお別れだぞ。任官するとおれの籍は武蔵になくなるからな。この作戦がすんだらすぐ退艦して横須賀へいって準士官講習を受けるんだが、それがすむと配属前になんでも特別休暇が出るらしい。それにしてもおれが蛇腹のついたサージの詰襟にピカピカの短剣をぶら下げて帰ったら、村のやつらもおったまげるだろうな。あそこの息子もえらく出世したもんだって……。なにしろ準士官以上となると、分限は終身官だし、そのうちまた少尉、中尉と上がると、こんどは位階勲等もついて高等官だからな。村長だっておれには頭が上がらないだろう。まあ学歴は小学校だけだけど、これで村じゃおれが一番の出世頭かな……」

彼は念願の短剣をつって村に帰ることはとうとうできなかった。かわりに帰っていくのは方一尺の白木の箱である。来年の正月までには結婚して、田浦《たうら》か逗子《ずし》のあたりに世帯をもちたいと話していたが、その計画もついに実現できなかった。

彼はずっとおれの班長だったが、おれは性格的に彼が嫌いだった。班長としてできるだけ尽くしてきたつもりだが、いつも自分のことしか頭にないその身勝手で高圧的な態度に、おれはどうしてもついていけなかった。それは例の堀川の逃亡事故があってから一層つのったが、でもいまこうして丸太のように甲板に横たわっている首のない変わりはてた彼の姿を前にすると、憐憫《れんびん》とも同情ともつかない、なにか烈しい感情が胸にせりあがってくるのを、おれは抑えることができなかった。

*

敵機はなおも食いさがっていた。

突然、雷撃機（ＴＢＦ）三機が魚雷を三本、左舷中部に撃ちこんだ。三機ともまったくだしぬけに硝煙の下をかいくぐって海面すれすれの低空でやってきたので、武蔵は事前にそれを回避することができなかった。それでも一本は横っとびにジャンプして、乾舷下で半端に炸裂したので大した被害はなかったが、残りの二本は一、二番主砲の真下に吸いこまれた。魚雷はつっ走ってきたその勢いで、外舷バルジをつき破り、つぎの防御区画の甲鉄にぶち当たって炸裂した。深く底こごもった炸裂音と同時に、海面は隆起し、見上げるような巨大な水柱が空にはじいた。瞬間、外舷は内側から大きくめくれ、主砲の弾火薬庫を防禦して艦底まで垂直におりている厚み四百ミリのアーマーは、かなりの広い範囲にわたって裸にされてしまった。

それだけではなかった。どの経路を廻ったのか炸裂した火焰《かえん》の熱気が、その裸のアーマーを通して、となりの火薬庫内にじかに伝わったのだ。そのため常時二十一度に冷却してある火薬庫の基準温度は、みるみるうちに限界の四十度を超えてしまった。恐るべき危険が迫ってきた。

艦長付の野村中尉は、一番主砲の砲台長から電話でこの報告をうけると、すぐさま回避盤をにらんで立っている艦長のわきに駈けよって、あたりの轟音に声をかき消されないように、両手で口をかこって大声で砲台長からの報告を艦長に伝えた。

艦長はキッと顔をあげてうなずくと、隔壁から乗りだすように肩をつきだして、眼下の主砲に眼をすえた。見ると一、二番主砲とも、何事もなかったかのように砲身を高々と空にあげて撃っている（このうち一番砲の中砲だけはすでに使用不能になっていた。第三波の攻撃時に弾丸を装塡したところへ、砲口からまぐれあたりに飛びこんできた敵機のロケット弾が弾頭の信管に命中して膅内《とうない》爆発をおこしたのである）。だが、いまやそれも一触即発の危機にさらされているのだ。

艦長は重大な決断のまえに立たされた。……この上さらに火薬庫の温度が上昇して爆発点に達したらどうなるか。いや、それよりもむく板のように裸になったアーマーに次の魚雷が命中したらどうなるか。それでなくてもすでに弛《ゆる》みのきているアーマー・ボルトや鉸鋲はその衝撃で吹っ飛び、アーマーはたちまちビーム支柱から崩れ落ちるだろう。

主砲の上下弾火薬庫には、重量二トンの徹甲弾が一門百発あて、計九百発と、それに要する厖大《ぼうだい》な装薬（一発につき三百六十キロの火薬）が火薬罐に入れてびっしりと積みこんであるが、もしそれに引火し誘発するようなことになれば、この七万二千トンの本艦といえども、ひとたまりもないだろう。それこそ乗員もろとも全滅だ。

もはや選択の余地はなかった。このさい主砲をすてても艦を守るべきだ。乗員を救うべきだ。艦長は即座にそう決断した。

そこへ上の射撃指揮所から砲術長越野大佐が長身の体をまげて声から先にとび降りてきた。

「艦長、見込みはありませんか？」

「うむ」、艦長は汗まみれの顔をふって、「急いで火薬庫員をあげて注水しよう。もうそれしか手がない」

「しかし艦長、それでは主砲が……」

瞬間、翼を斜めにたてた雷撃機が、さっと艦橋のこびんをかすめて右舷へぬけた。そのひょうしに、眼鏡をかけた搭乗員の青くゆがんだ顔が風防ガラスのむこうに、ちらっと見えた。

艦橋の窓枠はその煽《あお》りをくって、ビリビリ震えた。

艦長は風圧から顔をおこすと、片手に握った指揮棒をふりながら、

「やむを得ん、すまんが砲術長、あとは残っている三番で撃ってくれ」

砲術長は吹きつけてきた硝煙にいっとき眼をすがめて、

「そうですか、やっぱり駄目ですか」

そのとき正面の主砲弾火薬庫の表示器に赤ランプが点滅した。つづいて警報ブザーがけた

たましく鳴りだした。もはや一刻の猶予も許されなかった。

艦長はとっさに伝声管をつかむと、第二艦橋の副長にむかって、

「一、二番主砲、上下弾火薬庫注水、急げッ！」

と大声で命令を下し、そのまま喰い入るように主砲の動きを見守ったが、その顔は緊張のあまりひきつって、まるで血の気がなかった。

主砲の弾火薬庫員は、その命令で直ちに入り口のハッチをしめて塔内の給弾薬室に避難した。まもなく副長の指示で、注水装置のポンプが作動し、各庫内の注水孔の丸蓋がいっせいに開放され、そこから白く泡立った海水が凄《すさ》まじい勢いで庫内に流れこんできた。厚い杉板張りの壁ぎわに高く積み上げてある火薬罐と、縦に頭部をそろえて弾庫の運搬軌条のうえに隙間なく並んでいる砲弾は、床上からみるみるうちに海水にひたされていった。一、二番主砲は、こうしてついにその攻撃力をまったく失ってしまったのである。

武蔵はもともとトン数の大きさだけが目的で造られた艦ではなかった。これは大和の場合もそうだが、まだ外国にもその例のない口径四十六サンチ（十八インチ）の主砲九門を搭載するために、ただそれだけの目的のために、その大きさ（満載排水量七万二千八百トン）を必要としたのである。つまり日本の海軍が欲しかったのは、大きな艦ではなく、どこまでも大きな大砲だった。武蔵がブルネイを出てきたのも、したがってその四十六サンチをレイテに運び

こむためだった。目的はそこにつきていたといってもいい。いずれにしろ四十六サンチの主砲あっての武蔵だった。そのための戦艦だった。そしてそれがいま見るも無残に「無用の鉄屑」と化してしまったのである。武蔵はもはや当初の武蔵でなくなってしまったのである。

武蔵は大和と並んで大艦巨砲主義の切り札的な存在だった。それだけにこの二隻の戦艦に賭けた海軍部内の期待も大きかった。だが期待されたその主砲も、飛行機の前には全くといっていいほど無力だった。肝心の射撃方位盤は、初回の魚雷一発の震動でもろくも故障し、対空戦には威力があるといわれていた肝心の三式弾も、いざとなると、ただ遠距離から敵を威嚇するのが精一杯で、実際はそれほど効果はなかった。大艦も、巨砲も、結局は飛行機の前には歯がたたなかった。ということは、海上戦闘の主役はもはや戦艦ではなく空母だった。大砲ではなく飛行機だった。そして武蔵はいま身をもって、それをむきつけに立証したのである。

一、二番主砲は最後に両舷上空にむけて弔砲のように空しい一発をはなって沈黙した。そして、それは同時に形骸化した「大艦巨砲主義」の終焉《しゅうえん》を告げる合図でもあったのだ。

第四次攻撃隊がようやく引き揚げたとき、武蔵はすでに艦隊序列からかなり離れてしまっていた。速力を十六ノットを出すのがやっとだった。横傾斜《ヒール》はいちじ左舷に七度にもなったのを、注排水によってどうにか二度まで復原できたが、全部の浸水はおびただしく、その重みで艦首のペリカン鉤もいまは海面にかくれ、波はときおり乾舷をこえて前甲板にまで流れこんだ。トリムは前部に四メートル、おまけに艦首を下げてしまっているので、舵のききもいちじるしく低下していた。そのため主力との距離は開くばかりで、やがて五マイル後方を進航してきた第二部隊にも遠く引き離されてしまった。

これを見て栗田長官も、ついに武蔵との同航をあきらめ、猪口艦長にたいし、直ちにコロン湾に引き返すように命じた。コロン湾はブスアンガ島の南端部にあるが、ここは敵の制空圏からどうやら外れているので、まだ比較的安全で、距離的にいってもここは回航地としてはここが一番近かった。

艦長はここまできて、ついに戦列を離れなければならなくなったことが、よほど無念だったにちがいない。長官の命令を受け取ってからも、しばらくは電文を片手ににぎったまま、前方をいく大和の艦橋のあたりに眼をすえて動かなかった。しかし、この艦の状態では、もはや艦隊の一翼をになうことは出来ない。それは誰よりも艦長自身がいちばんよく知っていた。

艦長はやがて長官の電文用紙にもう一度眼を通して、納得したようにかすかに首をふってうなずくと、それを丁寧に四つに折りたたんで、上衣のポケットにしまいながら、むき直ってまわりに立っている副長以下、艦の首脳部にむかっていった。

「残念だが引き返すことにしよう。これ以上とどまっても味方の足手まといになるだけだ。コロンで再起を期す以外にないだろう。長官もそういっておられる」

「はあ、……私もそれがよろしいかと思います」、副長の加藤大佐が顔をあげていった。「それにあそこには、たしか工作艦が入っているはずですから、応急修理のほうもできるかもしれません」

　艦長はうなずいて、

「うむ、できれば艦首部と方位盤のほうだけでもなんとかしたいな……」

「ところで艦長」と航海長の假屋大佐がいった。

「やはりタブラス海峡をぬけていきますか？」

「うむ、それしかないな。バンタン島の南を迂回《うかい》して海峡を出たらそのまま真っ直ぐミンドロ海を突っきって行こう。そのほうが安全だ。そうすれば、途中何事もなければ明日の朝方にはコロンに入れると思うが、どうか？　航海長」

　航海長はコンパスをあてていたチャート・テーブルから顔をあげて、

「はあ、平均十二ノットとみて、朝方までには一寸難しいかもしれませんが、昼までにはなんとか……」

「それにしても艦長、残念ですな、レイテを目前にして後退するとは……」

砲術長の越野大佐が吐きすてるようにそういうと、艦長は手の甲で額の汗をぬぐいながら、

「まあ、これも仕方がない。戦闘には運・不運はつきものだ。帰ってまた次の機会を待つさ。一歩後退、二歩前進という兵法もあるじゃないか」

といって、艦橋内のかたく沈んだ空気をほぐすように、はじめて笑ってみせた。

武蔵はそれからまもなく駆逐艦の清霜と島風に直衛されてコロン湾に回航することになった。そこで艦長は、旗艦の大和をはじめ、前方を進航中の各艦にあてて、

「われ命により、これよりコロンに帰投す。僚艦各位のご健闘を祈る」

という訣別《けつべつ》の信号をおくり、そのあと高声令達器を通して、回航の趣旨を簡単に全乗員に伝えた。

午後三時（一五〇〇《ヒトゴーマルマル》）だった。

5

おれたちはブルネイを出るときからすでに死を覚悟し、それをまぬかれぬ運命と半ばあきらめていたが、それでも艦長の「達し」を聞くと、これでひょっとすると生きのびられるかもしれないと思い、ひとりでに心がおどった。眼の前が急に明るく開けてきたような気がし

た。このまま前進したところで、結局むだな犠牲を出すだけだ、ということがおれたちにもわかっていたからである。

それにしても無事にコロンにたどりつけるだろうか。いや、なんとしてもたどりつきたいものだ。

おれたちは甲板に立って、前方を進航していく僚艦にむかって手をふった。向こうからも、さかんに手を振っているのが見える。そして、この瞬間はじめて運命がおれたちに笑いかけたように思われた。

やがて艦長の「変針回頭」の命令が下った。

武蔵は深手を負ったその巨体をいたわるようにして、大まわりにゆっくりと艦首を右へ廻していった。海がまわる。空がまわる。艦がまわる。そして、それにつれておれたちの心もいっしょにまわった。レイテから後方のコロンへ……。

まもなく武蔵は南二十一度西に針路をとって南下をはじめた。その艦尾に、ほそぼそとした十四ノットの航跡を曳《ひ》きながら。両舷には五百メートルの距離をおいて清霜と島風の二隻が護衛についた。

艦の一進ごとに、僚艦の姿は後方に遠ざかっていく。あすレイテに突入すれば、あのうちの何隻かはもはや見ることはないだろう。そこでおれたちは、もう一度振りかえって、僚艦に最後の別れを告げた。

そして、その時だった。第五次攻撃隊の大編隊があらわれたのは……。

「雷爆連合、右九十度」

「高角七、的針三五」

「敵機……三〇……五〇……八〇……一〇〇機以上！」

高くうわずった見張り員の声。

つづいて対空戦闘のラッパが鳴った。タンタンタンタンタンタカタァーン……。ラッパはふるえるように長く尾をひいて、いつまでも鳴った。まるで目前にせまった埋葬の合図のように……。

おれはどきっとして沖のほうを見た。そして思わず息をのんだ。

はるか右手の水平線に、よそよそしく立っているオパール色の積雲を背景に約百三十機。いずれも朝から散々の目にあわされた爆撃機ＳＢＤ、ＳＢ２Ｃと雷撃機ＴＢＦだ。それが横に長く編隊を組み、空を圧して真っ直ぐこちらに向かってくる。

瞬間、おれは体の震えがとまらなかった。膝が硬直し、ひとりでに首がすくんだ。はやてのように迫ってくる死の予感。恐怖が胸を焼き、のどをしめつける。脂汗が額に吹いて流れる。機関のひびき、見張員の叫び声、鉄架のきしみ、波のどよめき、風を切っているマストのリギンの唸り……。おれは手当たり次第なにかに縋《すが》りつくような気持ちで、前楯の鋲鉄の一点に眼をすえる。丸いその鋲鉄の角に蠅が一匹とまっている。蠅はそこに風をさけて、小さなうすい羽根の下で、その細いテグスのような両肢をこすり合わせている。おれはこの射手席から一センチも動けないでいるのに、だが蠅には動ける自由がある。自由にどこへでも飛んでいける。ああ、おれも蠅になりたい。おれも一匹の蠅になって、このままどこかへ飛んで消えてしまいたい。それができたらどんなにいいだろう。おれは一瞬息をつめて、両手にしっかり俯仰桿を握りしめた。落ち着かなくてはいけない。おれは見られている。うしろからみんなに見られている。そしておれもおれを見ている。おれがおれ自身を監視している。しっかりしなくてはいけない。ここで取り乱したら、おれはもうおしまいだ。おれは駄目になる。それっきりになる。こんなことではいけない。落ち着かなくてはいけない。おれは何度も何度も自分にむかってそう叫んだ。叫びつづけた。おれは迫ってくる敵機よりも、いまにもうろたえそうな自分のほうがはるかに恐ろしかった。

「グラマン十六機、右四十二度二七〇《フタナナマル》、左へ進む！」

伝令の村尾がうわずった悲壮な声で指揮所の報告を復唱する。

「雷撃機二十機、左二十六度、高角六、二五〇《フタゴーマル》、真っ直ぐこちらに向かってくる」

海は表面に白く陽の光の縞を流しながら、絹じわのようなおだやかなうねりをかえしていた。どこまでも青く澄んで一点の濁りもなかった。右手のはるか海ぎわには、ランチをさかさに伏せたようなシブヤン島が、山稜をガーゼのような薄靄《うすもや》につつんで、その裾をとっぷりと海に沈めている。空もまたもう一つの海のように碧《あお》く、毛ばだった白いすじ雲のうえに、杏《あんず》のように黄色く熟れた太陽をのせていたが、こうした無心な自然の美しさだけを見ていると、これからこの空と海の間で、人間の恐るべき殺戮《さつりく》が展開されようとは想像もできないことだった。

敵機は幾手にも分かれてぐんぐん距離をつめてくる。まもなく大和、長門、金剛、榛名の戦艦戦隊が前方から反転して一斉に砲撃を開始した。それがきっかけだった。つづいて全艦隊がこれに応じた。各艦の弾着点を識別する赤や青や黄や緑の色とりどりの弾幕が、くす玉のように開いて中空を覆っていく。敷きつめたその弾幕の切れ目から一機が尾翼から火を吹いて斜めに落ちた。もう一機は中途で赤い玉になって砕けた。

敵機はしかし、砲撃にひるみも見せず、たちこめる砲煙のあいだをかいくぐるようにして上空いっぱいに群がってきた。

だが、こんどは武蔵だけを狙って、僚艦のほうへは眼もくれなかった。両舷と前後部から全機が本艦を目がけてきた。あきらかに、ここで武蔵に「最後のとどめ」を刺そうというのだ。

敵機の戦法は第一次から変わらなかった。艦の乾舷を基点に六十度の角度までくると、いきなり翼を真横に倒して、嚮導機《きょうどう》を先頭に逆落《さか》としに突っこんできた。それも右舷、左舷、前部と、三方同時の攻撃だった。

キーン、キーン、キーン、キキキキキイイイイイイ……。

空気を切る金属性の鋭い音が空からひっきりなしに落ちてくる。魚雷や爆弾がこぼれるように胴体を離れる。翼はみるみるうちに大きくなり、まっしぐらに黒く眼いっぱいにかぶさってくる。と同時に、そのまま疾風のように反対舷へ翔《か》けぬけていく。

おれはそれにむかって夢中で撃ちまくった。もう狙いもくそもなかった。正確な射角についていては、ふだんからうるさくいわれてきたが、気持ちにもうそれを調整するだけの余裕がなかった。手あたりしだい、滅茶苦茶《めちゃくちゃ》に撃ちまくった。

ダダダダダダダダ　カカカカカカカカッ……。

周囲はたちまち閃光と硝煙と巨大な水柱の渦だ。皮膚をめくるような爆風が、絶えず前後左右に横なぐりに吹きつけてくる。きしんだ轟音が、うしろのマストをよじのぼるようにひびく。

そのたびに顔が板のようにひらたくゆがんで、後ろへもっていかれそうになる。頭のなかは爆風と轟音にかき乱され、真空になったようにうつけて、おれは何も考えられなかった。

頭が麻痺《まひ》しているのか、それもわからなかった。怖ろしいのか、それもわからなかった。ただ狂気に近いこの緊張の持続に耐えながら、右足が引き金に硬ばりついていることだけを意識していた。

突然、二番主砲の塔側で、激しい轟音とともに眼もくらむような山吹色の閃光が割れてひらめいた。同時にバシッと砂利をまじえたような鋭い爆風が横っつらをかすめた。おれはとっさに顔をふせたが、瞬間足をすくわれて鞍座からあおのけざまにころげ落ちた。するとそこへ真上から水柱が滝のように崩れ落ちてきた。息がつまって体が浮き出すかと思われる。おれは海水にむせながら、夢中で体を一回転させてはね起きた。

見ると伝令の村尾が甲板にへたりこんで両手で足をおさえている。やられたんだ。

「村尾、どうしたッ」

おれは急いでそばに駈けよった。みるとズボンの膝がズタズタに裂けて、そこから膝のさらが砕けた貝殻のようにはみだしている。破片でえぐられたのだ。村尾は苦しまぎれに膝をかかえこんだまま、その真っ青な顔をおれの胸におしつけて呻《うめ》いた。

「痛いよう……痛いよう……痛いよう……」

「村尾、しっかりするんだ、村尾……」

おれは彼を抱きおこして、摩耶の兵長と二人で急いで銃座の外へ運び出した。いまは止血棒を巻きつけてやることもできなかった。寸刻も射撃を中止することはできないのだ。するとちょうどそこへ後部のほうから空の担架をさげた看護兵が二人背中をかがめて駈けてくるのが見えた。おれはいきなりその前に立ちふさがって村尾のことを頼んだ。看護兵は前部へ行く途中だったらしいが、それでもあわてて担架をおろして村尾をのせてくれた。

「村尾、いいか、しっかりするんだぞ」

「痛い、い……痛いよう……痛いよう……」

おれは、呻きながら担架で運ばれていく村尾に向かってもう一度叫んでおいてむき直ったが、そのとき銃尾に堀川一水がいないのに気がついた。銃尾に残っているのは、気をのまれたように眼をむいて開閉棒につかまっている本山兵長と、そのうしろに弾倉をかついで待機している三人の二番銃手だけだ。

「堀川はどうした、堀川は？」

すると銃尾の向こう側から倉岡兵曹が、

「堀川もやられたんだ」

と顔をあげた。みると堀川は、そこの散らばった撃殻薬莢《うちがらやっきょう》のうえに両手をひろげた恰好《かっこう》であおのけに倒れていた。倉岡兵曹が肩をつかんでゆすぶっていたが、そのたびに薬莢にのせられた顔が力なく向きをかえるだけで、首はもうのびきってしまっていた。ロケット弾に額を抜かれたのだ。鉄カブトの庇《ひさし》はまん中で二つに裂け、血が筋になって眉毛をつたって耳の下に流れていた。眼は咄嗟《とっさ》の死に愕《おどろ》いたように両方ともあけられたままだった。それだけ見とどけて、おれはすぐまた射撃にうつったが、おそらく爆風で海に飛ばされてしまったのだろう、つぎに見たときには、堀川の死体はもうどこにも見当たらなかった。

堀川は、海兵団の新兵教育を終えるとすぐ武蔵に配属された。おれが転勤してきたのもちょうど同じ日だったから、彼とはもう丸二年いっしょにいたことになる。彼はなりが大きいくせに小心で、ちょっとしたことにもひどく気に病むところがあったが、それくらいだから何事にたいしても馬鹿正直で一生懸命だった。が、そのわりに上のみこはよくなかった。小才をきかして要領よく立ちまわるということができなかったからである。ときには一生懸命やったことがかえってあだになって、上の怒りを買うようなことも度々あった。それも一つには、いつも眼尻をさげて薄笑いをうかべているような、人並みにあごの丸味のないそのすっとぼけたような顔だちがわざわいしていたのかもしれない。こういう目立つ顔はとかく我《わが》儘《まま》な下士官や古参の兵長たちの癇《かん》にふれやすい。ということで彼は、まずその顔からして軍隊むきでなかったともいえる。

堀川は福島の阿武《あぶ》隈川《くまがわ》沿いの農家の四男だが、彼の話によると、まとめて七反ほどの田圃や畠《はたけ》も全部が小作で、うちの暮らしむきはひどかったようだ。

「年貢米というのは一等米でないと通らないんですよ。それをね、親父が荷車に積んで地主さんの屋敷へ運びこむんですが、こっちはその後押しをしながら、子どもごころにもいやな気持ちでした。これが全部うちの米だったらどんなにいいだろうと思ってね……。やっと秋になって米を俵にいれてもそんなわけでしょう。あとうちの食いぶちはいくらも残らないんですよ。だから白いめしも盆か正月のもの日ぐらいで、それも腹いっぱい食った憶《おぼ》えはないですね。いつも腹をすかしていました。こんなことをいうと笑われるかもしれませんが、わたしはね、軍隊へ来てはじめて毛のズボンや皮靴をはいたり、メンチカツとかライスカレーを食べましたよ。はじめてライスカレーを食べたときなんかびっくりしました。世の中にもこんな美味《おい》しいもんがあったのかと思って。……ほんとに親方日の丸ですね」

堀川は海軍に入ってやっと食うことと着ることの心配から解放されたといっていたが、武蔵へのってまもなく逃亡事件をおこして禁錮三日の懲罰を受け、それがもとで進級もとめられ、海軍ではもう全くうだつがあがらなくなってしまっていた。もっとも彼自身もそれはよく承知していたようである。

「わたしはどうせキズもんですから、海軍ではもう見込みはないことはわかっています。でも、うちへ帰るつもりはないですね。もともとうちの口べらしに志願したんですから、いまさら帰っていってもうちでも困るでしょうからね。……わたしはね、海軍をやめたら海軍工《こう》廠《しょう》の工員か港務部の艀《はしけ》の船員にでもなろうと思っているんです。どっちも海軍の兵隊だったものは優先的に採用するという話ですから、そこを当てにしているんですよ」

彼は最後まで勇敢だったが、それもいまにして思えば、例の札つきの汚名をここでなんとか返上したいという彼なりの必死のあがきであったかもしれない。それを思うと、彼の死はなにか一層哀れだった。

それからまもなく、艦尾から突っこんできた雷撃機が左舷中部に魚雷を打ちこんだ。魚雷はスカッパー（汚物の捨て口）下に吸いこまれて炸裂したが、これがまた艦の急所をついて、意外な被害をひきおこした。防禦区画を一つ隔てたその隣は第四主機械室と罐室《かましつ》になっていた。

戦闘中は各区画とも防水扉で密閉してあるので、通排気孔以外に煙やガスの抜け道はないが、炸裂と同時にその煙が機械室の中に流れこんだのだ。そこへまた同時に上部から直撃弾の硝煙がとぐろをまいて流れこんできたからどうすることもできなかった。機械室にはみるみるうちに煙が充満してしまった。すでに肝心の通風装置も破壊されていたので、排気は不可能だった。そのため室内にいた機関兵たちは、煙と熱気につつまれて息苦しくなり、それ以上配置にとどまっていることができなくなった。それればかりではない。さらにまわりの壁や床をつき破って海水が室内に流れこんできたのである。くり返される爆発の衝撃で水線下の装甲鈑《ばん》がゆるんで隔壁の接合部がはがれてきたのかも知れなかった。海水はしだいに烈しい勢いで機械を水浸しにして室内に溢《あふ》れだした。

機関長はこれをみて、ただちに全員を上に避難させ、機械室を密閉した。これで機関はついに二軸運転となり、速力も十ノットを割ってしまった。まもなく中部の第四、第六発電機室も浸水し、罐数十二基のうち八基が使用不能となった。

つづいて司令塔下で二十五番が炸裂した。艦橋を根もとからゆさぶるような轟音と同時に、ちょうどその真横にいた五番機銃員は、爆風で全員が二番主砲の砲壁のまえに吹き飛ばされた。八人ともまるで縄でくくられたように一かたまりになって砲壁にもたれて立っている。どこにも傷らしい傷はないので、はた目には、そこで何か相談ごとでもしているような感じに見えたが、よく見ると八人とも一様に眼をむいたまま、ぽかんと開いた口の端からどろりと黒い血の糸を吐いて死んでいるのだ。

それと殆《ほと》んど同時に左舷の二番探照灯付近に爆弾が命中した。瞬間、探照灯は木っ葉のように飛び散り、ラッタルは二つにへし折れ、その横にいた機銃員の半数ははね飛ばされて誰とも判別できない肉塊と化した。負傷者の呻き声、喚《わめ》き声、死にあえぐ悲鳴が、炸裂の轟音や、もつれた焰、ちぎれ飛ぶ破片の響きにまじって、あっちからもこっちからも聞こえた。

倉岡兵曹がやられたのもこの時だった。彼はそれまでおれの横で片膝をついた姿勢で指揮棒をふっていたが、いきなり正面から急降下してきた敵機を見て、肩をふせたところへ腰に破片がくいこんだのだった。それも皮肉にうしろからとんできたやつだった。瞬間、彼はウッと呻いて、片手で腰をおさえながら首を内がわにねじ曲げたが、すぐまた気をとり直したように顔をあげ、意外にはっきりした声で、

「やられた、矢崎……あとを頼むぞ」

というが早いか、右腰のバンドのうえに先のとがったギザギザの破片をつきさしたまま、右足をぎごちなくひきずるようにして、中部の治療室のほうへ駈けていった。自分で立って駈けていったくらいだから、傷はそれほど深くはなかったろう。破片さえ抜きとってもらえば大したこともなくすんだかも知れない。だが彼は、治療室まで行きつくことはできなかった。ハッチまであと二、三歩というところで、追いうちをかけられたように、ロケット弾に背中を射ちぬかれたのだ。瞬間、体がはね上がったと思うと、彼はその場に棒立ちになってのけぞったが、そのまま両手をあげて、あおのけに倒れた。体は倒れたひょうしに一度ゆっくり向きをかえ、それっきり動かなかった。

倉岡兵曹は任官していくらか落ち着いてきたが、それまではおれたち若い兵隊がもっとも怖れていた兵長だった。四角にはった肩をゆすりながら、ガニ股で近づいてこられると、それだけでもうこっちの体が震えたものだ。「甲板整列」も当直以外欠かしたことがなかった。

彼は口より先にまず棍棒にものをいわせた。おれも善行章《やまがた》一本つくまでは、ほとんど毎晩といっていいくらい彼に殴られたものだ。彼は手加減ということを知らなかった。いったん棍棒を手にすると、自分の気のすむまで容赦しなかった。陰で「鬼倉」といわれていたのもそのためである。

おれは、倉岡兵曹には心をとじてふだんでも必要以外の口はきかなかったし、向こうからも個人的に話しかけてくることがなかったので、その身の上についても彼から直接聞いたことはないが、月島兵曹の話によると、彼は甲府《こうふ》在の竹籠職人の次男で、徴兵で海軍にとられるまでは、ずっと営林署の人夫をやっていたそうだ。蒲団《ふとん》を背負子《しょいこ》にしょって、山から山へ泊まり歩いて、杉や檜《ひのき》の苗の植え付けや下刈り、枝うちなどをするのが主な仕事で、出面《でづら》は一日一円七十銭、そのうち監督が二十銭サヤをはねるので、実際ふところに入るのは一円五十銭だったという。また吉沢兵長からこんな話を聞いたこともある。

「倉岡さんは、小学校は尋常科しか出ていないけど、頭はよかったらしいな。まえ機関科にやつと同級だったというのがいて、そいつが言ってたけど、なんでも一年から六年までずっと首席で通したっていう話だ。だからあれで生まれさえよけりゃ、上の学校にもいけて、いまごろはいいとこにおさまっていられたかもしれないな……。それが娑婆じゃ下積みの人夫暮らしだろう。海軍へ入れば入るで、いい年をして十六、七の志願兵の小僧っ子にぶん殴られて追いまわされる。そのうえ同じ小学校出でも、尋卒と高卒で進級に差をつけられる。これじゃ誰だってひねくれたくなるぜ。おまけに倉岡さんは頭がよくて癇性の強い男だから、余計腹にすえかねているんだ。考えてみりゃかわいそうなやつよ」

たしかに吉沢兵長がいったように、倉岡兵曹はおれたちに当たり散らすことで、これまでの惨めだった過去にひそかに復讐《ふくしゅう》していたのかもしれない。やり場のない鬱積をそこで晴らしていたのかもしれない。彼は上陸《しゃんりく》（上海特別陸戦隊）から軽巡の能代に二年ほど乗っていて武蔵にきたが、すでに現役から引き続き服役延期をくって在籍七年にもなっていた。むろんその間何度か危ない目にあってきたようだ。おれも一度バス（風呂）で上陸《しゃんりく》時代に負傷したという傷跡が右の脇腹に、ムカデでもはったように大きく残っているのを見たことがある。それだけに、いまさらこんなところで死ねるか、なんとしても生きのびて娑婆に出なくちゃならない、という鉄のような執念が、彼を内側から駆りたてていたのにちがいない。それは最後の瞬間まで自分を守ることに汲々《きゅうきゅう》としていた彼の態度にもはっきり出ていたが、しかし彼も結局、海の向こうの娑婆の土を二度と踏むことはできなかったのである。

爆撃機の一隊が艦尾からひと連なりになって突っこんできた。嚮導機を先頭に逆おとしの急降下だ。敵は突っこみながら同時に集中的に機銃掃射を浴びせてきた。ロケット弾はさながら雷鳴のように頭上に荒れ狂った。閃光が散り、至近弾の巨大な水柱の壁が舷側にしぶいた。その間を敵機はつぎつぎに翔けおりてくる。おれはそれに向かって無茶苦茶に撃ちこみながら、瞬間、もうどうなってもいい、いっそひと思いにロケット弾か破片が心臓にでもぶち当たってくれればいいと思った。もうこれ以上の恐怖と緊張の持続に耐えられない。耐えたところでいずれは殺されるのだ。そんなら麻痺状態に落ちこんでいる今のうちに死んでしまったほうがいい。いまは死もおれにとってひとつの安らぎだった。おれは死ぬことによって、一刻も早くこの地獄の戦慄を脱したいと思った。

＊

武蔵は半身不随のまま、右から左へ、左から右へと、のたうつように最後の力をふりしぼっていた。敵機はしかし喰いさがって離れなかった。くさびでも打ちこむように、両舷と前後部から緩急降下の雷爆撃を執拗《しつよう》にくりかえした。底のほうで間歇《かんけつ》的にぐおーん、ぐおーんと深くくぐもった音が甲板をふるわせて響く。魚雷を撃ちこまれているのだ。そのたびに武蔵はもだえ狂う巨獣のように、烈しく艦尾をふった。被害個所は広がるばかりだった。魚雷の破壊口をついて、海水は轟々と艦内に流れこんだ。それまでやっともちこたえていた防禦区画の甲鉄も、いたるところで突き破られ、破壊された。応急員の必死の防水作業も、もはやその水圧を喰いとめることはできなかった。

やがて右舷の第三主機械室も全滅した。隣接区画から海水が溢れこんできたのだ。四つの主機械室にはそれぞれ発生馬力十五万馬力の四基の罐《かま》が備えてあり、それで一本の推進軸（これは四本あった）を回転させる仕組みになっていたが、その罐室にも、つぎつぎに水がまわって蒸気を機関へ送ることができなくなった。このため武蔵はついに一軸運転となり、速力も六ノットに落ちてしまった。

まもなく副砲も六門全部が射撃不能になった。誘発の危険が生じて火薬庫に注水してしまったのである。主砲につづいて副砲も沈黙したので、これであと残っている火力は高角砲と機銃だけだったが、それもすでにその大半が破壊されてしまっているのだ。だが、残ったこのわずかばかりの火力では、ただ一方的にひっかきまわされるだけで、もはや敵の攻撃を支えきることはできなかった。魚雷はつぎつぎに命中し、爆弾はいたるところで鋭い光箭《こうせん》をあげて無慈悲に炸裂した。

艦内は凄惨と混乱をきわめた。

「七番高角砲直撃、全員戦死ッ」

「四群給弾薬室浸水、応急員急げッ」

頭からずぶ濡れの応急員の一団が、ホースや消火器をかついで硝煙の渦まく甲板を駈けぬけていく。

「後部右舷、魚雷命中」

「第三発電機室浸水、中下甲板停電」

切迫した伝令の金切り声。

「十六番機銃全滅」

「第九罐室浸水、水はどんどん入ってくる」

「三群射撃指揮所、全員戦死」

将棋だおしに倒れていく負傷者たちは、散乱する血と肉と火と煙のなかを喘ぎ、呻き、喚きながら這《は》いずり廻っている。

「水……水……水をくれ……たのむ……水を……」

「見えない、なにも見えない、眼をやられたんだ、どこだ、おい誰かきてくれッ」

「看護兵、看護兵はいないか、担架、担架を……」

「動けないんだ、おい、誰かひと思いに殺してくれ、たのむ、殺してくれッ……」

伝令の絶叫はつづく。

「上部電探室、使用不能」

「後部配電室浸水」

「鈴木中尉戦死。松永兵曹長指揮をとれッ」

「中部注排水管制所、魚雷命中」

雷撃機のあとを追ってくる爆撃機は、そのほとんどが艦橋を狙って突っこんできた。艦橋は指揮を統轄する艦の中枢である。敵はここを叩いて徹底的に艦を麻痺させることによって、いっきょに武蔵を屠《ほふ》ろうという作戦らしかった。そのため艦橋はたえず閃光と硝煙につつまれ、水柱はトップをこえて濛々と噴き上がった。

突然、第二艦橋の左そでに爆弾が命中した。その衝撃で艦橋の左側の障壁は切って落としたようにえぐりとられ、上部の手旗台は折れ曲がったラッタルといっしょに舷外へ吹っ飛んだ。同時に無電室も全滅し、通信が途絶えた。これで艦外との通信は、旗旒《きりゅう》と手旗だけに頼らなければならなくなった。艦の麻痺状態は刻々と深まるばかりだった。

そしてそれから間もなくだった。艦首側から突っこんできた爆撃機の一隊が、トップの防空指揮所に二百五十キロ爆弾を直角に叩きつけた。瞬間、そこで指揮をとっていた高射長の広瀬少佐をはじめ、見張員の大半が即死したが、爆弾はさらに防空指揮所から第一艦橋の床を貫通して、その下の作戦室で炸裂した。艦橋は一瞬、いまにも崩れんばかりに烈しく震動し、とぐろを巻く黒煙につつまれた。このとき第一艦橋では、信号兵と伝令三人のほかに、航海長の假屋大佐が即死した。

航海長は羅針盤《リピーターコンパス》のまえに立っていたところを、破片で右腕とのどを裂かれたのである。瞬間、傷口からはじいた血が羅針盤のうえに流れた。航海長は、はずみで床のグレッチングの上にうつ伏せに倒れたが、それでももう一度起きあがろうとして、片手を羅針盤のへりにかけながら、眼をむき、口をゆがめ、いっとき首をふって悶えていたが、まもなく腰からくずれ落ちるようにうしろに倒れて、その場で息をひきとった。

航海長がいなくては、艦を操ることはできない。そこで艦長は、ただちに第二艦橋の通信長に航海長を命じた。戦闘中、航海長が戦死した場合、通信長がこれに代わることが艦船勤務令で決められていたのである。

通信長の三浦中佐は第一艦橋に駈け上がってくると、航海士といっしょに、假屋大佐の死体を海図台《チャートテーブル》のわきによせ、腰の手拭いで羅針盤の盤面の血をぬぐいとってから、急いで伝声管で上の防空指揮所の艦長に向かって叫んだ。

「艦長、航海長交代しましたッ」

「よし、しっかり頼むぞッ」

艦長が上で叫んだ。

「取り舵いっぱーい、急げッ」

艦長のその頭のうえを雷撃機がつぎつぎにかすめていく。右舷から突っこんできたと思うと、こんどは入れちがいに左舷から急降下を仕掛けてくる。艦長はそのたびに烈しい風圧をうけながら、正面に仁王立ちになって、突っ込んでくる敵機を下から鋭くにらみつけている。着ているその戦闘服は汗と飛沫で乾いたところはなかった。

左舷から低空で突っこんできた雷撃機三機が、海面すれすれのところで魚雷を放った。魚雷はいっせいに着水のしぶきをあげ、真っ直ぐ艦尾を追って走ってきた。艦長はこれを見て、即座に面舵を命じたが、武蔵はもうそれを回避する力はなかった。魚雷は、二本は中部へ、一本は後部に吸いこまれた。下腹をかむような轟音と同時に、艦は底から突きあげられたように、烈しい上下動をくり返した。後部の舵取室がやられたのはこの時だった。その報告をうけて艦長付伝令が叫んだ。

「艦長、舵取室浸水、舵故障ッ」

艦長は、はっとしたように振りむいて、

「副舵はどうか?」

「副舵も制動装置故障、両舵動きません」

「うむ……」

艦長は下唇をかんで、その場に石のように立ちすくんだ。

その瞬間、司令塔付近で炸裂した爆弾の破片が艦長の左肩をはすにえぐって跳ねた。艦長は二、三歩たたらをふんで、ぐらぐらっと前のめりに体をおよがせたが、すぐまた顔をおこして立ち直って、片手で血のふきだした肩口をおさえながら、伝声管にむかって、

「運用長、舵の復旧を急げッ」

と大声で二度繰り返しておいて、舵取機室の直通電話をとって耳にあてた。だが、途中で電路を切断されたのか、いくらベルを押してもなんの応答もない。艦長は何か考えをまとめるように、いっとき宙に眼をすえたが、いきなり受話器を放りだすと、かたわらに立っている伝令の兵長に命令した。

「すまんが伝令、舵取室の被害状況を急いで見てきて知らせ」

「はいッ、わかりました」

伝令は、艦長と眼をあわせて、くるりと体をまわすと、鉄カブトの庇をさげながら指揮所のラッタルを二段おきに駈けおりていった。が、下まで降りることはできなかった。その途中で艦橋の横っ腹に直撃弾が命中したのだ。その爆風で伝令は、さっきまでいた防空指揮所よりも高く吹きあげられ、そのまま舷外に木《こ》っ片《ぱ》のように吹き飛ばされてしまった。

艦長付の佐野少尉が腕に繃帯をまいた伝令の下士官といっしょに、艦長のそばに駈けよって叫んだ。

「艦長、早く治療室へおりて下さいッ」

艦長は正面に顔をたてたまま、

「なに、たいしたことはない」

といいながら、すでに転舵の自由を失って、わずかに右へ旋回していく艦の動きを瞬《まばた》きもせずに追っている。その間にも傷口の血は、おさえている指のあいだからあふれ、じたじたと上衣へしみ通っていく。佐野少尉は艦長の腕をつかんで叫びつづけた。

「でも、艦長、早く処置しませんと、艦長、艦長ッ……」

「よい、看護兵をここに呼べ」

艦長は少尉の手をふりはらって、ついにその場を一歩も動こうとしなかった。

6

敵機は瞬時も攻撃の手をゆるめなかった。鋭い爆音をひいて近づき、突っこみ、またひらめくように反転して投雷・投弾をくり返した。水柱は轟々と空をつき、甲板になだれ、そのたびに白い光や赤い光の束が、立ちこめる黒煙を切って閃々と交錯した。

おれはもう右足で引き金をおさえっぱなしだった。足を弛めようとしても弛めることはできなかった。この瞬間、死の恐怖はなかった。ただ無我夢中で撃って撃って撃ちまくっているだけだった。銃口は執念深く白い光を吐きつづけ、薬莢は遊底から狂気のようにはね跳んだ。だがその銃身もすでに焼けきっている。三本とも肌がささくれだって灰色だ。放熱筒も先端から白い煙をふいている。このままでは焼きつけを起こす。急いで水で冷却しなければならない。

「おい、早く、誰か銃身に水をぶっかけろ、水、水、水だ……」

おれは撃ちつづけながら、銃尾に向かって叫んだ。だが聞こえないのか誰も水をかけようとしない。冷却水はチンケースに入れて銃尾に備えてあるのに……。おれはこんどは振りむいてもう一度叫んだが、その時だった。

突然、第一艦橋の左横で直撃弾が炸裂し、青白い放射線状の火の玉が艦橋をつつんだ。同時に無数の破片が周囲にとび散り、霧のような血しぶきといっしょに、肉や服の切れっぱしが上から降ってきた。甲板に黒く点々と転がっているのは双眼鏡だ。おれの足もとにも、片手をぶら下げたままの双眼鏡が一個、銃身にぶつかって落ちてきた。左舷の見張り指揮所が全滅したのだ。

それとほとんど同時に、張り出しの十二番機銃が至近弾をまともに浴びて、全員がどこかへ吹き飛ばされてしまった。そのあとには落とした土瓶のようにつぶれた頭蓋骨と、いびつにへしゃげた鉄カブト、そしてそのうえにまるでわざとのように、カーキ色の袖口をつけた片腕が一本、掌をさかさにしてのっかっているきりだった。

　中銃一番の本山兵長が気が狂ったのはその直後だった。それまで彼はずっと銃尾で装塡操作をつづけていたが、突然首をしめられたときのようにあごをふるわせ、赤く充血した眼をむいて、抱えていた弾倉を放りだすと、そのままあげた両手を交互に勢いよく振りまわし、なにかわけのわからないことを大声で喚きながら、へんに調子をつけるような足どりで後部へむかって駈けだした。

「わーい……カラスだ……カラスだ、……夕やけこやけの赤いカラスだ。……むっちゃん、あっちゃん……カラスだよう、お山の赤いカラスだよう。……わーい、わーい……」

　本山兵長は師範を出て一年だけ東京の世田谷《せたがや》の小学校に勤めたあと、短期現役兵として召集された。短期現役というのは、師範学校出身者に限られた特別の制度で、普通「短現」とよばれ、進級も一般兵にくらべるとずっと早かった。彼が入ったのは去年の十月だが、すでに兵長で、さらにこの十一月には、任官することになっていた。短現は、だから下士官や古参の兵長たちからなにかというと眼の敵《かたき》にされた。「昨日や今日、のこのこ入ってきやがって、何が兵長だ、下士官だ、貴様らはやすっぽく〝学校〟でなりやがったけど、こっちゃ麦飯の数で叩きあげてきたんだぞ。いっしょにされてたまるかい」、これがその殺し文句だったが、彼はそういう屈辱と面罵にずっと身をちぢめて耐えてきたのである。きょう倉岡兵曹から、死んだ酒井のかわりに特に名ざしで給弾室からひっぱり出されたのも、彼がうらみの「短現」だったからにちがいなかった。

本山はデッキでもあまり口をきかず、うつうつと孤独をかこっていたが、内地から郵便物が届くたびに、いつもきまって多く受け取るのは彼だった。それがまた下士官たちのうらみの種になったが、手紙の大部分は、教え子からの図面や綴《つづ》り方や寄せ書きだった。それを手にしたときの彼は、いかにも嬉しそうで（もっともその場では、下士官たちの手前わざとぶすっとして頬ににじみ出る喜色を懸命におさえていたが）、よく消灯後のデッキの隅で、こっそり涙をためて読んでいるところをおれも何度か見かけたことがある。

「先生、はやくにくいアメリカ軍をやっつけて、学校にかえってきてください。そうしてまたいっぱいおもしろい本をよんでください。ぼくたちは先生のいいつけをまもって、みんなでぎょうぎよくして先生のおかえりをまっています……」

彼は気がむくと、そんな手紙をおれたちに見せながら、

「教え子って可愛いもんですよ。いまでも眼をつむると一人一人の生徒の顔が眼に浮かんできます。笑ったりおこったりするときの癖まではっきりと……。それにしても大きくなったものです。わたしが師範を出て受け持ったときには、二年生でまだろくに文章も書けなかった子まで、こうしてちゃんと書くようになったんですから……。みんながこうして待ってい

てくれると思うと、わたしも早く生徒たちのところへ帰ってやりたいと思いますよ」
本山兵長は戦争さえなければ、いまごろは教室で黒板にむかってチョークをにぎっていたかもしれない。さわやかな秋の陽ざしの校庭で、さんざめく子供たちといっしょに、ボールを追っかけていたかもしれない。それがいま閃光と硝煙につつまれた血の甲板を、狂いながらふらふらと踊るように駈けていくのだ。

「カラスだ、カラスだ、むっちゃん、あっちゃん、赤いカラスだ。……夕やけこやけの赤いカラスだよう……」

本山兵長は、おうむのように同じことを喚いていたが、駈けだしてものの二分とたたないうちに、後部のスカッパー付近で炸裂した至近弾に吹き飛ばされてしまった。あまりに突然で、つかまえて取りおさえてやることもできなかった。

武蔵は、残存火力のすべてをあげて応戦しながら、必死に敵の圧迫を脱しようとしていた。といっても、すでに舵をやられているので、ただ一方的に右へ旋回しているだけだった。したがって回避能力は零《ゼロ》にちかく、艦の状態はいよいよ悪化するばかりだった。周囲の海面はいたるところで隆起し、沸き返り、水柱は、おりおりマストの高さを越えて噴き上がった。海水は、破壊個所をついて、猛烈ないきおいで艦内に流れこんだ。そのため中甲板以下は、通路もデッキも汽罐室も水びたしになった。右舷の発電機室にも水がまわって、一時艦内は真っ暗になったが、このほうはまもなく予備発電機によって送電が回復した。

それにしても、敵の攻撃をかわす力を喪失してしまった艦ほど惨めなものはなかった。艦上はたえず轟音と灼熱《しゃくねつ》した閃光につつまれ、各種の装備はつぎつぎに破壊された。そのあいだに血まみれになった負傷者や戦死者が無造作にころがっていた。そこはもはやまったく人間の立ちいる隙のない、非情な鉄と焔の世界であった。

左舷後部の砲甲板に爆弾が命中した。爆弾は炸裂と同時に、後檣《こうしょう》の信号桁を切って落とした。つづいてもう一発、煙突下で炸裂した。煙突の下腹は裂かれ、マストはそのショックで烈しく揺れ動き、その尖端の吹き流しも、張りわたしてあった電線の束といっしょに吹っとび、傘にひらいた無数の破片が突風のようにあたり一面に飛び散った。

おれは閃光を感じてとっさに顔をふせたが、でもおさえていた引き金だけは弛めなかった。鉄カブトに何かがカチンとはねかえった。襟首にもなにか熱いものがかすめて過ぎた。顔をおこした。ところがその時になって弾が出ていないことに気がついた。空撃ちだ。

「弾倉ッ、どうした、はやくこめろッ」

おれはあわてて叫んでふりむいた。だが銃尾は空っぽだった。堀川のかわりをつとめていた佐々木一水も、応援にきていた伝令の谷も、二人の摩耶の乗員の姿も見えない。そこには弾倉と撃殻薬莢が散乱しているだけだ。おれははじかれたように鞍座をおりて、急いで銃尾へまわった。見ると、崩れた砂嚢のかげに三人がぶっちがいになって倒れている。右腕をやられただけの摩耶の上水は、駈けよってきた旋回手の摩耶の兵長が抱きおこして、「大丈夫だ、大丈夫だ」と言い言い、おぶって治療室へ運んでいったが、佐々木と谷は即死だった。谷は、肉のはじけたこめかみから血を出してひっくりかえっている佐々木の足の下に、鉄カブトのへしゃげた頭をつっこんでいる。耳からずり落ちたレシーバーが、血まみれの胸のうえで生きもののようにジージー鳴っていた。

これで銃座には、二番銃手の池田と古川とおれの三人だけになってしまった。だが、たとえ一人になっても、最後まで撃たなければならなかった。おれは死体のそばを這いぬけ、正面から突っこんできた一機が頭上をすぎ去ったのを見とどけておいて、急いで射手席のほうに体をまわした。

その瞬間である。崩れ落ちた砂嚢ごしに、血も凍るような異様な光景が眼にとびこんできた。もうもうとたれこめた硝煙のなかで、機械仕掛けのダルマのように、一つところをおどり狂っている人影……。おれはそれをもう一度煙にすかして見て、その場に息をのんで立ちすくんだ。それは杉本だった。それにしてもどうしたことだ。長身の杉本の体がいつのまにか半分になっている。両足の膝から下を、破片かなにかですっぽりもぎとられてしまったのだ。彼は甲板にその膝をたてたまま、うしろにふんぞるように顔をあおのけ、眼をつりあげ、苦しまぎれに両手をふりまわしながら、口から泡をふいて喚いている。

「うおーッ、うおー、うおーッ……」

おれは、反射的にそばに駈けよって、わなわなと胴ぶるいしている彼の体を両手で抱きとめた。

「杉本、おい、杉本、しっかり、しっかりするんだ」

杉本は、こんどは両手でおれの首っ玉にしがみついて、

「イイイイイ……矢崎ッ……助けて……助けてくれ……矢崎ッ……」

「杉本、しっかりしろ、杉本、大丈夫だッ……」

なにが大丈夫かわからなかったが、おれもいっしょになって喚きながら、彼をその場に上からおさえつけた。両膝から栓をひねったように血がはじいている。治療所へ担ぎこむにしろ、このままでは、行きつくまでに血が出きってしまう。いまのうちになんとか止められるだけ血を止めておかなければならない。

するとそこへ向こうから杉本と同じ四番機銃の大塚上水と久保田一水が四《よ》つん這《ば》いになって飛んできてくれた。そこでおれは二人に、暴れもがいている杉本の肩をおさえさせ、久保田の腰から止血棒をひきぬいて、急いでそれを両腿《もも》に巻きつけていったが、その間も杉本は、

ぶった切られた切り株のような足をふって喚きつづけた。

「クククククク、はなして、はなしてくれ、矢崎ッ、イイイイイ……くわーッ、はなせッ……」

「我慢するんだ、杉本、いいか、杉本、……もっと、久保田、もっとしっかりおさえつけろ……」

「うおーうおーうおーッ……チチチチチチ……うわーッ……」

瞳孔のかえったような変にキラキラした眼を宙に泳がせながら、杉本はかがみこんでいるおれや久保田の顔や首にところかまわず爪をつきたてて喚く。

「イイイイイイ……うおー、うおー、うおーッ……」

「杉本、しっかり、しっかりするんだ、杉本、杉本……」

おれは同じことを大声で杉本に呼びかけ叫びかけ、やっとその両腿に止血棒を巻きおわると、大塚と久保田の二人に杉本を背中にのせあげてもらって、急いで後部の治療所のほうへ駈けだした。配置のことが頭にきたが、もうそんなことはどうでもいい、杉本のいのちには代えられないと思ったのだ。いままでいっしょに生きぬいてきた同年兵の杉本、大きな眼と大きな口をもった剽軽者《ひょうきんもの》の杉本、ギンバイでいつもおれたちを喜ばせてくれた杉本、この杉本をこんなところで死なせてたまるか。

おれは背中からずり落ちそうになる杉本を支えあげ支えあげして、甲板を夢中で駈けた。甲板にぽたぽたと血の滴をたらしながら……。その頭上を敵機がはげしい金属音をひいてつづけざまに舞いあがっていく。おれは砲甲板の障壁づたいに駈けながら、水柱や閃光が散るたびに、立ったまま障壁に地虫のように体を伏せた。駈けては伏せ、伏せてはまた駈けた。杉本はおれの首に両手を巻きつけてしがみついて、むちゃくちゃに顔をふって喚いた。

「ウウウウウ……、足が、矢崎ッ……足が……足が……」

「杉本、しっかりするんだ、杉本、杉本よお……」

首をしめられているので、おれは半分は口の中で同じことを叫び叫び駈けていった。

「杉本、しっかりしてくれ、杉本、杉本……」

途中で甲板の血のりに足をとられて転んだが、おぶっている杉本は離さなかった。おれは二番副砲横のハッチをくぐり、左舷の通路をぬけて、後部の治療所へころげこむように駈けこんでいった。

戦時応急治療所は、常設の医務室を入れて艦内に四カ所設けてあったが、すでに前部の医務室と治療所が破壊されてしまったので、残っているのは中部とこの後部の二カ所だけだった。それも中部のほうはもういっぱいで、あらたに収容する余地はなかった。軍医は軍医長以下七人いたが、これまでに三人が戦死し、一人は重傷で、実際に動けるものは三人だけとなってしまっていた。

負傷者はロケット弾か爆弾の破片をうけているので、その大部分が重傷だった。それもあとからあとから運びこまれてくるので、軍医だけではとても処置しきれなかった。そのため傷口の大小と出血の具合で、比較的軽症者は、とりあえず看護兵が応急の治療にあたり、どうにも放っておけないものだけが軍医の手にまかせられた。軍医も看護兵も手術手術の連続で、ひっかけている白い上っ張りはどこも血だらけだった。血は顔にも背中にもとび散っていた。

眼鏡をかけた猫背の軍医は、杉本の様子を見てすぐ帆布《ケンパス》製の軽便手術台のうえに乗せてくれた。杉本はあおのけになると、肩を波うたせ、両手で空《くう》をつかみ、がちがちと歯をかみならした。おれは杉本の腕をつかんで、

「それじゃ、杉本、しっかりするんだぞ、また来るからな……」

それだけいいのこして、おれは急いでまた治療所をとび出し露天甲板に駈けあがった。配置へ戻らなければならなかったのである。

後檣の下を左へまわったとき、突然二十番機銃の鼻っ先で直撃弾が炸裂した。同時に、ぱっと眼も染まるような閃光がとび散った。おれは反射的に頭をふせたが、それより一瞬早く体は風圧にさらわれ、あっというまにかるがると宙をとんで、うしろの通風筒の横っつらに

叩きつけられた。

瞬間、混濁した意識のむこうがわから、重苦しい鈍痛がおそってきた。右のわき腹のあたりが息がつまりそうに痛い。片腕もぎごちなく背中のほうにねじれている。やられたなと思ったが、すぐ気をとり直し、腕をもどし、ぼんやり眼をあけてみた。なにか轟々と音が耳に聞こえてきた。おれはあたりを見廻した。乾舷のすぐわきに白い水柱が何本も空にむかって沸騰していた。まわりはとぐろを巻く一面の煙だ。煙は旋風のように回転しながら、上へ上へと舞い上がっていく。その煙のむこうに、艦橋がくろぐろと立ってみえた。

おれはなかばうつつに手で顔をなぜてみた。鼻もある。口もある。耳もある。それから肩や胸にもさわってみた。傷はどこにもないらしく、手もあり、指もあり、足もちゃんと両方くっついている。おれはやっと麻酔からさめたように、ちぢかまっていた足をのばしながら、体をおこして、はじめてはげしい胸の動悸《どうき》を意識した。

起《た》ちあがったおれのすぐ眼のまえに、下士官が一人うつぶせに倒れていた。破片で後頭部をさかれ、そこからさっきまでものを考えていたうす赤いどろりとした脳液が、襟首をつたって甲板にくず粥《かゆ》のように流れていた。見ると耳たぶの下にも、砕けた瓦のような小さな砕片が突きささっている。抜きとってやろうと思って、さわってみると、それはとび上がるほど熱かった。

おれは甲板の血のりに足を滑らせながら、できるだけ頭をさげて自分の配置のほうへ這うようにして進んでいった。ときおり足の裏にぐにゃりとくるのは、散らばっている肉のかけらだ。それは甲板だけではなかった。まわりの障壁や通風筒や砲塔の鉄板にも、ちぎって投げすてた粘土のようにはりついていた。

めくれあがった甲板のきわに、焼けただれた顔の片がわを、まるで甲板に頬ずりでもするようにうつむけて、若い兵隊が二人、全裸で倒れていた。一人はズボンの片方だけを足に残していたが、いずれもどっからか爆風で吹き飛ばされてきたものらしい。皮膚は、まともにうけた爆風で、ちょうど一皮むいた蛙の肌のようにくるりとむけて、うっすらと血を滲《にじ》ませている。とっつきの高角砲座の下にも何人か転がっていたが、一人はひっくり返った銃身の下敷きになって、うわむきにねじった首を銃身でジリジリ焼いていた。

そこから少し先へいくと、応急員のマークをつけた、まだいかにも子供っぽい面長の少年兵が、なにかぶよぶよしたものを引きずりながら、横むきになってもがいていた。歯をくいしばって振っている顔は、すでに死相をうかせて土色だった。見ると、腹わたをひきずっているのだった。腹わたは血につかって彼の足もとにもつれた縄のようにひろがっていた。うす桃色の、妙に水っぽいてらてらした色だった。少年兵は途方にくれながら、わなわなふるえる両手でそれをかきよせ、もう一度それをさけた下腹の中へ一生懸命押しこめようとして

昭和19年10月24日午後３時頃、艦首は大きく沈んでしまっている
（大和ミュージアム提供、白石東平氏撮影）

いたのだ。そうすれば、またもと通りになると思ってでもいるように……。

が、突然力つきたようにのどをぜえぜえ鳴らして、赤くふやけたような自分の腹わたのうえに顔をうめてしまった。彼は一、二度ぴくっと痙攣してそれっきり動かなくなったが、息をひきとる瞬間まで、指先でその腹わたをまさぐっていた。くいしばった歯のあいだから、ふっくらした舌の先が赤い花弁のようにつきだしていた。おれはそこから血が細い糸になってたれ下がっているのを横眼にはさんで駈け出した。そしてふたたび配置にもどったが、肝心の機銃は旋回基軸を破壊されて、もう使いものにならなかった。

敵機は最後に集中的な銃撃をくわえて引き揚げたが、この第五次攻撃で、武蔵はさらに左舷に魚雷を六本、右舷に二本、直撃弾九発、至近弾十数発を撃ちこまれた。このため艦は左舷に十度以上傾斜し、前後の吃水差《きっすい》（トリム）は八メートルにもなった。速力も六ノットから二ノットに落ち、その火力もほとんどが全滅した。残っているのは、高角砲と機銃のごく一部だったが、それも弾薬はおおかた撃ちつくして弾薬庫はどこも空になってしまっていた。

かつては新鋭の超弩級《どきゅう》戦艦といわれた武蔵も、いまはもう見る影もなかった。艦首はすっかり海中に没し、艦体を大きく前にのめりこませていた。海水は前甲板の波よけをこえて、すでに一番主砲の塔側を洗っていた。そのため一番主砲は海面にぽつんと浮上しているように見えた。艦上の被害は両舷ともとくに中部から前部にひどかったが、左舷よりの前甲板には、水雷艇ならゆうに出入りできそうな大穴があいて、そこから不吉な海の底がのぞいていた。艦上構造物はいたるところ穴だらけで、張り出し甲板はふっとび、ラッタルはへしゃげてひん曲がり、煙突はロケットの弾痕と破片の亀裂で文字通り蜂の巣のようだった。外壁は一面に焔のなめたあとがくろぐろと残り、前檣とマストの間に張りわたしてあった信号索や電線はすべて切り落とされ、信号灯は砕けて四散し、そこに廃墟《はいきょ》のような艦橋が荒涼とそびえていた。

武蔵は、それからもしばらく二ノットの微速で動いていた。といっても舵がきかないので、左《ママ》まわりに一つところを廻っているにすぎなかった。満身創痍《そうい》の巨体をやっとひきずるようにして……。だがその状態も長くはつづかなかった。まもなく最後まで残っていた右舷の一番主機械室にも海水がまわってしまったのである。これで主機械室は四室とも浸水し、ついにスクリューもその回転をとめた。武蔵はわずかのあいだ惰性で動いていたが、まもなく力尽きたように、完全にそのいき足をとめ、擱坐《かくざ》してしまった。帰投地のコロンに空しく進路をむけたまま……。

シブヤン海の西方三十マイルの海面だった。

【註】

（1）実際には、この時マスバテ島は前方（東）にある。

第四章

1

おれたちは戦闘終了後、すぐ戦死者の収容をはじめた。陽はようやく西に傾いたが、日没にはまだ間があった。とすると、敵はもう一度くらいやってくるかも知れない。まだ楽観できなかった。だがそのまえに、武蔵はこの擱坐《かくざ》状態を脱することが出来るだろうか。機関を復旧して爆撃圏外にのがれることが出来るだろうか。いずれにしろ、これから先のことは全くわからないが、いまのうちに、せめて戦死者だけは下へ収容しておかなければならなかった。

甲板には、ささらのような破片や、撃殻薬莢《うちがらやっきょう》や、ひっぱりまわした消火用のホースなどといっしょに、戦死者があちこちにころがっていた。胸をえぐられたもの、腹をさかれたもの、手足をとばされたもの、どこにも傷はないが爆風で窒息して血へどを吐いているもの、……そのうえを、血の匂いをふくんだ生ぐさい風がぼうぼうと吹いていく。

戦死者はおれたちの手で一体一体下の上甲板に運びおろされた。そのなかには、おれの班の深谷兵長もふくまれていた。

深谷兵長は、中部の消火栓のわきに横むきに倒れていた。背中を丸めるようにして、のばした片腕にぴったり顔をつけ、鉄カブトの紐《ひも》はきれて頬にたれ下がっていた。体をかえしてみると、みぞおちの上に穴が二カ所あった。二つとも親指のあたまほどの大きさだが、その一つの穴のおくに、まるでかくれんぼでもしているように、上衣のボタンが一個ひっそりと沈んでいた。さっきの最後の機銃掃射でやられたのだった。

おれは深谷兵長をデッキの床に寝かせてやりながら、彼が昨日おれたちに話してくれたことを思いだした。二直の当直がすんで煙草盆で一服したあと、おれたち同年兵が後甲板の繫《つなぎ》柱《ばしら》に腰をおろして涼んでいると、そこへ深谷兵長が、左舷の内側短艇庫のほうからふらりと上がってきた。彼はおれの横に腰をおろして顔の汗をふきふき、しばらく暗い沖のほうに眼をむけていたが、やがて思いつめたような低い声でこういった。

「これは同郷の司令部の主計士官から聞いた話だけど、この捷《しよう》一号作戦の勝機は十中の一ぐらいらしいな。よくて二、へたをすると全滅かもしれないといっていた。司令部の参謀連中が暗にそういっているっていうんだから間違いないだろう。いずれにしろおれたちは、これからレイテへ殺されにいくと思えば間違いない。まずこっちも十中八、九助かる見込みはないだろう。だけど考えてみると情けない話だな。牛でも豚でもよ、殺されるとわかると屠場《とじょう》の入り口で、前足をふんばって死にもの狂いで泣いて暴れるっていうのに、おれたちはどうだ、人間のくせに、なんの抵抗もしないで、天皇の命令だというペテンにひっかかって、こうしてみんなおとなしく黙って屠場へ引っぱられていく。あるやつは名誉の出撃だなんていって、にこにこ笑ってな……。これじゃ全く豚以下だ。勿論《もちろん》死ぬことになにかの意味があれば別だが、この場合、正当な意味なんて何もありゃしない。おれは今だからはっきりいうけど、戦争というのは、表向きどんな立派な理屈をくっつけても、結局、人間と人間の殺し合いだろう、人殺しだろう。もともと戦争というのは武力でなにかを決めようとするために起こるわけだが、だいたい人を殺してまで決めなくちゃなんないような大事なことが、この世の中にあるっていうのか、あるわけがないだろう。世の中は人間のいのちでもっているんだからな。それがちゃんとわかっていて、戦争をおこすのは、それで得をするやつがいるからだ。この戦争だって、もともと金持ちと軍部が天皇とグルになってはじめたものなんだ。やつらは、ふたことめには国のためだとか、平和のためだとか、天皇のためだとかいっているけど、そりゃやつらのゼニ儲《もう》けのための口実だ。やつらはそれをダシにして、裏でしこたま儲けているんだ。現にこの武蔵をつくった三菱《みつびし》の重役や大株主は、いまごろふかふかの回転椅子にすわって葉巻でもふかしながら、武蔵ではだいぶ儲けたねえ、なんてぬかしてニヤニヤしていやがるだろう。おれたちがその武蔵にどんな思いをして乗せられているかなんていうことは考えようともしないでな……。とにかくやつらの金儲けのために、いつも犠牲になるのはおれたちなんだ。なにもかもハゲ頭がきめて若いものが銃をとる。これが戦争の公式だ。まったく馬鹿げた話よ。だからな、おれたちの敵はアメリカなんかじゃないんだ。おれたちのほんとの敵は、かつがれている天皇と資本家と軍部と、それからそのとりまきの政治家と高級官僚なんだ」

「でも、いまになってそんなことをいっても、どうにもならないでしょう、もうこうして出撃してきているんですから……」

星野がいくらか突っかかるような調子でそういうと、深谷兵長は胸に手をくんだまま、別に気にかけた様子もなく、いつもの低いおだやかな声で、

「だからこそ、おれは生きている今のうちに本当のことをいっておきたいんだ。お前らも聞いて知っていると思うけど、おれは学生のとき教室で戦争反対のビラをまいてつかまって、三月ばかり豚箱に入れられたことがあるんだ。そのとき一緒につかまったものの中には、信念を曲げずにそのまま刑務所送りになったのや、思いあまって自殺したのもいたけど、おれ

はおふくろや親戚連中の泣き落としにかかって、一札入れて出てきた。ところがそこにはもう赤紙が待っていたんだ。だけど、今になって考えると、どうせこうなるとわかっていたら、あのときもっといのちを賭けてやるべきだったと思うよ。それをおれは途中でだらしなくころんでしまったんだ。だからいまその罰をうけてるんだ、おれは……。鳥のまさに死なんとするやその声悲し、ということになるけども、おれが死んで、もしお前らが生き残ったら、おれのいったことを思い出してくれよ、武蔵にも一人の反戦主義者がいたってな……」

深谷兵長は、捨て台詞《ぜりふ》のようにそんなことをいって、またふらりと露天甲板のほうへ歩いていったが、見かけは落ち着いて屈託なさそうな深谷兵長から、あんなむきつけな熱っぽい話を聞かされたのは、おれもはじめてだ。おそらく長い間、埋《うず》み火《び》のように心の底に秘めておいたのに違いない。そして死が避けられないとわかった出撃の途上、彼はそれを一つのあかしとして誰かに訴えておきたかったのだ。おれはそこにはっきりもうひとりの深谷兵長を見たような気がした。

むろん、おれにはまだ深谷兵長のいうことはほとんど理解できない。藪《やぶ》から棒にいきなりそういわれても、異物のようにごろごろして、なにもかも判らないことばかりだ。資本家とか高級官僚などという言葉にしても、はじめて耳にする言葉で、その実体についてはかいもく見当がつかない。だが、それでも彼の話のなかには、おれの心をゆすぶる何かがある。これまでのおれの戦闘の体験にははげしく訴えかける何かがある。それは高遠な思想というより、むしろごく素朴な実感として、動かしがたい単純な事実として、おれのこころに迫ってくる。「戦争は人間と人間の殺し合いである」ということ一つとってみても、なるほどいわれてみれば、それは戦場にあって三年、おれがしたたかに思い知らされてきたことなのだ。

おれは志願して軍艦に乗るまで、戦争のなんであるかについてはまるで知らなかった。あまりにも知らな過ぎた。また進んで知ろうとも思わなかった。それまでのおれの戦争の知識といえば、せいぜい雑誌の口絵か写真、それにもっともらしい戦場美談ぐらいなものだった。そこにはおどろの死の恐怖も、苦しみも、血の臭いもなかった。なにもかも童話の世界のように美しく華やかで、死ですらそこでは妙に明るかった。そしておれはそれを早とちりに戦争そのものだと思いこんでいたのである。それにまわりの大人たちや学校の先生でさえ、戦争の真実についてはなにも教えてくれなかった。教えてくれたことはただ一つ、「国のために死ね」……だが、そのさかしらな幻影も教訓も、最初の砲弾の一発でみじんに砕けてしまった。大人たちや、ものを教えることを職業とする先生が教えてくれなかったことを、一発の砲弾が教えてくれたのである。そしてその時になって、あのもっともらしい戦場美談も、極彩色の雑誌の口絵も、すべては虚構にみちたおぞましい砂の城だったとわかったのである。

そして今日の朝から戦闘だ。おれはこれまでにも何度か海戦に参加してきたが、今日ほど熾烈《しれつ》で凄惨な戦闘にぶつかったのははじめてだ。おれは今日、たくさんの人間が苦しみ、たくさんの人間の血が流れ、たくさんの人間が死んでいくのを見た。そしてその死は、おれが娑婆《しゃば》で考えていたような「勇ましい」ものでもなかった。「立派なもの」でもなかった。「美しいもの」でもなかった。みんな踏みつぶされたボロ布か虫けらのように死んでいった。その死は一様に醜く無残だった。そしておれはそれをこの眼で見たのだ。深谷兵長のいう戦争のむごたらしさをはっきり見とどけたのだ。……だが、いくらそれを見とどけたところで、おれはいま自分をどうすることも出来ない。眼前に迫っている死から一歩も体をひくことができない。いぜんとして恐ろしい死の淵に釘づけになったままなのだ。そう思うと、おれの考えはそこで停まってしまって、それ以上まえに進まなかった。おれにはもうなんの期待もない、なんの希望もない、また信ずるなにものもなくなった。おれは結局、戦火に焼けただれて、海に消えていくほかはないのだ。

おれは胸をかみしだくはげしい憤怒と孤独に耐えながら、はじめて戦争はつくづくいやだと思った。

〈間奏〉

（第二艦橋。うしろの左隅の障壁は大きく裂け、そこから穴のあいた煙突の腹がのぞいている。その横の艦長休憩室の扉もへしゃげて、半分口があいたままだ。床に敷いてあるグレッチング（格子形の敷き板）には、血が黒く点々と散っている。血はチャートテーブル（海図台）の下にもこぼれている。覗き窓の風防ガラスには一面に亀裂が入り、正面の基《もと》機械の回転計や通報器の盤面のガラスも割れている。中央の羅針盤《リーピーター》をとり囲むようにして、艦長以下艦の首脳六人が今後の対策について協議している。敵の第五次攻撃隊が去って一時間後）

猪口少将（艦長）（手帳から顔をあげて）「それで右のビルジポンプは一台しか使えんのか」

加藤大佐（副長）「はあ、それも圧搾空気が正常に上がらないので、排水能力はあまり期待できません」

艦　長「重油の移動はやっているな……」

加藤大佐（うなずいて）「いま移動ポンプ二台使って、それで前部の重油を後部のタンクへ移しています」

工藤大佐（内務長）「機関長、発電機でいま残っているのは何基ですか」

中村大佐（機関長）（顔をまわして）「ディーゼル一基とターボの二基が動いています」

越野大佐（砲術長）（正面の傾斜計を見ながら）「左へ八度か。このくらいでなんとかくい止められるといいんだが……」

加藤大佐「問題はトリム（縦傾斜）だが、ドイツのザイドリッツの戦訓もあるから、このままでもなんとかいけそうな気がする。ザイドリッツもたしか艦首を水中に没したまま百二十マイルも離れた根拠地へ辿《たど》りついておる」

工藤大佐（首をかしげて）「でも、これだけ艦首《ホール》を突っこんでしまっているからね」

艦　長（頭と腕に繃帯《ほうたい》を巻いて下から上がってきた通信長に向かって）「傷のほうは大丈夫か」

三浦中佐（通信長兼航海長代理）（顔は青いが意外に元気な声で）「はあ、それよりも艦長はいかがですか」

艦　長「なに、わしのは大したことはない。肩と背中をちょっととやられただけだ。ところで通信長、電信装置の復旧の見込みはたたんか」

三浦中佐「はあ……。でも予備通信機をいま調整中ですから、そのほうでまもなく受発できると思いますが……」

加藤大佐（腕の時計を見ながら）「いま一六三〇《ヒトロクサンマル》だ。日没に近いから、敵はもう攻撃を打ち切ったかも知らん」

越野大佐「そうだといいが、この上また叩かれたらもうどうにもならん」

中村大佐（ジャイロコンパスの上に片手をのせて）「舵《かじ》の復旧はあとどのくらいかかるかな。それによって機関室のほうも間にあわせんと……」

工藤大佐「いま応急員も応援に出しておりますが、舵取機室は場所も狭いし、それに熱気がひどくてね、五、六十度になっている。それでさっきも五人ばかり熱射病で倒れてしまったりして、仕事がはかどらんのです」

越野大佐『ベンチレーター（給排気）はきいておらんのですか」

工藤大佐「第四次のときに破壊されたまま役に立たんのですよ」

加藤大佐（顔の汗をふいて）「機関室の排水と舵取機室さえ復旧すればなんとかなる。とにかくそのほうを全力でやってもらいたい」

三浦中佐（かたわらの伝声管にもたれるようにして）「スクリューの羽根は四基ともやられてませんね」

加藤大佐「羽根には損傷はないと思う」

艦　長（書きかけの手帳を羅針盤の上において）「機関長、排水次第で一軸は使えるな」

中村大佐「一四五番区画の浸水さえおさえられれば四ノットは可能かも知れません。いま移動ポンプを使って一主機の排水に全力をあげていますが……」

工藤大佐（ちょっと考えこんで）「艦長、後部右舷の兵員室に水を入れたらどうでしょう、横のふりを戻すために」

艦　長「うん、すぐやってみてくれ。それから移動できるものはすべて右舷側に運びよせてくれ。この際できるだけ左の負担を軽くさせにゃならんから」

加藤大佐　(首をふって)「治療所の負傷者も、移せるものはできるだけ右へ移動させましょう」

越野大佐　(水筒の水を一口のんで)「艦長、この状態ではコロンに回航することはとてもできませんね」

艦　長　(一同の顔を見まわしながら)「それも機関の復旧次第だが、もしコロンが無理なら、わしは最後の処置として、本艦をシブヤン島の海岸にのしあげようと思う。うまくいくかどうかわからんが、本艦を沈めることだけは避けたい。どうかね、副長」

加藤大佐　(一歩前に出て)「わたしもご意見に賛成です。今日はここで敵の攻撃を避けたとしても、あすになればまたやってくるでしょう。そうすれば、撃沈されることは明らかです」

艦　長　「航海長、ここからあのシブヤン島までどのくらいあるか?」

三浦中佐　(右舷に見えているシブヤン島に眼をむけて)「ざっと三十マイルはあると思いますが」

艦　長　(うなずいて)「ところで、あの島の海岸線はどうなっておるかな。航海長、ちょっとチャートを見てくれんか」

三浦中佐　(海図を見ながら)「島の南側は絶壁になっておりますが、北側から西よりにかけて、かなり広い範囲に海岸がひらけています」

艦　長（声をあらためて）「よし、最悪の場合はそうしよう。とにかくみんなそのつもりで、各部署の復旧に全力をあげてくれ。それから副長、摩耶の乗員はどのくらいやられたかね」

加藤大佐「死傷あわせて三百人近く出ていると思いますが……。主に機銃、高角砲のほうに応援してもらったものですから」

艦　長「そうか、すまんことをしたな……。そこで副長、摩耶の生存者のことなんだが、日没になったら、すぐ護衛の浜風を横付けして全員降りてもらうことにしよう。わしとしては、このうえ他艦のものを道連れにするのはしのびない。あとのことは本艦の生存者だけでやれるだけのことはやろう。副長、すまんが、摩耶の乗員のことはそのように手配してくれんか」

加藤大佐（時計を見ながら）「はあ、わかりました。早速浜風に連絡をとっておきます」

2

おれたちは戦死者を収容したあと、ふたたび戦闘配置についた。待機してつぎの敵の攻撃

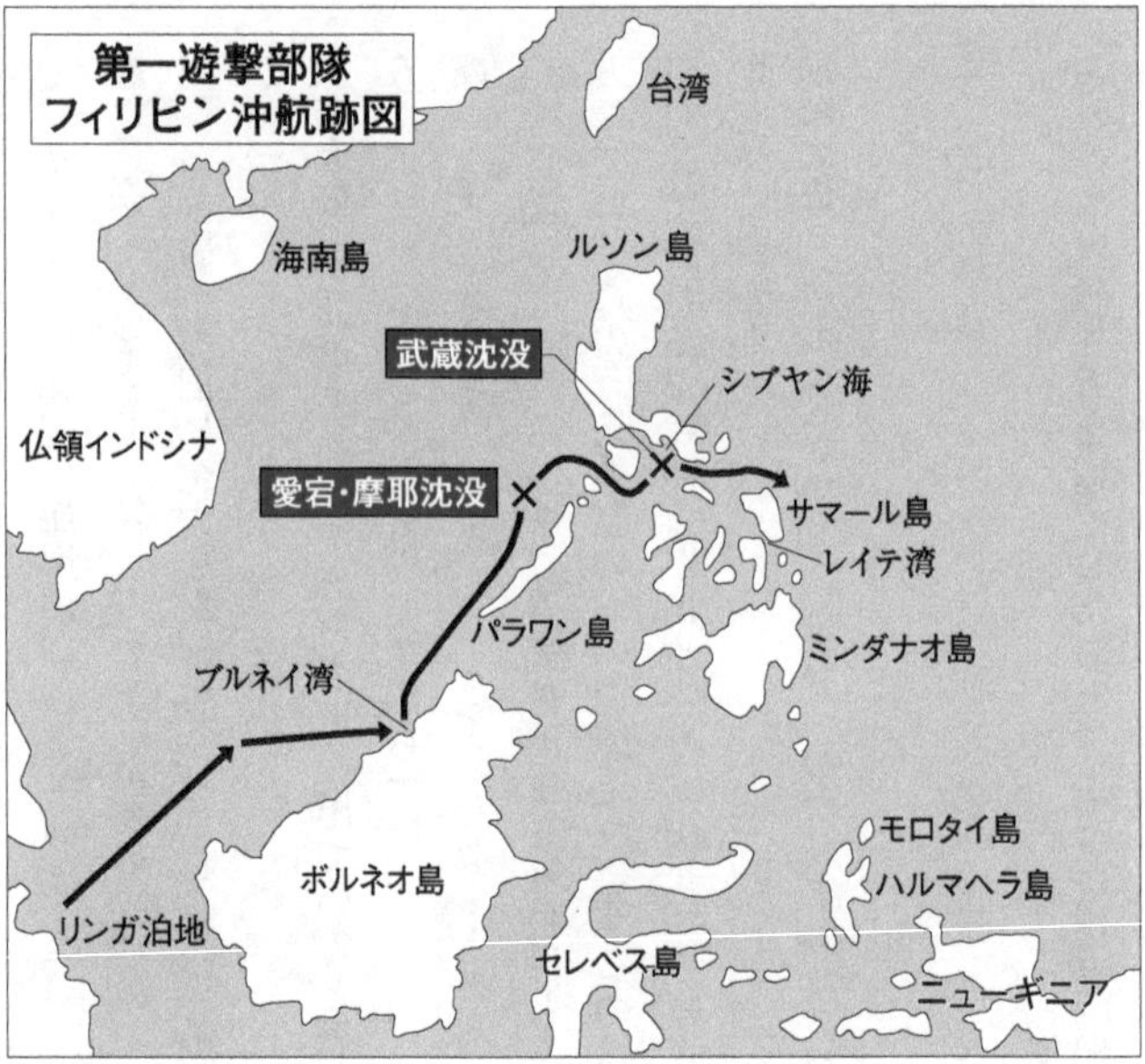

に備えたのである。すでに自分の配置を破壊されてしまったので、おれは今度は右舷の砲甲板の十三ミリ機銃の射手にまわされた。そこはちょうど艦橋の右真下にあたっていて、もっとも狙われやすい危険な場所だったが、いまとなってはもうどこでも同じだ。艦は擱坐したまま動かない。残っている火力の数もごくわずかだ。それに加えて魚雷の破壊口からの浸水、なにもかも最悪の状態だ。したがって今度攻撃をうけたらもうおしまいだ。それこそ艦もろとも全滅を覚悟しなければならないだろう。それだけにどの配置にも悲壮な空気がみなぎっていた。

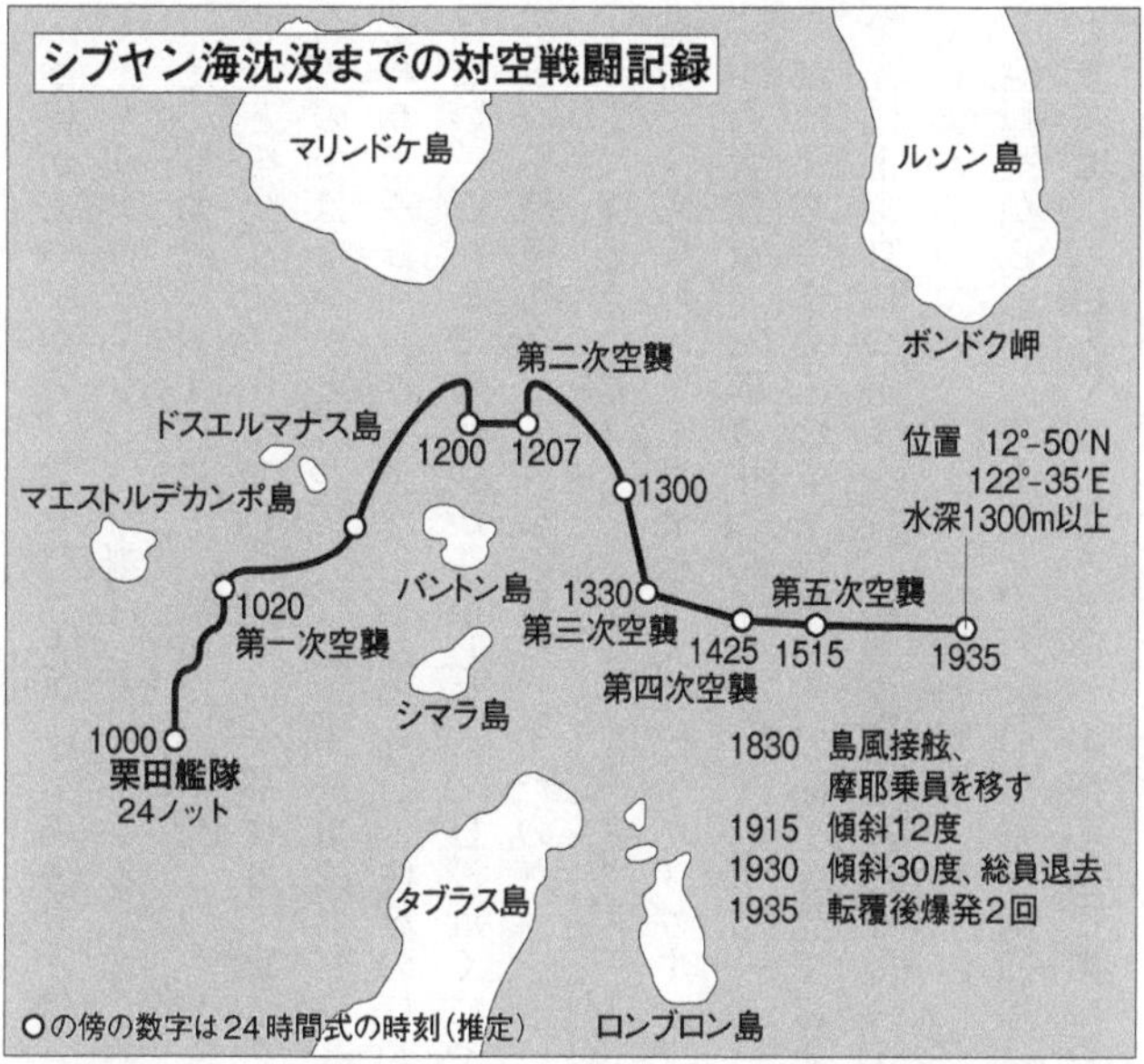

第一次空襲

約20分間。来襲飛行機17機、命中魚雷1本、命中爆弾1発、至近弾4発。後部浸水するも、24ノットを維持。飛行機4機撃墜

第二次空襲

来襲飛行機16機、命中魚雷3本、命中爆弾2発、至近弾5発。艦首下がり、22ノットに減速

第三次空襲

約20分間。来襲飛行機33機、命中魚雷5本、命中爆弾4発。浸水が深刻、16ノットに減速

第四次空襲

近接飛行機20機、武蔵に対する攻撃はなし。利根、清霜、島風の護衛でコロン湾への退避を決定

第五次空襲

約15分間。来襲飛行機75機、命中魚雷11本、命中爆弾10発。至近弾6発、その他多数損傷。左へ6度傾斜。6ノットに減速し、シブヤン海北岸での座礁を決定するが、ほとんど動かず

※戦闘時刻、来襲機などの数字は『戦史叢書第五十六巻』を参照した。

敵機が去ってから、じりじりと三十分あまりが過ぎた。敵のこれまでの攻撃の間隔からみて、もう次がきてもいい時刻だった。ところがどういうわけか敵機は姿を見せなかった。

その間おれは射手席について腕の時計ばかり気にしていた。ほとんど一分刻みに沖の空と時計とを交互ににらんでいた。そのたびに針の動きをじれったいほど遅く感じた。とまっているのではないかと思って、なんども時計を耳にあててみたりした。が、やっと針が四時をまわりきると、おれはようやくほっとして体をのばした。いまになってこなければもう心配はない。これまでの経験から推しても、日没近くにやってくることはまずないからだ。敵は第五波を最後に今日の攻撃を打ち切ったのだ。

そしてそれから間もなくだった。「総員集合」の号令がかかった。電路を断たれて高声令達器が使えないので、号令は二人の伝令がメガホンで艦内を叫んでまわった。

「生存者総員、右舷後甲板に集合ッ」

おれはそのまえに杉本や村尾一水の様子を見ておきたいと思ったが、甲板を降りたところを先任下士官につかまって、給弾室員もみんな呼んでくるようにいわれて、そっちへまわってしまったので、とうとうその暇はなかった。

給弾室から上がってくると、右舷の三番主砲横にはすでに兵隊たちが集まっていた。見たところ七、八百人ぐらいだろうか。現在応急作業についている運用科と機関科とそれに艦橋勤務員と見張りをふくめた一部の対空関係員はのぞかれているが、それにしても数は少なかった。これまで総員集合といえば、二千四百人の乗員が前甲板いっぱいを埋めつくしたものだが……。中でも目立って少ないのは犠牲の多かった機銃と高角砲員で、生存者は定員の三分の一もいなかった。おれたちはそこで副長から、これからの復旧作業の指示をうけた。

副長は二番副砲横の通風筒のうえに立って、

「今日はみんな最後まで実によく戦ってくれた。艦長もその点満足しておられたが、わしからも厚くお礼をいいたい。本当に御苦労だった」

といって口をきったが、その声は一日の戦闘でのどがつぶれたのか、しわがれて聞きとりにくかった。副長はそれから艦内の被害状況について簡単に説明したあと、最後にこういった。

「本艦は敵の攻撃を文字通り一手にひきうけて、このように甚大な損害を蒙《こうむ》ったが、われわれはどんなことがあっても、ここで本艦を沈めてはならん。不沈戦艦の名に恥じないように、われわれはあらゆる手段をつくして本艦を守らなければならん。現在、機関科と応急員が機関室と舵取機室の復旧に全力をあげておるが、機関さえ復旧すれば、場合によっては人力操《そう》舵《だ》も可能である。決して絶望することはない。とにかく機関が復旧しだい、本艦はコロン（シブヤン島の海岸にのりあげることについてはいわなかった）に回航する予定であるから、各自これから各分隊長の指揮にしたがって、受け持ち区域の破損個所の復旧に全力をあげてもらいたい」

解散後、おれたちは艦の傾斜をすこしでも喰いとめるために、防舷物や弾薬筺《きょう》、砂嚢《さのう》をはじめ、小さな道具箱の類にいたるまで、およそ移動できるものはすべて右舷へ移動させた。歩行の際もなるべく右舷甲板を使うようにし、負傷者も、動かせない重傷者をのぞいて全員右舷側に移ってもらった。

おれたちはそれをすますと、すぐ分隊ごとに受け持ち区画の防水作業にとりかかった。残っていた応急用の角材、道板、楔《くさび》、マット、釣り床などがつぎつぎに下へ運びこまれた。下甲板以下はどこもほとんど水びたしになっていたが、おれたちはその中で、深いところでは腰まで水につかって隔壁を角材でおさえ、楔を打ちこみ、穴には釣り床やマットを詰めこんで補強した。

敵との戦いはおわったが、こんどは浸入してくる海水との戦いだった。副長の話では、艦内にはすでに三万トン近い海水がだぶついているという。三万トンといえば、武蔵の総トン数の約半分にあたるが、すでに浮力をなくしている区画も多いから、実際に残っている予備浮力はあとわずかだろう。したがって、これ以上浸水量が増加すれば、浮力の均衡は崩れ、艦はたちまち復原力を失って転覆するだろう。それだけにおれたちも一生懸命だった。ふだんデッキでは、ぶらぶらして縦のものを横にもしないような古参の下士官たちも、いまは眼の色をかえて動いていた。艦はかろうじて浮力をたもっている。そしておれたちの生命もその浮力のうえにあやうく乗っかっている。艦の転覆を防ぐことは、だから同時におれたち自身をも救うことなのだ。……やがて艦内のあちこちから、楔を打ちこむハンマーの音や鉄板の響きが、角材やマットをかついで駈《か》けずりまわっている兵隊たちの叫び声にまざり合ってどよめくように聞こえてきた。

しかし水圧の威力はすさまじかった。厚さ二センチもある区画の鉄板は、その水圧に押されて、まるで突風にあおられた帆のようにふくらんでしなったかと思うと、たちどころにぶち抜かれた。海水は咆哮《ほうこう》しながら、そこからどっと流れこみ、同時に突っぱりをかっておいた道板や角材はマッチ棒のようにへし折れ、釣り床やマットは紙屑のように吹っとんだ。

するとおれたちはあわててそこを逃げだし、また隣の区画にとびこんで閉じ補強作業を繰りかえした。が、海水の奔流のまえには手も足も出なかった。防水区画はつぎからつぎにうち破られ、そのうちに応急用材も大方使いはたしてしまった。そこでしまいにはチストを積み重ね、寝台の鉄柱を使い、水線下に格納しておいた食卓や衣嚢まで投入したが、それでも浸水をくい止めることはできなかった。

おれはこんどは風間兵曹たちと左舷後部の最下甲板のほうへ応援に降りていった。分隊の受け持ち区画はもうどこも手がつけられなかったのである。そこへ廻っていくのには、いったん上甲板へ上がって兵員バス（風呂）の横のラッタルを下へ降りなければならない。おれたちはまたずぶ濡れのまま通路を駈けぬけ、いくつかコーミングをくぐって、やっと左舷の配電室のまえに降りた。そこの床にも、もう海水が流れこんできていたが、その下は防禦《ぼうぎょ》区画で、正面が第七罐室《かましつ》になっている。見ると、その入り口の壁の電話がなにかを訴えるように赤ランプをつけてジージー鳴っている。おれはみんなのあとについてかまわずそこを通りすぎたが、ラッタルの途中でふと気になったので、またあわててひき返して受話器をはずした。瞬間、おれははっとして息をのんだ。コイルの向こうから、罐室員が金切り声をあげて救助をもとめているのだ。いまおれと壁一つへだてた罐室の中で、二十四人の機関兵が、浸水のなかに溺れかかっているのだ。

電話の声はコイルをふるわせて叫びつづけた。

「おい、助けてくれ、もう首まで水がきているんだ、たのむ、おい、早く扉を開けてくれ……」

おれは両手で受話器をしっかりつかんで、

「どうしたんだ、中から開かないのか」

「駄目だ、開閉装置がこわれていうことをきかないんだ。外から急いでこじ開けてくれ……」

こじ開けろといっても、厚み三十センチもある大きな甲鉄の扉だ。それが縁のゴムをかんで枠にぴっちり喰いこんでいる。爪をかける隙もない。だがなんとしても、扉を開けて救出しなければならない。罐室の出口はここ一カ所しかないのだ。

「よし、じゃ待ってろ、行ってみんなを呼んでくるから」

おれはいっきにラッタルを駈けおりて、圧搾機室のまえにいた風間兵曹たち六人を引っぱって引き返し、急いでみんなで取っ手をひいたが扉はびくともしない。おれたちはみんなで扉を蹴ったり叩いたりしてみたが、人力ではとても無理だ。風間兵曹がいった。

「おい、みんな上の工作室へいって、ジャッキとロープと金てこを持ってこい。ついでにそこらにいるやつも、みんな呼んでこい。それから矢崎、お前は電話についてろ。おれは艦橋へ報告にいってくるから……」

みんなまた慌てて上へ駈け上がっていった。

罐室には、出力一万二千五百馬力の大罐が一基据えつけてあるが、その罐もおそらく水をかぶってしまっているだろう。機関兵たちは溢《あふ》れてくる水に追われて、あるものは罐の上に這《は》い上がり、あるものはそこらの蒸気管やゲージメーターにつかまり、あるものは恐怖のあまり爪で仕切り壁をひっかきながら、入り口の扉のまえに死にものぐるいで殺到しているにちがいない。どうなっているのか、中の様子はまるでわからないが、おれは凄惨なそんなさまを想像してガタガタ震え出した。

「早く、おい、どうしたんだ、まだか、水はどんどん入ってくる、天井まであと二尺もないんだ、おい、頼む、早く開けてくれ、なにをしているんだ」

おれは扉に体をぴったりくっつけて、

「待って……待ってくれ、いますぐみんなが道具をもってくるから、もうちょっとだ」

だが、あれから五分たったがみんなはまだ降りてこない。工作室の一部は破壊されているので、あるいはジャッキはないのかもしれない。ではどうすればいいんだ、早くしないとみんな溺れてしまうじゃないか。……すると電話の声はにわかに弱々しく遠くなった。

「息が……息ができない、……あ……ク、苦しい、……まだか……おい……あ……開けてくれ……」

おれは意味もなく足を踏みならし、空いている片手で夢中で扉を叩きながら、

「待ってくれ、待ってくれ、もう、もうちょっとだ……」

「お願いだ……早く、たのむ、……早く……あ、あ、あ……」

電話は一時とぎれたが、しばらくしてまた喘《あえ》ぐように弱々しく、

「……だめだ、水は……もういっぱい……いっぱいだ。……い、息ができない……息が……」

「しっかり、しっかりしてくれ……待ってくれ……」

「……あ……電話離す、ク、ク、ク、はなす……離すぞ…アアアア……」

電話はそこでぷつりときれた。あといくら呼んでもなんの応答もない。おれはまた呼びかけておいてじっと耳をすました。コイルを流れてくるのは、ぶぶというあぶくのような水の音だけだ。人間の声は聞こえなかった。ついに二十四人とも水に呑まれてしまったのだ。おれは思わず扉にしがみついた。それから足でむちゃくちゃに扉を殴りつけた。虚をつかれたように頭がくらくらして、何がなんだか自分でもわからなかった。ただ夢中で扉を殴りながら、その場にへたばりそうな自分をやっと支えていた。まもなく、知らせで血相かえて飛びこんできた機関兵たちのあとから、金てこやジャッキをかついだ風間兵曹たちが駈けおりてきたが、扉はやはり動かなかった。

それから一時間後、応急作業は打ち切られた。復旧の目途がたたなくなったのである。ただ機械室と舵取機室のほうは、その後も移動ポンプを使って必死の排水を続けていたが、水かさは減るどころか、逆に増えていくばかりだった。おれたちは濡れねずみになって露天甲板に上がったが、どこに回航するにしろ、もはや自力で行くことは到底不可能だろう。またいよいよとなったら、ここから三十マイル先に見えているシブヤン島の海岸にのし上げようという艦長の最後の処置も無理かもしれない。

まもなく摩耶の乗員を移乗させるために、駆逐艦の浜風（島風と交替）が左舷後部に横付けされた。後甲板に摩耶の乗員たちが集まってきた。重傷者も担架で運ばれてきた。彼らは、昨日の朝七百名ほど収容されたが、集まってきたのは、負傷者をいれてもやっと三分の一だった。あとは戦死してしまったのである（戦死者だけは武蔵に残された）。おれの配置で旋回手をやってくれた兵長も、負傷した上水をおぶって波よけのところで乗りこむ順番を待っていた。おれはそれを見つけて、さっき待機所から持ってきておいたほまれを三箱、兵長のポケットに押しこんでいった。

「ほんとにご苦労さんでした。お陰で助かりました」

兵長は、ほこりをかぶったような疲れた顔をふって、

「いやー、かえって邪魔になったみたいで、……まあ、あとしっかりやってください、それじゃ……」

といいながら、眼をとじている背中の上水を両手で支えあげるようにして、両舷にさしわたした道板を渡って浜風に移っていった。浜風は、摩耶の乗員の移乗がすむと、すぐもやい綱を切って武蔵から離れた。沈没の巻きぞえをくう危険もあったからである。摩耶の乗員たちは遠ざかりながら、舷側に立ってこちらを見ていたが、おかれた状況が状況だけに、お互いに手も振らずに別れた。

一方、一時シブヤン海に反転してきていた艦隊は、ふたたび武蔵をおいてレイテへ急いだ。多少の犠牲はしのんでも、予定通り突入作戦を遂行しなければならなかったのである。もっ

ともこの日の攻撃は、そのほとんどが武蔵一艦に集中されたので、艦隊で落伍《らくご》したのは、武蔵をのぞいては轟沈《ごうちん》された駆逐艦一隻と、大破して途中からブルネイに引き返した重巡の妙高だけだった。

日没がきた。陽は血を吸いとったように赤くただれて、海の向こうに身もだえながら落ちていった。日没後の海の変化は早かった。水平線は急に色あせて、奥ゆきをちぢめた。幕をひろげたように青みをおびた影がみるみる濃くなっていく。海の色も明るい藤色から黒ずんだ鉛色にかわり、海上にはしだいに薄闇がしのびよってきた。

煙るようなあかね色の夕映えが、まだかすかに残っているその海ぎわを、レイテへ急ぐ艦隊が点々と小さく墓石のように並んでいく。そこからある間隔をおいて、ちらちらと点滅しているのは、別れをつげる旗艦大和の発光信号にちがいなかった。それは途絶えることなく、ひとしきり虚空に明滅していたが、まもなく暗い水平線のむこうに消えていった。

＊

武蔵はこの場所に自分を葬ろうときめたかのように、海中深く艦首を下げて動かなかった。生存者の必死の応急作業にもかかわらず、艦内の状態はいよいよ悪化していった。まもなく機械室と舵取機室の排水作業もやむなく中止された。両室ともほとんど満水状態になってしまったのである。流れこむ海水は、艦の最後の浮力をぬきとるように艦底部のあらゆる空間に流れこみ、ついには下甲板の兵員室にまで滝のように流れこんだ。それにつれて、艦の安定性は極度に失われた。

すでに傾斜は左舷へ十二度をこえ、波は舷窓すれすれのところを洗っていた。前甲板も二番主砲から先は海中に没してもう見えなかった。しかも傾斜と沈下はくわわるばかりだ。武蔵はこうして「不沈艦」というきわめつきの讃辞と期待にそむいて、刻一刻と沈没の危機にさらされていった。

艦長は片手を腰にくんだ姿勢で、第二艦橋正面の壊れた窓枠のまえに立っていた。朝からの絶えまない緊張と負傷のために、頬はこけたようにくすんで色つやを失い、鼻すじは尖《とが》っていた。ふちに濃いくまを滲ませた眼も赤く濁っていかにも疲れているふうだったが、胸中の悩みを少しも色に出さず、いつものようにさりげない落ち着きをみせていた。艦長はしばらく窓ごしに体をよせて沈下した前甲板のあたりにじっと眼をすえていたが、事ここに至っては、沈没はもはや避けられないと判断したのだろう。大きく息をついてそこから眼をはなすと、もう一度念を押すように、頭上の傾斜計と腕の時計をたしかめてから、ふりかえってうしろにひかえていた伝令をそばに呼びよせた。

「伝令、すまんが副長と各科長に急いで艦橋に上がってくるように伝えてくれんか」

「はあ、わかりました」

伝令は風をまいて艦橋の裏側に下げた綱梯子《ばしご》を駈けおりていった。ラッタルはどこも破壊されてしまったので、以後、艦橋の昇降はこの綱梯子だけに頼っていたのである。

艦長はかぶっていた鉄カブトをとり、防毒面も肩からはずして身軽になった。それからあご紐をもどして略帽をきちんとかぶり直すと、片手でかるく胸の双眼鏡をおさえながら、かたわらの艦長付きの野村中尉にむかっていった。

「海図室のものは用意はいいな」

「はあ、全部おもしをつけてロープでゆわえました」

野村中尉が答えると、艦長はうなずいて、

「それから、暗号文書はすぐ焼いてくれ」

「命令綴《つづり》などの機密文書はどうしますか」

「それも全部だ、急いでくれ」

艦長の声は落ち着いてふだんと少しも変わらなかった。

まもなく裏の綱梯子から、副長、砲術長、内務長、機関長、それから一足おくれて負傷した航海長代理の通信長が下士官に腕を支えられるようにして艦橋に上がってきた。中は電灯が消えているのでうす暗かった。正面の覗き窓とうしろの破壊口から入ってくるにぶい外の光でやっと顔が見分けられる程度だ。だれの顔も緊張し、何か身がまえたように固くこわばっていた。再度の集合が何を意味するか、みんなにもわかっていたからである。艦が傾いているので、みんな伝声管や発信器や電線などにつかまりながら、中央の羅針盤の前に立っている艦長をとり巻くようにして並んだ。

「残念だが、沈没はもう時間の問題だ」

艦長は顔をまわして、一人一人の顔を見つめ、静かに口をきった。

「全体の被害状況から判断して、これ以上艦にとどまったところで、無為に犠牲者をだすだけだろう。そこでわしは、生存者は退去させようと思う。もうそれ以外にとるべき手段はない。むろん本艦の責任はわしがとる。あとのことは心配せんでいいから、みなは、これから兵員をよく掌握してすぐ退去してもらいたい」

左側の割れた障壁のそとに、垂れさがった信号索が、風にゆれてめくれあがった鉄板の角をこつこつと叩いている。下の甲板で兵隊たちのざわめいているのがその穴からも潮騒《しおさい》のようにかすかに聞こえていた。

副長の顔に痙攣《けいれん》がはしった。ほかの士官たちも顔をさげて眼をふせている。副長は両手を握りしめ、首をねじって、いっとき奥歯をかんでいたが、やがて赤くゆがんだ顔をあげて、

「艦長、ほんとに申しわけありません。まさか本艦がこんなことに……」

といったが、あとはかすれて声にならなかった。

「いや……」、艦長は首を横にふった。「これまでの運命だったのだよ、やむを得ん」

「艦長、艦長……」

砲術長がこぶしで涙をぬぐいながら念をおした。

「ほんとにもう見込みはありませんか」

「うむ、この分ではあと一時間はもつまい。予備浮力はもういくらも残っておらんのだ」

艦長はそれから艦長付の佐野少尉に、艦長用の水筒を持ってこさせ、自分でその水を湯呑みについで先にひと口飲むと、こんどはそれを副長から順ぐりに士官たちに廻して注いでやった。士官たちは会釈してそれを両手で受けた。湯呑みのふちが水筒の口金にあたってカチカチと鳴る。「別れの盃」だった。

それがすむと、艦長は上衣のポケットから、黒い皮表紙の手帳をとり出し、それを副長に手渡しながらいった。

「副長、すまんが、もし君が無事に帰ったら、これを軍司令部と砲術学校のほうに写しをとって渡してくれんか、面倒でも頼む」

「はあ、お預かりします」

副長は一礼して手帳を受けとった。

艦長は、ふだんから自分の職務について丹念に記録をとっておくほうだつた。専門の砲術に関してはむろんのこと、例えば艦の出入港についても、そのときの湾の状況、水深、風力、また艦が何メートル進むのに何秒かかり、どれだけ潮に流されたかというようなことまでいちいち記録して参考にしていた。研究心が強く、何事も緻密で、計画的で、大ざっぱなことは嫌いなたちだった。だからこれもおそらく艦の最期を予想して、日没前後に急いで書きとめたものだろう。手帳には、几帳面《きちょうめん》な横書きで、次のようなことが遺書として認《したた》めてあった。


「十月二十四日。

予期の如く敵機の触接を受く。之より先GKFより二十四日早朝ルソン地区空襲の予報ありたるを以て、〇五三〇起しにて配置に就き充分の構をなせり。

遂に不徳の為海軍はもとより全国民に絶対の期待をかけられたる本艦を失ふこと誠に申訳なし。

唯本海戦に於て他の諸艦に被害殆んどなかりし事は誠にうれしく何となく被害担任艦となり得たる感ありてこの点幾分慰めとなる。

本海戦に於て申訳けなきは対空射撃の威力を充分発揮し得ざりし事にして之は各艦共下手

の如く感ぜられ自責の念に堪へず。どうも乱射がひどすぎるから反つて目標を失する不利大である。遠距離よりの射撃並に追打ち射撃が多い。

被害大なるとどうしてもやかましくなる事は致し方ないかも知れないが、之も不徳の致す処にて慙愧に堪へず。

大口径砲が最初に其の主方位盤を使用不能にされた事は大打撃なりき。

主方位盤はどうも僅かの衝撃にて故障になり易い事は今後の建造に注意を要する点なり。

敵航空魚雷はあまり勢力大ではないが、敵機は必中射点で然も高々度にて発射す。初め之を低空爆撃と思ひたりしも之が電撃機なりき。

本日の致命傷は魚雷命中、〔五本（確実）以上七本の見込〕にありたり、一旦回頭してゐるとなかなか艦が自由にならぬことは申す迄もなし。それでも五回以上は回避したり、回避したと云ふのも先づ自然に回避されたと云ふのが実際であらうと思ふ。

機銃はも少し威力を大にせねばならぬと思ふ。命中したものがあったにかかはらずなかなかおちざりき。敵の攻撃はなかなかねばり強し。具合がわるければ対勢《ママ》がよくなる迄待つもの相当多し。但し早目に攻撃するものもあり。艦が運動不自由となればおちついて攻撃して来る様に思はれたり。

最後迄頑張り通すつもりなるも今の処駄目らしい。一八五五。

暗いので思ふた事を書きたいが意にまかせず。

最悪の場合の処置として御真影を奉遷すること軍艦旗を卸すこと。乗員を退去せしむること。之は我兵力を維持したき為生存者は退艦せしむる事に始めから念願、悪い処は全部小官が責任を負ふべきものなることは当然であり、誠に相済まず。

我斃るとも必勝の信念に何等損する処なし。我が国は必ず永遠に栄え行くべき国なり。皆様が大いに奮闘してください。最後の戦捷をあげらるゝ事を確信す。

本日も相当多数の戦死者を出しあり、これ等の英霊を慰めてやりたし。

本艦の損失は極大なるも、之が為に敵撃滅戦に些少でも消極的になる事はないかと気にならぬでもなし。

今迄の御愛顧に対しては心から御礼申す。私ほど恵まれた者はないと平素より常に感謝に満ち満ちゐたり。

始めは相当ざわつきたるも、夜に入りて皆静かになり仕事もよくはこびだした。

今機械室より総員士気旺盛を報告し来れり。一九〇五。」（原文のまま）

艦長は、捷一号の突入作戦には当初からその無謀性を突いて強く反対していたが、遺書のなかでは、そのことについてはひと言も触れなかった。もはやこの期におよんで、それに触れてみたところでどうなるものでもなかった。それは暗に武蔵の沈没によって理解されるだろう、と判断したのかも知れない。

「これは手帳にも書いておいたが」と艦長はさらに副長にいった。「今日はわしのいたらなさで多数の乗員を戦死させ、その遺族を悲嘆の底に落としてしまったが、内地に帰還したならば、どうかわしにかわって、遺族の方々を慰めてやってほしい。また生き残った兵隊のことも、あとあとまで面倒をみてやって欲しい。それだけはくれぐれも頼む」

そのあいだも肩の傷はひっきりなしに疼《うず》いていたが、艦長は落ち着いた柔らかな言葉の調子を崩さなかった。すでに胸中に死を決意して、その表情も澄んだように穏やかだった。

艦長はつづけて事務的なことを二、三副長に依頼したが、副長の加藤大佐はそれにいちいちうなずきながら、艦長の顔から眼をはなさなかった。副長は以前砲術学校で校長の副官をしていたことがあった。そのときの教頭が艦長だったので、二人はそれ以来の知り合いだった。そのせいか二人は職務をこえて個人的にも親しかったが、これは別に副長だけに限らなかった。艦長はどちらかというと磊落《らいらく》な気さくな性格で、誰にたいしてもわけへだてをおかなかった。ときどきぶらりと士官室に入ってきては、冗談をとばして皆を笑わせたり、酒が入ると得意の謡《うたい》をうたったりして座をひきたてた。兵員にたいしても気やすく、あたりは柔らかで、頭から怒鳴りつけるようなことはしなかった。それくらいだから、武蔵に赴任してまだわずか三カ月足らずなのに、士官や兵員たちからもある親しみをもたれていたのである。

艦長はちょっと顔をあおのけて、なにか言い残したことはないかというふうに暗い天井の一点を見つめていたが、やがて一息つくと、胸のポケットにさしてあったシャープペンシルをぬいて副長に差しだした。

「副長、これを君に上げよう。ほかに何も上げるものはないが、わしの形見だ。受け取っておいてくれ」

「は…艦長、ありがたく……」

副長はシャープペンシルを両手に握りしめたまま、涙に声をつまらせた。

それは艦長が特務艦の名取《なとり》の艦長だった頃、遠洋航海に出たおり、サンフランシスコで記念に買った六角形のしゃれた金属製のペンシルで、それ以来ずっと愛用していたものだった。

艦長はそれから一同にむかって、こんどはあらたまった口調で、

「長い間みんなご苦労だった。これから戦局はますます大変になると思うが、みんな体に気をつけて、わしの分まで頑張って貰いたい。……では、これでお別れしよう」

といって、手をのばして一人一人と握手してから、姿勢をただすと、自分のほうからていねいに敬礼した。

「副長、すぐ軍艦旗をおろして総員退去にうつってくれ。この際、戦死者と重傷者はやむを

得んが、軽傷者や泳げない兵隊は、みんなでよく面倒をみあって、できるだけ助けてやってくれ、副長、たのむよ」

「はッ、では艦長、わたしはこれで……」

副長はもう一度艦長の手を握りしめると、そのまま顔を横にそむけながら、艦橋をおりていった。

海軍法規に成文化されているわけではないが、艦の沈没するときは、その原因がなんであろうと、艦長は艦と運命を共にするのが日本海軍の伝統で、そのかわり補佐役の副長は生還して、そのときの状況を上部に報告する任務を負わされていたのである。

副長のあとから内務長と機関長、つづいて右横のジャイロコンパスのうしろにひかえていた伝令と信号の下士官兵四人も艦長に一礼して艦橋を去っていったが、腕と腰に重傷を負っていた通信長だけは、付き添いの下士官を下に降ろしてやって、自分は第二艦橋のすぐ下にある破壊された通信室の中へ入っていった。そしてそれっきり出てこなかった。

艦橋に残ったのは砲術長の越野大佐と艦長付の若い士官ら三人だけになった。

「艦長、わたしもいっしょにお供させて下さい」

砲術長である。今日の砲戦指揮の責任をとろうとしていることは明らかだったが、艦長はきっぱりした声で、

「それはいかん、砲術長、君は副長を援《たす》けて乗員のことを頼む」

「でも、艦長、わたしは……」

「いかん、責任をとるのはわし一人でたくさんだ。さあ砲術長、すぐ降りんといかん」

すると傍に立っていた艦長付の野村中尉と佐野少尉の二人も、艦長のまえにつめ寄って、

「艦長、では、せめてわたしらだけでもお供させて下さい、艦長、お願いします」

艦長は二人の言葉をはねかえすように、いちだんと声をつよめて、

「いかんといったらいかん。君らはまだ若い、君らはこれからなんだ。生きんといかん。さ、砲術長といっしょに下へ降りて退去してくれ、これはわしの最後の命令だ」

命令といわれれば、それ以上言葉を返すことはできない。三人は涙にぬれた顔をあげると、羅針盤のまえに両手をくんで石像のように立っている艦長に別れを告げて綱梯子を降りていった。

3

海はもう暗かった。傾いた艦橋の上には星がまばらに瞬きはじめ、片割れの上弦の月がそっけなく斜めにかかっていた。艦橋は闇につつまれたまま、しんしんとひそまりかえった。

露天甲板に上がると、おれたちはもう戦闘配置にはつかなかった。そのまま分隊ごとに右舷の甲板にかたまって、そこで上からの次の指令を待っていた。だが、いつまでたってもなんの指示もなかった。報告もなかった。その後の機関室や舵取機室の状況についても、おれたちには何も知らされていなかった。

するとそこへ主計兵が夜の戦闘食を運んできた。戦闘食といっても、烹炊所《ほうすいじょ》が破壊されてしまっているので、ブリキ罐《かん》に入った乾パンとミカンの罐詰にサイダーだけだった。主計兵たちは、これからどうなるかわからないから、いまのうちに腹ごしらえをしておくようにといったが、それに手を出すものはあまりいなかった。

おれも乾パンを一枚かじっただけでやめてしまった。夕食の時間はとっくにすぎているのに、まるで食欲はなかった。ただ水筒の水ばかりがぶがぶ飲んだ。おれはそのあと間もなく口を開けた蜜柑《みかん》の罐詰を一つもって杉本の様子を見に後部の治療所へ降りていった。さっきからずっと気になっていたのである。

防水壁でまわりをかこってある四十坪ほどのリノリウム張りの治療所は、ほかに較べてまだ場所に余裕があった。あらたに設けられたものだからだ。ここはたいてい担架を必要とする重傷者を収容していた。生臭い血の匂い、人いきれ、発汗、それにさまざまな薬品の匂い。負傷者はデッキにじかに寝かされていたが、寝ている彼らの体が、総体左へかしげているのは艦の傾斜をそのままなぞったものだ。その間を袖をまくりあげた軍医が、若い三人の看護兵を指図しながら動きまわっていた。ときどき呻《うめ》き声や溜息《ためいき》まじりの嗄《か》れ声が、よどんでいるデッキの空気を重苦しくおさえつけた。

杉本はとっつきの通風《ファン》モーターのわきに、あおのけに寝かされたまま眼を閉じていた。両足の膝頭から下は繃帯が厚く巻きつけてあったが、おれはその寝顔を見てぎょっとした。そばかすのある眼のまわりは殺《そ》ぎとったように落ちくぼみ、汗と血で汚れた顔にはもう土の色が滲んでいた。死斑だ。薄く開いた唇はまだ空気をとらえていたが、胸の喘ぎはもう乱れていた。

おれは片膝をついて耳もとに口を寄せながら小声で彼の名を呼んでみた。首が力なく向きをかえて動いた。一度瞼《まぶた》をあげて、白っちゃけたような焦点のきまらないどんよりした眼でおれのほうを見たが、すぐまた震える瞼を閉じあわせた。

おれは罐詰の水を口もとに注いでやった。水は唇のはしに少したまったが、もう吸いとる力はないらしく、そのままあごの下にこぼれた。この様子ではもう一時間ともたないだろう。意識も朦朧《もうろう》としている。きっと出血がひどすぎたのだ。おれは濡れたあごのまわりを拭いてやりながら、杉本ともこれが最後だと思った。

するとそこへ看護兵が負傷者を担架にのせて運んできた。左舷のほうから移されてきたらしい。見ると伝令の村尾一水だ。右の腿から膝に副木《そえぎ》をあてて繃帯が厚く巻きつけてあり、頰と首の上にも大きな絆創膏《ばんそうこう》が貼ってあった。おれは彼の横にかがみこんで、そばに転げていた防毒袋を枕がわりに頭の下にあてがってやって、

「どうだ村尾、治療はすんだようだな、大丈夫か……」

村尾は苦しそうに奥歯をかんで、両手でしきりに腿の繃帯をひっかこうとする。

「あ、あ……痛い、痛い……」

おれはその手をしっかりおさえて、

「村尾、しっかりしろ、いいか、我慢するんだぞ」

と肩をたたいてやったが、返事をするのも大儀のようだ。何かをつかまえようとして、赤く充血したはれぼったい眼を宙におよがせ、口ではあはあ息をきっている。額は脂汗にぬれて真っ青だ。固くこわばっているその頰に乾いた黒い小さな血のかたまりが二つ、黒子《ほくろ》みたいにくっついている。おれはそれを見ながら、ふと左の眼の下に大きな黒子のあった彼のおっ母さんのことを想いだした。

この六月だった。おれたちが呉軍港を出撃する朝、村尾一水のおっ母さんはわざわざ福島の田舎から息子を見送りにやってきた。彼は偶然だといっていたが、おそらく外出先からこっそり電報をうって知らせてやったのにちがいない。村尾に似て丸顔で背の低い、いかにも

人の好《よ》さそうなおっ母さんだった。

おれもそのとき彼に誘われて、波止場からすこし離れた市立公園の中で会ったのだ。おっ母さんはそこのベンチの上に持ってきた重箱の寿司《すし》や餅や煮ぬきの卵などをひろげて食べさせながら、息子のそばにくっついて離れなかった。村尾がまだ寿司を頰ばっているのに、もう次の餅を手にもたせて一生懸命食べさせようとしていた。そしてその間も、いっときの時間も惜しむように、体のことなどをせかせかと話しかけていた。

むろんおれもいっしょにご馳走《ちそう》にあずかったが、そのあとおっ母さんはおれに煙草の包みをおしつけて、「戦地へいったらこの子のことをよろしく頼みます。まだ西も東もわからないような子供ですから、どうか面倒を見てやって下さい。それからこの子は小さいときからすこし喘息《ぜんそく》の気がありましてね、南へいって陽気がかわると出るかもしれませんから、そのときはすぐ軍医さんに診《み》てもらうように、あんたからもよく言ってやって下さい」といって、なんべんもなんべんも頭をさげた。

おれたちは二時間ほどで別れたが、おれたちを乗せたランチが動きだすと、おっ母さんはとたんに顔をくしゃくしゃにして、濡れた波止場にうずくまってしまった。去っていく息子を呼び戻そうとするかのように、片手をランチのほうに差しのべたまま……。村尾は村尾で、わざと波止場のほうに背をむけて、嚙《か》んだ唇を震わせていた。

これはいつだったか二人で航海当番に立ったあと、彼から聞いた話だが、彼の志願には両親とも反対だったという。ことに母親は最後まで頑として聞きいれなかったそうだ。

「わたしの伯父《おじ》さんに、日本海海戦のとき戦艦の朝日《あさひ》に乗っていたのがいるんですよ。金鵄《きんし》勲章をもらって、兵曹長で退役になった人ですが、わたしはこの伯父さんの影響ですっかり海軍にかぶれちゃったんです。いろいろ勇ましい話を聞かせてくれましたからね。それでどうしても艦に乗りたくなって志願したんですが、これには親父やおふくろも反対でした。

わたしのうちは製粉屋で四人姉弟ですが、男はわたしが一人っきりですから……。でも願書には親の承諾の判こがいるでしょう、仕方がないから内緒で、判こをぬすんで自分で押して出したんです。あとでおふくろからうんとおこられましたけど……。おふくろさんはそれでもあきらめきれなくて、こんどはどうか試験に落ちるようにって、村の鬼子母神《きしぼじん》さんにお百度をふんだりしましたが、それがうかったもんで、当座はがっかりしてわたしと口もききませんでした。

でもとうとうあきらめて、入団前になると、こんどは千人針やお守り袋を集めたりして大変でした。お守りだけで八つも持たされましたよ。これはへんな話ですが、その中には、誰から聞いたのか、寅年生《とらどし》まれでまだ嫁入り前の娘さんから、あそこの毛を三本もらって入れておけば弾よけになるとかいって、そんなお守りまでもたされました。なにしろうちのおふくろはすごいかつぎやで……」

しかし、それほどまでに村尾のことを案じていたおっ母さんも、もう二度と息子の顔を見ることはできないかもしれない。あの波止場の面会が今生の別れとなるかもしれない。そう思うと、傷の痛みに身もだえている村尾の青ざめた顔のうえに、黒子のあるまるいおっ母さんの顔が二重写しに合わさって見えた。おれはあわてて村尾から眼をそらした。

突然、杉本が両手をのばして床にのけぞった。足のないダルマのような体に痙攣がきた。ヒューッとのどの奥が鳴った。

おれはあわてて彼の肩を抱きかかえて、

「杉本、杉本ッ……」

と呼んだが、仰向《あおむ》けた顔は首から折れたように床にたれさがったまま動かなかった。おれはじっと息をのみながら、そのひきつった口もとが透きとおったようになり、こめかみのあたりが青くなっていくのを見た。死んだのだ。

彼は最後にいやいやでもするように重そうに頭をふって、ぐったりと肩を落とした。おれはそのままそっと彼を床に寝かせてやった。眼は両方ともうす眼に開いている。凝結したその黒い瞳孔の底に、天井の電灯の光が星のように小さく沈んでいる。たれさがった眉毛がもう一度かすかにふるえた。すると、ふちに青いくまのある暗い眼の奥に、うっすらと白いものが光った。それはやがて一つの小さな玉になって、ゆっくりと眼じりをつたい、とがった鼻のすそをすべってポチッと床に落ちた。泣いているのだ。彼は死んでしまったのに、死体だけが泣いているのだ。

杉本は千葉の漁村の生まれで、うちは半漁半農だったが、家族は祖父母と両親のほかに、姉弟は彼より二つ年上の姉をかしらに六人もいて、月々食いつないでいくのがやっとだったらしい。そのため彼は給料の半額を内地振替でうちに送っていた。給料といっても、兵長で月十六円ちょっとだったが、そのほかに航海加俸や戦時手当などがついたので、それらを入れると、どうやら二十円ぐらいは送金できたのである。

「それでもうちじゃ助かってるんだ。なにしろ今は魚とりのほうもあがったりだからな。せんだってての姉っこの手紙だと、舟は油がなくて動けないもんだから、ずっと掘割で日向《ひなた》ぼっこしているんだってさ。もっとも魚っていうやつは、とれればとれたで網元にがっぽりサヤをはねられちまうから、たいしたことはねえけど……。

それで親父はいま千葉の軍需工場へ働きに出ているそうだ。ボイラーの罐焚《かまだ》きに……。おふくろはばあさんと畑のほうを見ながら、合間にあさりの行商なんかをやっているようだけど、おれも、こっちにいても気がもめるぜ、お大尽のおぼっちゃんとはわけがちがうからな……。

おれもはじめはどうせ兵隊にとられるんだから、そんなら親父やおふくろの若いうちに早くいって早く出てきたほうがいいと思って志願したんだけど、この分じゃ帰るのはいつになるかわからないな。徴兵の倉岡兵曹や深谷兵長でさえ、服延服延で六、七年もひっぱられたままなんだから、おれにしちゃ少し先を読みすぎたよ。あの時はまだアメリカと戦争がはじまっていなかったせいもあるけど……。それにしても、これで死んだら眼もあてられないぜ。勲八《くんぱち》の一つや二つをもらったぐらいじゃおっつかないからな。……だけどおれは死なないぜ。ちゃんと帰ってみせるぞ。こう見えてもおれはついているんだ。ずっと前、呉で易者にみてもらったけど、おれには不死身の相があるそうだ。それを証拠に、あのバタビヤ沖でだって、紙一重のところで助かってきたんだから、なに、おれは殺されたって死なないよ」

杉本は笑いながらよくそんなことをいって力んでいたが、それも結局、から頼みに終わってしまった。そしていま両足をもぎとられたまま、石のように冷たくなってデッキの隅にころがっているのだ。

おれはぎりぎりと胸を嚙んでくるものをおさえながら、彼の腕からそっと時計をはずしてやった。もしおれが死んだら形見にうちに送ってやってくれ、という彼との約束を思い出したのだ。時計だけは動いていた。おれはそれを上衣の内ポケットにしまい、それからずり落ちていた略帽をひろって、それで彼の顔をおおってやった。

負傷者たちは傷の痛みを訴えて、しきりに呻いていた。「うー、うー、うー……」、息も途絶えがちなかぼそい呻き声は、杉本のとなりからも聞こえてきた。見張分隊の若い上水だ。彼は床にうつぶせたまま、のどにからまる血痰《けつたん》を切りこまざくのにぜいぜいと骨を折っていた。弱々しく肩をふるわすたびに、あぶくをふくんだうすい血のかたまりが少しずつ舌の先から流れ落ちた。そのそばで同年兵らしいやせた男が両手で背中をさすってやっていた。おれは顔をそむけながら、これからたどる自分の姿をそこに見たような気がして、あわてて立ち上がった。

村尾はあいかわらず苦しそうに顔をふっている。ときどき寒気でもするように歯をカチカ チ鳴らしたり、けわしく眼尻がつれたりする。でも気はしっかりしてたしかだ。彼も杉本のことは眼にしていたのかもしれないが、何もいわなかった。おれもわざと黙っていた。村尾はやがて大儀そうに顔をまわしていった。

「矢崎兵長、艦は大丈夫？　走っているの」

おれは嘘をついた。

「うん、ゆっくりりな、あすの夕方にはマニラへ着くそうだ」

「コロンじゃなかったんですか？」

おれはちょっとどぎまぎして、

「変更になったんだ、ここからだとマニラのほうが近いんだってさ」

そのとき壁際においてある消火用のドラム罐の水が縁からチロチロとこぼれはじめた。それだけ傾斜がくわわってきたのだ。そういえばさっきまで略帽の庇《ひさし》で半分影になっていた村尾の顔が、いまは天井の電灯を真上からうけて影はなくなっている。

おれは思わずまわりを見廻した。看護兵が一人あわてたようにデッキを出ていった。軍医は手術台の前に立って、上眼づかいにちらっと天井を眺めてから、こっそり腕の時計をあらためている。おれは見まいとする意志をぬすんでもう一度ドラム罐のほうに眼をやった。その眼線《めせん》を追って村尾がすがりつくような声でいった。

「矢崎兵長、武蔵は絶対沈みませんよね」

おれは顔をもどして、心の不安をおしかくすように、わざと明るくはずんだ声で、

「心配するな、大丈夫だよ」

「沈まないよね、武蔵は不沈艦だものね」

自分にも納得させるような口調で村尾がいった。

「矢崎兵長、マニラには海軍病院があるんでしょう?」

「うん、あそこにはちゃんとしたやつがあるんだ、お前も着いたらすぐ入れてもらえるぞ。いいか、もうちょっとの我慢だからな……」

村尾は素直にうなずいて、

「わたしの傷、もとのように癒《なお》りますよね」

「癒るさ。お前のやつはちょっと膝の骨が折れてるだけなんだからすぐだよ」

「そしたらすぐ内地へ帰してもらえますよね」

「勿論さ……」、おれは罐詰の蓋をあけながら、「そりゃそうとお前、蜜柑食べてみるか、冷たいからせいせいするぞ」

おれは指で蜜柑のひと切れをつまみ上げて、村尾の口へもっていこうとしたが、それはたちまち甲高くうわずった伝令の声によってさえぎられた。

「ソーインタイキョッ……」

一瞬、おれははっとして耳をすました。それから持っていた罐詰を放り出し、素早く立って、うしろの壁にもたれ、無意識にズボンのバンドを力いっぱい締めた。そして、その時になって、おれはようやくその言葉の意味を理解した。(そうだ、艦が沈むんだ!) 伝令の声は、こんどははっきり聞こえた。

「総員退去ッ!」

「総員退去ッ!」

第五章

1

　副長の加藤大佐は、メインマストから軍艦旗をおろしたあと、三番主砲の天蓋にあがって、後甲板に集まった生存者をまえに大声で退避命令を下した。

「艦長から、即刻退去するようにとの命令があった。まことに断腸の思いであるが、われわれはこれより本艦を退去することにする。だがこの期におよんでも決して慌ててはいけない。各自落ち着いて行動せよ。各分隊長は、分隊員をできるだけ掌握し、また泳げない若い兵隊については、下士官、兵長がよく面倒をみてやって貰いたい。ただ戦死者と重傷者はまことに気の毒だが、いまはどうすることもできない。では直ちに退去にかかれ」

　だが、退去といっても、艦には使用できる内火艇もカッターもなかった。武蔵は常時ランチ五隻、カッター八隻、それに水雷艇二隻を積んでいたが、出撃にあたって可燃物はできるだけ処分する必要から、このうちランチ、水雷艇各一隻とカッター二隻だけを残して、あとは全部リンガ基地に降ろしてきている。おまけに救助用に積んできたその三隻も、今日の戦闘で破壊されて全く使いものにならなかった。もっとも、かりにその全部を積んできたにしても、事態は同じことだったにちがいないが……。

これで退去命令がもう少し早く出ていれば、外舷に駆逐艦を横付けして、負傷者をふくめて全員を無事に退避させることができたはずだった。

だが、艦長をはじめ艦の首脳部は、不沈艦とまでいわれていた武蔵が、そう簡単に沈没するとは思っていなかったようだ。このままの状態でなんとかもちこたえるだろう。そうすれば、その間に機関や舵《かじ》を復旧して自力で航行できるかもしれない、という過剰なのぞみと執着を最後まで捨てきれなかった。だから、いままで何度かその機会がありながら、駆逐艦を横付けしなかったのである。

だが、いまとなってはもう遅い。なにもかも手遅れだ。艦はいつ浮力のバランスを失って転覆するかわからない。破局の瞬間は迫っているのである。とにかくみんな急いで体ひとつで海に飛びこまなくてはならない。艦を離れなければならない。もはや残された逃げ道はそれだけだ。

それでも無傷のものはまだいい。素手で飛びこんでも、泳いで浮いてさえすれば、いつかは味方の手によって助けられるだろう。かりに泳げないものでも、なにか手ごろな浮遊物につかまっていれば、助かる可能性もないわけではない。しかし深手をおった負傷者はそうはいかない。誰かに助け出して貰わないかぎり、自分ではどうすることもできないのだ。

艦内はたちまち激しい混乱につつまれた。恐怖のどよめきは甲板にうねり、ほとばしり、入り乱れ、そして夜空の下に渦巻いた。生存者は、一時見さかいもなく狼狽《ろうばい》した。首脳部の状況判断の誤りから、途方もなく遅れた退去命令に、みんななんの準備もとれていなかったのである。

とりわけ各治療所の混乱は凄惨をきわめた。負傷者たちは、伝令の「総員退去」の号令を聞きつけると、その場にはじかれたように起きなおった。

「おい、総員退去の号令だぞ」

「なに？　退去。それじゃ沈むのか……」

叫び声と悲鳴が同時におこった。

デッキはにわかに殺気だった。

看護兵は巻きかけの繃帯《ほうたい》の玉を投げだした。軍医はそれより先にメスを握ったまま二、三歩駈《か》けだしたが、負傷者をまたぎそこねて仰向《あおむ》けにひっくり返った。そのはずみで医具台が倒れ、そこにのっていた手術用の器具や薬品ががらがらとあたりに飛び散った。立ち上がった軍医は、そのまま後ろも見ずに、突風のように入り口にむかって駈けだした。負傷者たちはそれに追いすがるように手をあげて口々に叫んだ。

「おーい、おーい、おーい……」

「おれたちゃ、ど、ど、どうするんだッ」

口のきけるものはのどを振りしぼって叫んだ。動けるものは動きまわった。這《は》いずれるものは這いずりまわった。血でぬめぬめした床のリノリウムの上に、血まみれの彼らの体がもつれ合った。もつれ合ったまま、そこらを行ったり来たり、ばたばたぐるぐる狂ったように這いずりまわった。

中には起き上がれないものも多かった。額に脂汗をうかべて、恐怖に顔をふっているもの、途方にくれてじっと天井を見上げているもの、体を縮こませて両手で頭をかかえこんでいるもの、恐怖のあまり爪で壁の鉄板を引っ掻《か》いているもの、最後の瞬間を待ちうけて、じっと眼を閉じて唇をわなわなふるわせているもの、眼に涙をうかべながら、両手を胸のうえに組んで念仏を唱えているもの、まわりの騒ぎも知らず、うつけたように昏々《こんこん》と眠っているもの、……いずれも体のきかない瀕死《ひんし》の重傷者だった。

「うおー、うおー、うおー……」

「ああ、ああ、あー、あ……」

「う、う、う、チチチチチチ……」

負傷者たちは、人間の声とは思えない裂帛《れっぱく》の呻《うめ》き声をあげて、互いに押し合い、へし合い、まるで追い立てられた鼠かなんぞのように、出口のほうになだれるように寄っていく。あるものはびっこをひき、あるものは四《よ》つん這《ば》いになり、またあるものは尺取り虫のようにくねくねと床を這いずりながら……。床のリノリウムの上には、彼らの引きずっていく血の縞《しま》がぎとぎとと幾重にも入り乱れて広がった。

誰もかれも出口のラッタルの下におし寄せ殺到した。

ラッタルは、床から斜め一文字に露天甲板にむかってかかっている。だが、彼らはそれを登ることができない。ついけさ方まで、二段おきに飛ぶように昇降していたのに……。それがいま千仞《せんじん》の断崖のように彼の行く手をはばんで立ちはだかっているのだ。上のハッチの角の電灯が震えるようについたり消えたりしている。そのたびに、ラッタルの下にうごめいている彼らの血と汗に濡れた顔が、明るくなったり暗くなったりする。

彼らは上へ出ようとあせった。もがいた。片足のない先頭の一人が、上がり段に両手をかけてよじ登ろうとする。その後ろから、繃帯の白い腕が、われがちに、にょきにょきと伸びてつづく。そしてそのまま一段、二段と必死になって登っていく。だが、途中でこらえきれずに、ひと塊になって、どどどと下に転がり落ちる。繃帯の足に繃帯の頭が折り重なって倒れる。相手の腰の下に顔が、顔のうえに足が、足と足の間に繃帯の腕が、首が……。そしてその下から、のどを引き裂くような悲鳴と怒号が聞こえてくる。

「あーう、あーう、……うーうー、う……」

「あ、あ、助けて、助けてくれッ」

「上に、上に、おれを上にあげてくれッ」

「おーい、誰か、来てくれ、おーい、おーいッ、誰か……」

ああ、だがもはや誰一人彼らのもとにやってきはしなかった。誰一人救いの手をさしのべるものはなかった。彼らはついに艦とともに見離されてしまったのだ。彼らはこうして空しく呻き、喘《あえ》ぎ、のたうちながら、やがて艦とともに、生きたまま埋葬されてしまうのだ。

救いを求める重傷者の声は、デッキの壁をふるわせて、いつまでもいつまでも続いていた。

2

「総員退去ッ！」

「生存者は急げッ！」

伝令の声はつづいた。

語尾を太く長くひいて、高くうわずったその声は、断末魔の武蔵そのものの絶叫のように、通路に反響し、デッキを震わせ、鉄壁を打ち、暗い甲板に右往左往している士官や水兵たちの鼓膜を噛《か》んだ。

伝令はいったん上甲板に降り、その足でまた号令を連呼しながらバタバタと右舷の通路を後部に向かって駈けて行った。

「総員退去、急げ、急げッ！」

伝令のその足音を聞きながら、おれの心臓はおれより慌てた。血が一時に頭にのぼった。眼先が揺れてくらくらした。が、それもほんの一瞬だった。

おれは急いではずしてあった略帽にあご紐《ひも》をかけ、背中にしょっていた鉄カブトを床に投げすてた。それを見て村尾一水が起き上がろうと片足をばたばたさせたが、おれはそれにはかまわず出口に向かって駈けだした。

が、ものの二、三歩といかないうちに、いきなり誰かに後ろから足首をつかまれてつんのめった。肩が泳いだ。おれはあわてて壁に片手をついてのびた体を支え、その手をもぎ放そうと後ろを振り返った。みると、村尾が腹這いになったまま両手でズボンの端にしがみついている。

彼は下から真っ青にゆがんだ顔をあおのけて、

「こわい、こ、こわい、ね、いっしょに連れてって……」

とわなわなと胴ぶるいしながら、ずるずるとおれのほうに副木《そえぎ》をあてた体を寄せてきた。

だが、こんなに切迫した状況のなかで、他人《ひと》のことなどかまってはいられない。いまとなっては自分ひとりが無事に逃げられるかどうかもわからない。それに村尾は膝の骨を砕かれていて、肝心の足がきかない。かりに海に飛びこんだところで一分と浮いていられないだろう。見殺しにするようでかわいそうだが仕方がない（村尾よ、許してくれ、じゃこれでお別れだ……）。

おれはいきなり蹴とばすように二、三度から足を踏んで、しがみついている村尾の手を邪慳《じゃけん》に振りはらった。が、村尾も必死だった。はげしく肩をよじりながら、おれの左足に顔をぴったりすりつけて、

「こわい……こわい、……上に……上に連れてって、……連れてって……」

瞬間、おれは自分と闘ったが、闘うまでもなく言葉はすでに用意していた。

「離せ……村尾……離せ……おい、離せったら離せッ……」

「お願い……お願いです。……死ぬのは……いやだ……いやだ、こ、こわい……ね……矢崎兵長……上に……上にあげて……お願い……上にあげてッ」

村尾は喘ぎあえぎ、眼をむいていよいよ固くおれの足首を抱えこんでくる。万力《まんりき》でしめつけるように……。おれはもう一度力まかせに足をふったが、とても離れそうにない。震えているその膝と腿《もも》に副木をあてて巻きつけた厚い繃帯が山のように盛りあがっている。それがおれの眼にへんに近づいたり遠のいたりする。おれは重心をたちまち失ってよろめいた。

その時、油だらけのいんかん服を着た機関兵の一団が、なにか叫び叫び、反対側の通路をバタバタと後部のほうへ駈けぬけていった。頭と腕に繃帯を巻いた一人は、両脇から抱えられるようにしてよろよろと走っていく。

それを見ておれは促されたように、咄嗟《とつさ》にしゃがんで村尾を抱き起こした。どうせ駄目なら彼の気のすむようにしてやろうと思い直したのである。おれは瞬間、自分の気弱さを悔いながら、急いで彼のほうに背中をむけて、

「よし、いいか、しっかりつかまってろ」

と叫んで村尾をおぶって駈け出した。が、出口のラッタルのところまでいって顔をあげて立ちどまった。ラッタルのまわりには負傷者がひしめいている。負傷者は踏み段のうえにも折り重なっている。とても上に出られそうもない。

おれはあわてた。頭は一つのことでいっぱいになって、じんじん痛んだ。さて、どうしたらいいか……。その時ふと、さっき機関兵が反対側の通路のコーミングから抜けていったこ

とを思い出した。そっちにどこか別の出口があるのかもしれない。行ってみよう。おれはひき返した。電灯が消えかかってちらちらしたが、幸い消えずにすんだ。おれは先にコーミングをくぐり出ておいて村尾をひっぱりだした。

飛びこんだとなりのデッキには見覚えがあった。以前ここで艦内実習の座学をうけたことがある（大きい艦になると同じような区画が多く、位置の見分けが難しかった）。この隣はたしか通風機室になっており、そこの狭いラッタルを登っていくと、左舷上甲板、士官私室の手前に出られるはずであった。

おれは駈けた。床はそこも血のりでぬらぬらしている。そしてところどころに、行き倒れのように負傷者が倒れている。這いずりながら肩をふってもがいているものもいる。そのためときどきまたぎそこねて足がもつれたり、滑ったり、前にのめったりよろけたりした。一度は血のりに足をとられて眼から星が飛ぶほどつんのめったが、おれはすぐまた起き直って村尾を背中にずり上げた。

「村尾、いいか、手をはなすな……」

村尾はおれの肩にいよいよ固くしがみついて、

「はい……す……すみません、……すみません……」

と、半分泣き声になっていいつづけた。

デッキは壁ぎわにチストが並んでいるだけで、がらんとしていた。それだけに何かものものしく一層不気味だ。デッキがいまにも逆立ち、でんぐり返り、木っぱ微塵《みじん》に砕けるのではないかと思われる。おれは右手で棒になった村尾の右足をおさえ、左手は滑ったときの用意に前にあそばせながら、夢中で駈けていった。通風機室の横のラッタルを這うようにしてどうにか上りつめ、やっと上甲板の士官私室の前に出た。

これで私室の通路を二区画後ろに戻れば、そこの防水扉が閉まっていない限り、そこからすぐ露天甲板に出られるはずだ。途中で通路の電灯が消えた。あたりは急に真っ暗になった。おれはあせりにあせった。そして、闇の中をあっちにぶつかりこっちにつまずき、よろけながら夢中で駈けた。それからもう一つコーミングをくぐって、主計科倉庫の前から壁づたいにつぎのデッキに進み、そしてようやく露天甲板に通ずるラッタルの前にたどりついた。ラッタルは手摺《てす》りの片側がふっとんで斜めにかしいでいたが、登るには差し支えなさそうだ。上の防水外扉は吹っとんでいてなかったが、鉄板の大きなめくれ目から、濃いよもぎ色の空がぽっかり見えた（ああ、やっと着いた）。時間にしたら、ここまでほんの二、三分だったろうか。だが、おれにはそれが気の遠くなるような無限の長さに思われた。

露天甲板に上がってみると、ここも逃げまどっている生存者でごったがえしていた。仄暗《ほのぐら》い夜の空気をゆり動かして、青ざめた顔や恐怖におののいた声が龍巻《たつまき》のようにどよめいていた。上衣を脱いだまま、思案にくれて舷側をいったり来たりしているもの、両手を口にあてて大声で班員をかき集めている下士官、下のハッチから釣り床をひっぱりだしているもの、少しでも浮力をつけようと、カラの水筒を腰のバンドに巻きつけているもの、四、五人で一枚の道板を抱えて転げるように後甲板へ駈けていくものもある。

そこにはもう軍規も階級もない。いままで保たれていた艦の秩序はなかった。乗員を動かしているのは、もはや艦長ではなく、血も凍るような死の恐怖だった。

武蔵は甲板にうごめいている乗員の絶望と恐怖を乗せたまま、左側へじわじわと傾いていく。海はそぎたった白い牙をむいて、いつでも呑みこんでやろうと、舷側をくわえこむようにして嚙んでいる。艦《ふな》べりはもう海面すれすれだ。もはやいかなる処置も、この傾斜を押しとどめることはできないだろう。沈没は寸前に迫っているのだ。

おれはまわりの騒ぎに巻きこまれながら、おぶってきた村尾を急いで三番主砲のわきにおろした。だが、ここまで連れだしてきて見捨てるわけにはいかない。何か手につかまるものをあてがって海に飛びこませてやろう。火にあぶられるように、甲板の上でじりじりと死の瞬間を待っているよりそのほうが楽だろうし、あるいはひょっとして助かるかも知れない。おれはそう思って、甲板におろしたあともおれのズボンの裾にしがみついている村尾の耳に口をあてて叫んだ。

「ちょっとここで待ってろ、いまなにか探してくるから、いいか、ここを動くな」

だが、村尾はそれでおれに見離されたと思ったらしく、

「いかないで、ねえ、いかないで……」

と、はげしく顔をふってわめいた。

「ばか、いくもんか、すぐ戻ってくるから……」

おれはいって、急いで村尾の手をもぎ離した。後部の短艇庫にいけば、壊れたランチかカッターの板切れか何かあるだろうと考えたのだ。村尾の叫び声をうしろに聞きながら、おれは後部にむかって駈け出したが、五、六歩いって、鉄甲板の波よけをまたいだ時だった。

突然、甲板をゆるがすような物凄《ものすご》い音が背後に聞こえた。同時に耳もとをサッと風がかすめた。右舷に移動してあった防舷物が傾斜のあおりをくって転げだしたのだ。その音といっしょに悲鳴があがった。血しぶきが飛んだ。何人かがそれに押し潰されたらしい。

おれは腰をかがめて思わず振りむいたが、見ると、いまのいまそこにおろしたはずの村尾の姿がどこにも見えない。

「村尾ー、村尾、村尾ーッ」

おれは大声で村尾の名を連呼したが、返事がない。

暗くてあわてていたせいもあって、おれもまさかあの防舷物がロープもかけずにおいてあ

るとは気がつかなかったが、重さ四十貫もある嵩《かさ》だかの防舷物だ。村尾も、おそらくその下敷きになって海に巻かれてしまったのかも知れない。だが、それ以上、彼の行方をさがすだけの余裕はおれにはなかった。

艦の傾斜はすでに二十度を超えていた。右舷が大きくせり上がってきているので、ちょうど片屋根の上にでも乗っかっているような感じだ。おまけにそこらじゅうに血糊《ちのり》が散っていて滑るので、立って歩くのがやっとだった。

おれは三番主砲の前に立って、いっときどっちへ出ようか迷ったが、足はしぜんに後甲板にむいた。後部のほうが飛びこむのに比較的安全だという固定観念があったのである。村尾をおぶってからずり落ちていたズボンのバンドを締め直しながら、おれは急いで三番主砲の塔壁を右へと廻りこんでいった。

するとその時だ。ざわめいている後ろのほうから、

「御真影《ごしんえい》だ、御真影だ、どけ、どけッ」

と、人をどかすのを当然と心得たような、居丈高な叫び声が、耳を刺すように聞こえた。

おれは反射的に足をとめて後ろを振りかえった。

見ると晒布《さらし》で包んだ大きな額をたすき掛けに背中に背負った二人の下士官が、まわりを四、五人の士官たちに守られながら、先頭に立って叫んでいる先任衛兵伍長《ごちょう》と衛兵司令の後ろか

ら、傾いたマストの下をこっちにやってくる。それが「御真影」らしかった。

武蔵ではふだん「御真影」は右舷上甲板にある長官公室に納めてあった。旗艦をやめて連司（連合艦隊司令部）がおりてからも同じ場所だったが、出撃の際、損傷しては畏れおおいというので、特に下甲板の主砲発令所の中に移した。ここは四方を厚いアーマーで囲ってあって、どこよりも安全だったからである。それをいま艦長の命令でわざわざ下の発令所から出してきたのだ。

「御真影」と聞いて、おれははっとしてみんなといっしょにあわてて道を開けたが、「御真影」の一団は、まるで箒《ほうき》で落ち葉でも掃き散らすように、そこらにおろおろしている兵隊たちを、手を振って押しのけ、突きとばし、甲板を這いまわっている負傷者の頭の上を乱暴にまたぎながら、しゃにむに艦尾のほうへ抜けていった。そのため、それでなくても混乱している甲板は、一層攪乱《かくらん》された。

それを見ておれは、この火急の場合に「御真影」は出さずそっとしておいたほうがいいのにと思った。武蔵も「天皇の艦」である以上、それが「大事な写真」にはちがいないが、写真はあくまでも写真である。生身《なまみ》の天皇でも皇后でもない。それよりも今はできるだけ無用な混乱は避けて、一人でも多くの兵隊が無事に退去できるように考えるのが本当ではないか。それにあの二人の下士官だって、命令とはいえ、あのガラス入りの重い額を背負ったまま飛びこんだところで、おそらく自由には泳げないだろう。ひょっとしてあの紙片一枚のために、助かる命も助からないのではないかと思って、おれはうっかり頭も下げなかった。いまは死ぬか生きるかの瀬戸際、「御真影」どころではなかったのだ。おれは「御真影」の一団をそっけなくやり過ごしておいて、再び後甲板のほうへ急いだ。なにか適当な浮遊物を探そうと思ったのである。

鉄甲板が血のりで滑るので、ときどき四つん這いになって進んだ。おれの前後左右を、やはり同じような恰好《かっこう》でうろたえた兵隊たちが駈けていく。その間をぬって、あっちこっちから、恐怖にかられた兵隊たちの喚《わめ》き声がひっきりなしに聞こえた。

「沈むぞッ、早く飛びこめ、早く、早く……」

「そっちゃ危ない、渦に巻きこまれるぞ、右へまわるんだ」

「おーい、おれは泳げないんだ。誰か、おい、誰か助けてくれッ」

「タキモトはいないか、タキモト、タキモト……」

「服はぬぐなッ、いいか、着たまま飛びこめ、冷えてしまうぞ……」

舷側から艦内に残っていた角財や道板、マット、釣り床などがつぎつぎに海に投げこまれた。

そのあとから兵隊たちが、ぶつかり合いながら転げおちるように飛びこんでいく。しかし角材や道板の数は知れたものだった。すでにその大方を応急作業に使いはたしていたので……。だから退去がおくれてそれにあぶれたものは身一つで飛びこまなければならなかった。そして数からいってもそのほうがずっと多かった。そのため波に呑まれてそれっきり浮かんでこないものもかなりあった。

みんな先を競って飛びこんだが、なかには飛びこむ決心がつかなくて、血相かえてそこらを狂ったように飛び廻っているものもいた。泳げない兵隊たちだった。

艦尾のジブクレーンと旗竿のまわりにも、そういう泳ぎのできない兵隊たちが、途方にくれて一つところを意味もなくぐるぐると廻っていた。大抵まだ入団して日の浅い十五、六歳の少年兵だった。戦局が逼迫《ひっぱく》していたので、彼らは海兵団でも泳法はほとんど教えてもらえなかった。ただ短期の速成教育をうけただけで、そのまま艦に送りこまれてきたのだ。そのうちの三、四人が、肩をくっつけ合って斜めに傾いた旗竿にしがみついて叫んでいる。

「お母あーさん、お母あーさん……」

声がわれたように咽喉《のど》にからんでいるのは涙のせいだろうか。恐怖に舌がひきつれているせいだろうか。暗くてよくわからないが、その顔はおそらく真っ青に凍りついているにちがいない。額には脂汗がぶつぶつ玉になって吹いているにちがいない。おそろしい死を前にして、彼らの最後のよりどころはおっ母さんだ。ほかの誰でもない。たった一人のおっ母さんだ。だが、そのおっ母さんはここにはいない。おっ母さんは遠い遠い遙《はる》かな海の向こうだ。いくら呼んでも叫んでも海の向こうのおっ母さんには聞こえはしない。とどきはしない。だが、それでもやはり母を呼ばずにはいられないのだ。

「お母あーさん、母あちゃーん、母あちゃーん……」

おれは彼らのそばを駈けぬけたが、どうしてやることもできなかった。手ひとつ出してやることもできなかった。ひと声、声をかけてやることすらも……。おれは自分のことしか考えていなかった。自分のことだけで精一杯だった。

それにしてもおれたちをここまで追いつめたやつは、一体誰だ、誰だ、誰なんだ……。突然、はじけるような激しい怒りが、胸いっぱいに突きあげてきた。それを誰にむけていいのかわからなかったが、おれは口の中でのろい声をあげつづけた。

彼らはきっと旗竿にしがみついたまま、艦と運命をともにしてしまうだろう。海中にひきずり込まれてしまうだろう。そしておそらく暗い海底に引きずりこまれていきながらも、なお声をかぎりに母の名を呼びつづけているにちがいない。

のどを裂くような彼らの叫び声は、いつまでもおれの耳について離れなかった。

3

海はしだいに暗い夜の帳《とばり》につつまれてきた。右手にさっきまでうすく條目《すじめ》だっていた水平線も死体のように黒ずんで、もう見えない。月は傾いた艦橋のこびんに、夜露にぬれた砲塔の天蓋に、甲板にうごめいているおれたちの肩のうえに、薄い光をあわれっぽくふり注いでいた。

おれはその月あかりにあたりを透かしながら、ようやく後部右舷の短艇庫にたどりついた。そこの入り口にも、兵隊が七、八人かたまってうろうろしていたが、おれはかまわず中へ飛びこんでいった。そして闇に眼をこらして、急いで奥のほうをのぞいてみた。が、そこに積んであったはずの円材はもうなかった。一本残らずきれいに持ち去られてしまっていた。ついでに壁ぎわを手さぐりして、ランチの救命ブイもさがしてみたが、むろんそれもなかった。それから反対舷の短艇庫にもまわり、さらにもう一度後甲板に駈け上がって、キャタパルトのまわりもさがしてみたが、やはりつかまれるようなものは何ひとつ残っていなかった。

おれはがっかりして、一層あわてた。おれは泳ぎに自信がなかった。泳ぎといえば、子供のころ村の山あいの小さな川でぱしゃぱしゃやったぐらいで、あとは海兵団でプールに入ったのが五、六回、艦隊勤務に移ってからは、まもなく開戦となったので、それどころではなかった。そのため犬かきと平泳ぎの真似事がいくらかできる程度だ。が、もうこうなったらいちかばちか、運のおもむくままに素手で飛びこむ以外になかった。

おれは以前「ボカ沈」組から聞いた体験談をふと思い出して、腹が冷えないように、急いで上衣の裾をズボンの中にたくしこみ、そのうえからバンドをきつくしめておいて、右舷のへりに体をたてた。乾舷が大きく傾いてしまっているので、右舷の海は眼下に裾をひいて遠くに暗くかすんで見える。おれはそこに吸いこまれそうな自分を意識しながら、一瞬眼をとじて身がまえた。腰がういて上体が前にせりだしていく。が、つぎの瞬間くるりと横向きざまにぶっ倒れた。段落をつけるように傾いていく艦のあおりをくったのだ。立ちそこねた体は、そのまま艦の勾配を左舷にむかって転げだした。あわてて手をばたばたやったが、どこにもひっかかりがない。滑るようにごろごろ転がっていく。そのたびに、真上の月が見えたり隠れたりする。ああ、もう駄目だ、艦の下敷きだ、と思った。が、途中でキャタパルトの旋回盤にぶつかって体がとまった。はずみでその角で脇腹と頭をしたたか打った。瞬間、息がつまり、眼から星がとんだ。おれはいっとき激しい目まいとたたかったが、はっとしてわれにかえって素早く起きなおった。

左舷の海面は盛りあがるように背後に迫っていた。波はぴたぴたと舷側にからまりついて黒くゆれていた。舷からつき出ているキャタパルトの先端とは、もう一尺と離れていない。だが左舷から飛びこむわけにはいかない。倒れかかっている甲板の下に巻きこまれてしまう。おれはまた四つん這いになって、甲板を右舷のほうへ登っていった。途中何度か滑って鼻トンボをついた。鼻から生ぐさいものが流れているようだったが、おれは無我夢中だった。いまは寸刻をあらそう瞬間だ。きわどい生と死の境目だ。艦はすでに人参《にんじん》色の艦底を宙にもちあげてきているではないか。

傾斜は加速度的にくわわっていく。

四十二度、四十五度、四十九度——。

突然、艦体ががくんと前にのめって艦尾をあげた。右舷のスクリューが二基とも宙に浮いた。真鍮《しんちゆう》製の大きなスクリューの羽根が闇のなかに不気味に光る。そしてその上にも、四、五人の兵隊がのっかって、なにか金切り声で叫んでいる。

後甲板には一部の負傷者が寝かされていたが、彼らは艦の傾斜とともに、折り重なって海へ転げ落ちていった。それといっしょに、そこらに投げ捨ててあった防毒面、鉄カブト、短靴、士官用の皮脚絆《きやはん》や軍刀、双眼鏡、そのほか右舷側に移動しておいた弾薬筐《きよう》、要具箱などの重量物が、いっせいにがらがらと転げだした。悲鳴があちこちにあがった。身を刻むような悲鳴は海の中からも聞こえた。

おれは登りつめた右舷側に、かぶさるように急いで胸をふせ、はあはあと荒れた呼吸を肩できった。眼下に波が黒くうねっている。夜光虫のせいだろうか、舷のまわりがかすかに鈍い光を帯び、そこだけがうす青く不気味に浮きあがって見える。おれはその一点を見つめながら、空いているほうの片手で、眼にたまった汗をぬぐった。それから両手をへりにかけ、伏せっている肩から下を鉄甲板から引き剝がすようにして、向こう側へ体をかわそうとした。が、気持ちはあせっているのに、全身がしびれたようにつれて、いうことをきかない。さっきの打ち身のせいだ。

おれは、早く早くと自分に呼びかけながら、なおも体をゆすぶってあせった。同時に、焼けるような恐怖を背中いっぱいに感じた。畜生！　畜生！　おれは自分で自分にじりじりして、いきなり、へりの鉄板を口にくわえこんだ。鉄板は分厚くざらざらして口にあまったが、その角に前歯をたてておれは夢中で嚙んだ。ギギギギギギイイイイイイ……。ああ、この舷の鉄板をひと思いにザックリと嚙みきることができたらどんなに気持ちが楽だろう。そんな思いで、むちゃくちゃに下あごをふって嚙みに嚙んだ。悪寒がぞくぞくと背筋を走る。眼の前にひらひらと黒い幕が揺れる。

五十五度、六十度、六十八度——。

傾斜の鈍い、くぐもった反動が、杭でも打ちこむようにズズン、ズズンと、伏せている下腹に響いてくる。前部のほうで、なにか崩れ落ちる音がつづけざまに聞こえた。やがて艦橋が横倒しになり、甲板はほとんど垂直に傾いた。同時におれの体は棒のように甲板にぶら下がってしまった。もうどこにも足をひっかけるところがない。鉄板をくわえていた前歯がはずれて、両腕ものびきってしまった。指先の爪が、わずかにへりの角にかかっているだけだ。だが、ここで手を離したらもうおしまいだ。それこそ艦の下敷きだ。そう思うと、身のすくむような恐怖に、全身が突然発作的に震えだした。冷たい汗が顔から首へ、首から背筋へと湧くように流れる。吸う息、吐く息までがのどをしめて苦しい。垂れ下がった体の重みで、首がひとりでに肩にめりこんで、いまにも腕がぬけそうだ。

おれはその姿勢のまま、さらに靴の爪先で甲板を蹴りあげ蹴りあげ、向こう側へ体をかわそうとあせった。あせりながら、口から熱い息を吐きつづけた。早く、早く……。亀裂が走ったのか、甲板のどこかがピシッと鳴った。傾いてくる甲板におされて、略帽の庇《ひさし》が折れて額にぴったりくっついてきた。眼をふさがれた。おれは無意識に体を横へ横へとずらしていった。そして無限のように思えた何秒かが過ぎた。片足がやっと繋留環《けいりゆう》の角にかかった。のびきっていたあごが上がった。同時に両ひじがどうやら向こう側へかわった。つづいて、すくんでいた首が、肩が、胸が、そして腰から下がくねるように上にあがってきた。おれは立ちあがった。

するとヽ立ちあがったおれの眼の前に、べた一面牡蠣殻《かきがら》におおわれた、白っちゃけたサビ色の艦底がもり上がるように茫洋《ぼうよう》と迫ってきた。艦が大きく一回転しようとしているのだ。

おれはとっさに腰をかがめ、横むきになると、艦底の上を斜めにつっきって走った。走りながら踏みくだいていく牡蠣殻のジャリジャリいう音を聞いた。暗い視野のなかに、何か白いものが激しく入り乱れた。おれは夢中だった。いちど牡蠣殻に足をとられて膝をついたが、すぐはね起きてまた走った。走りに走った。そしてそのまま艦尾のスクリューの手まえから、両手をひろげ、転げこむように体を海に投げだした。

おれが、いったん沈んだ海中から浮かび上がったのと、艦底が宙に逆立《さか》ったのとは、ほとんどまばたきするぐらいの間しかなかった。危ない。少しでも艦から離れなければ……。おれは泳いだ。両手でめちゃくちゃに波をたたいて泳いだ。

波のうねりは上で見ていたときより高かった。手のひとかきごとに波が大きく顔にかぶさってくる。体が横っとびにはねる。そのためなかなか前に進まない。ただ、ひとつところを空しく廻っているようだ。おれは後ろにそそりたった艦底をせつないほど背中に意識しながら、それでもどうにか三十メートルほど離れたとき、もう一度、総毛立つ思いで後ろを振りかえってみた。

そしてその瞬間だった。

武蔵は、もう精も根もつきはてたように、艦底を高々と空にさらして転覆した。艦橋が、マストが、煙突が、砲塔が、そしていっさいの艦上構造物が、逆さまにひっくり返った一瞬、突然、轟然《ごうぜん》たる大音響とともに、眼もくらむような凄《すさ》まじい火焔《かえん》が空に噴きあがった。火焔は巨大な一本の柱となって、旋風のように沸騰し、ひらめき、迸《ほとばし》り、閃々《せんせん》と空を突いて屹立《きつりつ》した。海は吼《ほ》え、空は轟《とどろ》き、空気は煮えたぎった。重油タンクか弾火薬庫の爆発らしかった。瞬間、あたり一帯は白熱した光芒《こうぼう》に赤々と染めだされ、海は焔《ほのお》の光をはじいて、さながら真昼のように照り映えた。武蔵はその爆発の衝撃で、艦体を割って全身火だるまとなり、ついに濛々《もうもう》とたちこめる喪服のような黒煙につつまれながら海中深く沈んでいった（時に午後七時三十五分だった）。

この時、艦内にはまだ多くの負傷者や逃げ遅れた兵隊たちがとり残されていた。が、武蔵は彼らをもいっしょに巻きこんで沈んでいった。彼らの何人かは、おそらく海底についてからも、しばらくは密閉された艦内で生きていただろう。隔壁に爪をたてて悶《もだ》えていただろう。だがしかし、その暗黒の深海のなかで、彼らが嘗《な》めなければならなかった断末魔の苦しみが、どれほどのものであったか、それは誰も知ることはできない。

焔のおさまったあとには、吐きだされたおびただしい重油と無数の甲板の木《こ》っ片《ぱ》が、ただそっけなく波間に浮遊しているだけだった。

4

爆発音が消えたあと、おれは伏せていた顔をあげてまたうしろを振りかえってみた。武蔵の姿は、もうそこにはなかった。瞬間、虚脱したような、ある不思議な寂しさにおれは胸を突かれた。それはまるで不意打ちのようにおれを襲った。おれは武蔵に乗りくんで二年になるが、おれにとって、武蔵はけっして乗り心地のいい艦ではなかった。それどころか、きびしい監視の眼に灼《や》かれながら、毎日のように殴られ、追いまわされ、ホゾを嚙むような屈辱を受けなかった日はないといってよかった。

むろん軍艦と名がつけば、どこも似たりよったりだということはわかっていたが、それにしても武蔵はひどかった。そこには何ごとも艦隊の模範にならなければならぬ、という大艦の四角にかまえた矜恃《きょうじ》があった。傲慢さがあった。おれたち若い兵隊にくわえられた苛酷な私的制裁も、実はそこから発していたのである。おれはそれがいやで、できれば早く他艦にかわりたいと思っていた。

これは受理されなかったが、一度は呉に入港したとき、思いあまって転勤願を出したこともあった。が、その武蔵もいまおれの眼の前で、船体を割って消えてしまった。海中にその姿を永久に没してしまった。そしておれははじめて武蔵から、やっと自由になれたのだ。にもかかわらず、はげしく胸をいたぶる陰湿なこの寂しさはなんだろう。二年間そこで過ごした自分へのいとおしみの情だろうか。行くあてもなく突然海におっぽりだされてしまった孤独感からだろうか。

おれは「沈《い》ったな……」と思って、かぶる水を口から吐きだしながら、両手で夢中で水をかいた。沈没の巻きぞえをくわないためにも、できるだけ遠くへ離れなければならなかった。そこへ上から爆発で吹きあげられた破片や甲板の木っ片が、ぱらぱらと落ちてきた。その一つが、おれの肩にも当たってはねた。

おれはいっとき首をすくめ、眼ざとくあたりをうかがった。何かつかまれるものはないかと思って……。見ると、すぐ鼻っ先に黒いものがぷかぷか浮かんでいる。ドラム罐《かん》だ。飛行機格納庫あたりから吹きとばされてきたのかも知れない。腹の一部をわずかに海面に出しているだけだが、ひと一人つかまるぐらいなら十分だ。それはおれをこの無為なあがきから救ってくれるように思えた。つかまっていさえすれば、あとはどうにかなる。ドラム罐まで五メートルとなかった。

おれは下手な平泳ぎでなんどか波をやりすごしながら、それに向かって両手をのばした。片手がやっとドラム罐のへりにかかる。誘いかけるような固い手ざわりがそこにあった。ああ、もう大丈夫だ、そう思っておれはひと息いれ、つぎに全身の重みをあずけるために、もう一方の手をかえそうとしたその時だった。どういうわけかそれまで規則的にうねっていた海面が、不意に下から掘りかえされたように盛りあがったと思うと、のっぺらと白く泡立ちながら、轟々と廻りはじめた。背後からもなにか異様な唸《うな》り音が聞こえた。

と見る間に、水平にあげていた両足が変にもつれて、上体がくるりとねじれた。同時に片手でおさえていたドラム罐が、そのあおりをくって横に跳ねとんだ。ドラム罐はそのままくるくる廻りながら、平らにならされたような波のうえをものすごい勢いで後ろのほうへ滑っていく。おれはあわてて体の向きをかえて、それをつかまえようとしたが、途端にのばした両手がきかなくなった。つづいて、タガにでもかけられたみたいに、全身をはげしく締めつけられた。

「あッ渦だ、渦巻きだッ」

おれは顔をあげ、思わず両足でめちゃくちゃに水をけった。渦巻きはいよいよその勢いをくわえていった。渦巻きはおれの頭の中にもおこった。おれは夢中で首をふりふり、渦からのり出ようともがいた。のけぞった。ふとこのままどこかへ押し流されていくような錯覚におそわれたが、みるみるうちに体が棒だちになってしまった。海面に出ているのは、もう鼻から上だけだ。鋭いうねりの切っ先が追いかけるようにピシャッ、ピシャッと頬を打ってくる。渦のうねりは求心的な円をおしひろげて旋回しながら、粘るように手足にからまりついてくる。これに引きずりこまれてはならない。どっかに出口を見つけて、なんとか逃れ出なくてはならない。おれはもがきながら大声で、誰かを呼ぼうと思ったが、水がのどにつまって声にならなかった。

突然、棒立ちのまま体が廻りだした。ま横から突きとばされるように、体はうねりに押されて右へ右へ大きく廻っていく。それにつれて海が廻った。空が廻った。月が廻った。なにもかもいっしょにぐるぐる廻りだした。

おれは水にむせながら、ねじあげたあごを左右に振りつづけた。その真上の空に、月が飛ぶように廻っている。が、それもまたたくまに視野から消えた。なにか得体の知れない強烈な力が足首をつかんで、底のほうへぐいぐい引きずりこんでいく。それを振りきろうとおれはもがいたが、足は萎《な》えたように動かなかった。両手も背中に羽交いじめの形にのびきったままだ。

鼻の奥につーんと水がさしこんでくる。耳が割れるようにごうごう鳴る。と思うまに、体はエビのようにまるまって硬直した。自分から本能的にそういう姿勢をとったのか、渦にもみくだかれているうちにそうなったのか意識しなかったが、おれはそのまま弾みのついたコマのようにぐるぐる廻りながら、螺旋《らせん》状に海の深みへ引きずりこまれていった。むろんその間も、もがき通しにもがいたが、それも気持ちの上だけだった。……ああ、もう駄目だ、全身波のタガの中だ。もがけばもがくほど、いよいよきつく締めつけてくる渦の鉄環の中だ。

おれは、次第に霧のかかってくる意識の中で、〈おれもこれでおしまいだな……〉と思った。とうとうその時がきたと思った。しかし不思議にそれはおれの心をそれほど打たなかった。むしろそこには、長い間がんじがらめに縛られていたものからやっと解きはなされたような、あるやすらぎがあった。眠いとき眠りのなかにずり落ちていくような深い陶酔感があった。身も心も大きな海の自然のふところに一つになって溶けこんでいく。さっきまで耳の外でうるさく鳴っていた水の音ももう感じなかった。不安も恐怖もなかった。なにもかも白く澄んで深く静かだった。そしておれはもうこれでいいと思った。渦にさからう気持ちもなかった。と、その一瞬、これまでのいろんな思い出が、稲妻のように青い尾をひいて頭のなかをめぐり、かすめ、一気につっ走っていくのをおれは意識した。

……独楽《こま》、メンコ、凧《たこ》、鯉幟《のぼり》、水鉄砲、太鼓、綿菓子、クレヨン、笹舟、ブランコ、花火、山車《だし》、火じろ、机、スリッパ、オルガン、牛車、蛍、西瓜、兎、鎌、いなご、脱穀機、稲むら(にお)、山葡萄《ぶどう》、釣り竿、やまめ、背負子《しょいこ》、草鞋《わらじ》、餅、竹馬、どんどん焼き、自転車、サボテン、きのこ、蚕《かいこ》、水筒、鋸《のこぎり》、トロッコ、わらび、麦笛、いのしし、枕、ピンセット、炭俵、蛙、苗代、馬力、ポスト、山門、スカート、本棚、ノート、万年筆、旗、アーチ、鉄橋、ハンカチ、……。

記憶の糸はそこでぷつりと切れた。ほの白い最後の光がつるりと意識の端から消え、かわりに鎧戸《よろいど》をおとしたように漆黒の闇がかぶさってきた。おれはまるまった姿勢のまま、手足から感覚がぬけていくのを感じた。意識はそこまでしかなかった。そしてそのまま眠るように空白の世界へ引きこまれていった。

5

それからどれくらい経ったろうか。武蔵は沈みながら、途中で二度目の爆発を起こしたらしかった。そしてそれ以外に考えられないが、おそらくその時の水圧によったものだろう。おれはまた奇跡的に上に吹き上げられたのだった。

おれは生きていた。気がついて眼をあけてみると、真上にうすぼんやり黄色く光ったものが見える。それは、はじめのうちはおぼつかなく瞼《まぶた》のうらに錯綜《さくそう》し、ちらちらと消えてしまいそうに思えたが、昏迷《こんめい》していた意識が回復するにつれて、レンズを絞るように形がだんだんはっきりしてきた。

それが月だとわかったとき、おれははっとして、仰向けになっていた体をかえして無意識に両手で水をかきだした。波がぴたぴたと顔にかぶさってくる。はげしい悪寒（上衣もズボンも渦巻きと爆風のためにいつのまにか脱げて裸だった）とともに、突然、つよい吐き気がした。下腹は、さっき飲みこんだ海水ではちきれそうに膨らんでいる。口の中にも重油が入ったのか、きついいやな臭いがした。だがいくら吐こうとしても、何かどろどろした塊がぬるっとのどにこみあげてくるだけで、うまく吐きだせない。おれはそのたびに窒息しそうになって顔を上げてあえいだ。

周囲には黒い布でもかぶせたように厚い重油の層が一面に黒々と広がっていた。波は、広がった重油にあたまをおさえられて、低くゆっくりと動いている。だが、見まわしたところ、つかまれそうな浮遊物は見当たらなかった。おれは重油が口へ入らないように、できるだけあごをあげながら、平泳ぎで早く重油の外へ出ようとあせったが、実際はぶざまな立ち泳ぎの恰好で、ひとつところをぐるぐる廻っているだけだった。足がうまく上がらないのだ。足を上げようとすると、あべこべに頭が下がって重油に顔を突っこんでしまうのだ。

ときどきあごや肩先に木っ片がぶつかってはねた。手でかきよせてみたが、どれもつかまるには小さすぎた。そのうちに、顔のまわりに不意に青いこまかな光の粒がチラチラしだした。夜光虫だ。重油の層はそこから切れていた。波のうねりが急にはずんで高くなった。

おれはやっと海面に顔をつけて、口のまわりについた重油を拭いながら、まわりに眼をくばってみた。やはり生存者の姿はどこにも見当たらなかった。飛びこむ前、沖のほうに遊弋《ゆうよく》していた護衛の駆逐艦の姿も見えなかった。それにしても、一体みんなはどこへ行ってしまったのか、どっちへ泳いでいったのか、それともみんなあの渦に巻きこまれてしまったのだろうか。

すると、それから間もなくだった。後ろのほうでなにやら人の気配がした。おれは急いで顔をまわして、月明かりに透かしてみた。波のむこうに小さく黒い影が揺れている。きっと生存者にちがいない。暗くて数ははっきりしないが、ぼそぼそ話し声もきこえるではないか。その低いささやくような人声は、おれの心に刺すように沁《し》みた。妙になつかしく体が震えた。海に飛びこんでからはじめて聞く人間の声だった。おれは急に元気をとり戻した。仲間といっしょなら気づよい。下腹のつっぱったこの苦しみも、なんとかまぎれるだろう。

おれは、おーい、と声をかけておいて、彼らのほうへ泳いでいった。ふくれている腹の苦しさも忘れて、手にも足にもひとりでに力が入った。近づいてみると、七人の兵隊が一列に角材につかまっている。水面に顔だけだして揺れていたが、みんな元気そうだ。

おれは片手をあげながら誰にともなく、

「すいませんが、つかまらせて下さい」

というなり、角材の端にしがみついた。ああ、この固い木の手ざわりはどうだ。いままでずっとつかみどころのないやわらかな水をかきまわしていただけに、固い木の感触は、ドキッとするほど新鮮に心にせまった。その固さは同時に漂流の恐怖を消した。おまけに仲間が七人もいる。おれは助かったと思った。が、それまでどうにか浮力を保っていた角材は、あらたに加わったおれの重みで、ぐらりと傾いて沈みかかった。角材の浮力は六、七人が限度だったのだ。みんながあわてておれのほうを振りむいた。

誰かが大声で怒鳴った。

「おい、お前、あっちへ行け、こっちが沈んじゃうじゃねえか」

だが、おれだって沈みそうなのだ。

「お願いだから、ちょっとつかまらせて……」

すると端にいた下士官らしいのが、凄味のきいた声で、

「この野郎、どけったら、どけッ」

と叫んで、いきなり固めたげんこでおれの顔を殴りつけた。瞬間、おれは投げとばされたボールのように、仰向けにひっくり返ったが、あわててかぶった水をふりはらって、夢中でまた角材の端にしがみついた。この角材を離したら、それっきりになってしまうかもしれない。おれは意地でも離すまいと思って、両手で角材をしっかり胸ぐらに抱えこんだ。が、相手も必死だった。空いているほうの片手でおれの首をしめ、ところかまわず顔を殴りとばし、

それでも離れないとみると、こんどは垂れさがっている足を使って、腹のあたりをめちゃくちゃに蹴とばしてきた。腹はそれでなくても海水でふくれていて苦しい。そこを思いきり蹴られたからたまらない。おれは水にむせ、体をよじって、角材からずり落ちてしまった。それから苦しまぎれに、しばらく水中をもがき廻った。その間に、彼らは遠ざかってしまったらしい。気がついたときには、付近にそれらしい人影は見えなかった……。

おれは角材組と別れてから、流れてきた士官用の椅子につかまっていたが、あれから何分たったのか、何時間たったのか、時間の観念はまるでなかった。どっちへ流されているのか、それもわからなかった。体はもうすっかりまいってしまっていた。手も足もなまって、くたくたに疲れて、波がきてももう乗りきる力はなかった。ただ、背あての壊れた椅子の木枠につかまって、どうにか顔だけ出して浮いているのがやっとだった。

おまけにひどく寒い。裸のままずっと海につかっていたので、体の芯まで冷えきってしまったようだ。そのせいか下腹がたえず差しこむように痛む。吐瀉《としゃ》もなかなかとまらない。おれは下腹の痛みと寒さに歯をがちがちふるわせながら、重油のまじったいがらっぽい腹の水をゲーゲー吐きつづけた。吐いても吐いても吐きたりない気持ちだった。

おれはもう一度顔をあげて周囲を透かしてみた。見わたす限り暗い海の広がりだ。もうどこにも逃げ道はない。どこにも辿《たど》りつくところはない。どこにも人声はない。どこまでも不気味にあっけらかんとした暗い夜の海だった。おれはまわりのすべてから閉めだされてしまった何ともたとえ難い孤独と寂寥《せきりょう》に嚙まれた。そしてとうとう生きる望みを絶たれてしまったのを感じた。

ここまで追いつめられてはもうどうにもならない。助かりはしないだろう。とすれば、死ぬ以外にないではないか。それに体もすっかり弱ってしまった。この漂流状態があといつまで続くかわからないが、とても泳いでいられそうもない。ここらが限度だ。おれは節々の力がぬけてぐったりとなった体を意識しながら、はじめて自分で死のうと決心した。これからの先の長い漂流の苦しみに較べれば、そのほうがずっと楽かもしれない。どうせ駄目なら、もうこれ以上わるあがきはしたくない。そう思ったのである。

おれは出撃以来死は覚悟していたが、こういう状態での死は考えに入っていなかった。艦上で一撃のもとにうち倒されることばかりを考えて、生きたまま海に放りだされるなどということは予想していなかった。武蔵は簡単に沈む艦ではない、という期待と楽観が、どこかにあったのだろう。だが、いまとなればそれはどちらにしても同じことだ。艦上であろうと海中であろうと、いずれは死ななければならなかった。

すると、これまでよく死に直面するたびに、歯ぎしりするような思いで自分をいいくるめ、納得させてきたあるあきらめごとの断片が、ひらひらと頭の中に舞いこんできた。……地球も宇宙も無限に続く。その無限の長さに較べたら、おれの一生なんて一ミリの何億分の一にもあたらない。それこそ眼に見えない一点のシミのようなものだ。いまおれがここで十九で死んでも、これから仮に長生きして五十年か六十年先に死んだところで、この宇宙の無限の長さからみれば、たいしたちがいはない。早いか遅いかのちがいはあっても、どちらも一点のシミであることにはかわりはない。それだけのことだ。なんのかんのと騒いでみても、人生なんてもともと夢の夢なんだ。幻なんだ。

おれは一瞬そんなとりとめもないことを反芻《はんすう》しながら、一方では、このまま死につくことに身をふるわせた。なにもかもまだこれからというのに、ここでいのちを閉じる。その思いは耐えがたかった。おれは誰かに、誰でもいい、無性に誰かに訴えたかった。聞いてもらいたかった。ここで、こんなふうに死んでいかなければならないくやしさを、哀《かな》しさを、そして空《むな》しさを……。だが、ここは茫漠《ぼうばく》とした南の絶海なのだ。おれは絶望して眼を閉じた。

思えばあっけない一生だった。この世に生まれて十九年、その間まだこれという楽しみも喜びもなかった。むろん倖《しあわ》せといえるようなものもなかった。母のたもとをひいていたころの甘い思い出をのぞけば、あとは戦争にまつわる索漠とした思い出だけである。戦争をぬきにしては考えられない窮屈な、かわいた生活だけがそこにあった。とりわけ海軍に身をおいてからは、四角四面の殺風景なデッキの中で、棍棒《こんぼう》と罰直におののきながら、一日として心のやすまる日はなかった。一日として存分に手足をのばしたこともなかった。むろん心から笑ったこともなかった。くる日もくる日も、身を焼くような屈辱と羞恥と苦痛の連続だった。そして今にして思えば、それもこれもすべて今日のこの場所につながっていたのだ。結局おれは戦火のなかに消えていくように運命づけられていたのだ。

でも、もし人間がふたたび生まれかわってこられるものなら、おれはこんどこそ戦争のない、平和な、誰もが屈託なく明るく笑って暮らせるような、そんな世の中に生まれてきたい。そして、あらゆる意味で自分をまっすぐ伸ばせるような、生き甲斐《がい》のある充実した生活をこの手で創《つく》りだしてみたい。……あの月明りにけむる水平線の彼方《かなた》には、そんな爽やかな生活のいぶきは流れていないだろうか。あの沖のトビ色の雲の彼方には、固く冷えきったこのおれの心をふたたびやわらかく温めてくれるコスモスの花は咲いていないだろうか……。

おれは、いっとき真上の暗い星空をあおいで、「死ぬんだ、死ぬんだ」と自分にむかってなんども叫んだ。のどがつかえて声にもならなかったが、憑《つ》かれたように、心の中で夢中で叫んだ。そうでもしなければ、なにか自分にふんぎりがつかなかった。おれは思いきりわるく、つかまっていた椅子を手から離した。椅子は重みをはずされたはずみで、ぽかっと水面にはねあがった。おれはそれが波の背にのって右へ流れていくのをちらっと眼の端にいれながら、無意識に両腕で頭をかかえ、息をつめ、そのまま足を折り曲げるようにして海中に沈んでいった。

耳の外で海がごうごうと鳴っている。微粒子のような無数の青い細かな光が、ふさいでいる瞼の裏がわに入り乱れ、舞うように広がっていく。鼻の奥がつーんとして、くいしばっている奥歯が軋《きし》む。だんだん息がつまり、心臓のあたりがひきつれて、いまにもぶっ裂けそうになる。つづいて身を刻むような激しい窒息感がのどを締めつけてきた。……あ、もうすこしだ、もうすこしの我慢だ、もうすこしで死ねる、もうすこしで死ねる、……が、ものの一分とたたないうちに、体のほうが、死のうとする意志にそむいて、ゴム毬《まり》のように浮かび上がってしまう。おれは苦しまぎれに顔をあおのけながら、ひとしきりばたばたもがいていた頭をかかえて沈んでいく。……それ、こんどこそ、こんどこそ息がたえる、浮いちゃいけない、浮いちゃいけない、それ、もうすこしで死ねる、もうすこしで、もうすこしで楽になる。……おれはこの死のこころみを何度も何度も執拗《しつよう》に繰り返した。浮く、沈む、浮く、沈む、……だが、やはりひと思いには死にきれなかった。

おれはまたさっきの椅子をひきよせて、それにかぶさるようにしがみついた。ひどく胸が苦しい。内がわを何かにぎりぎりと咬《か》まれているようだ。おれは椅子の木枠にあごをつけたまま、しばらく肩で息をきりながら、こんどは舌を噛みきろうと思った。いつだったか、分隊長から、「生きて虜囚の辱《はずかし》めを受けず」という訓話を受けたとき、いよいよ進退きわまったならば、「潔《いさぎよ》く舌を嚙み切って死ね」といわれたことをふと思いだしたのである。

むろんいまも捕虜になる危険がないわけではない。ここは戦場だ。いつ海のむこうから敵の艦が現れないともかぎらない。そのとき、こんなところで漂流しているところを発見されれば、そくざに引き揚げられて捕虜になってしまうだろう。その時になってから、じたばたしてみてももう遅い。とりかえしはつかない。瞬間、おれは敵艦の甲板にあげられて青い眼の敵兵にとり巻かれた自分を想像してぞっとした。その想像は、へたばっているおれの胸をはげしく突き上げた。

おれは暗い沖のほうに眼をあげながら、いまにもそこから敵の艦がやってきそうな気がして体が震えた。だが捕虜はいやだ。捕虜になれば、ことはおれ一人だけのことですまない。親兄弟までその累をかぶらなくてはならない。生涯消えることのない卑怯者《ひきょうもの》の刻印。それだけはいやだ、絶対いやだ。そんなら意識のはっきりしている今のうちに、早く自分で自分を始末してしまったほうがいいのだ。

おれは眼を閉じて、舌の先を下歯のうえにのせた。それから上歯でそれをしっかり抑えつけ、あごを左右に振りつづけた。ざらついた舌の先が歯のあいだに喰いこんでいく。喰いこんだまま、めくれるように上にそりかえる。……それ、もっと力を入れて、もっと、もっと……。おれはあごに力を入れるために、垂れさがっている足の膝を胸にくっつくほどちぢめたり、また突っぱるようにぐっと伸ばしたりした。だが、いくらやっても舌は生ゴムのようにぐにゃりとするばかりでうまく喰い切ることができない。あごを振るたびに、重油の混じったぬめぬめした黒いよだれが歯のあいだから吹き出るだけで、あごに思うように力が入らないのだ。おれにはもうこの柔らかな舌すら嚙み切るだけの力も残っていないのだろうか……。

　それからまた石をかむような何分かが過ぎた。

おれは椅子につかまったまま、ぐったりと肩を落として波にゆれていた。波はおれを持ちあげたり、下げたり、顔をたたいたり、肩口ではねたり、耳や口をふさいだりしたが、おれはもうそれを避ける気力はなかった。瞼をあげているのさえおっくうだ。眠い、むしょうに眠い。そのうち眼の前が暗くぼんやり濁って、麻酔をかけられたときのように、意識が朦朧《もうろう》としてきた。何だかこのまま暗い深い穴の中へずるずると引き込まれていきそうだ。おれは体のどこかでしきりにそれにさからいながら、なんどかわれにかえってうす眼をあけてみた。眼のまえに黒い幕のようなものが、はたはたと揺れている。その幕のうえに煙がたったように、ふーっと母の顔が浮かんだが、すぐに闇ににじんで消えてしまった。耳のまわりでうるさくざわざわしていた波の音もしだいに遠のいていく……。

……内火艇《ランチ》が大宮町《おおみやまち》の東駅に着く。（身延《みのぶ》線はいつからランチになったのかな）。おれは艇長の倉岡兵曹に敬礼して、トランクを下げてホームへ降りる。ランチは滑るように線路の上を走っていく。（さあ着いたぞ）。おれは駅の改札口を出る。正面の赤い鳥居の上にカラスがとまっている。（いやにいっぱいたかっているな）。駅前通りには、よそゆきの着物を着た人たちがぞろぞろ歩いている。（あ、今日は浅間《せんげん》さんのお祭りだな、道理で人出が多いんだ）。おれは神田《かんだ》橋の赤い欄干の擬宝珠《ぎぼし》にもたれて立ちどまる。杉の森にかこまれた朱塗りの社殿と白い幟、社前の広場に立ち並んだ出店にまじって、サーカスの小屋掛けも見える。（あれはいつもの柴田サーカスだな）。石垣の上には大砲が据えつけてある。三連装の武蔵の副砲だ。（あれで花火をあげてるんだな。砲尾に鉢巻きをしめて立っているのは星野と石巻だ。高場班長もいるじゃないか。白い上下《かみしも》なんかきて、きっと神主に借りたんだな）。なんだ、むこうの川っぷちの旅館の前にも、機銃が並んでるぞ。（お、稲羽も、杉本も、村尾もいるじゃないか）。萱《かや》ぶきの本殿の屋根の上にもカラスが群がっている。カラスはうしろの森の上にも黒々と飛びまわっている。（いや、まてよ、あれはカラスじゃない、なんだ敵機だ、TBFだ、F6Fだ。それで杉本も稲羽もみんな配置についているんだ。だけど、おれはもういやだ、いやだ、戦闘なんていやだ、うちへ帰るんだ）。出店のまわりの人だかりが急に消える。サーカス小屋の前にいた村の留さんや辰にいも、丸くなって西町《にしまち》のほうへ駈けていく。社殿の森に赤い火柱がたち、わきの神田川に水柱が噴き上がる。おれもトランクを放り出して、みんなのあとについて駈けていく。赤い火の玉がつむじ風のように駈けていくおれのうしろから追っかけてくる。(早くにげなくちゃやられちゃうぞ)。だが、足がすくんで走れない。夢中で駈けているのにちっとも前に進まない。金物屋が燃え、呉服屋が倒れ、とっつきの映画館も火を噴く。(杉本たちはなにをやってるんだ、早く撃ち落としてしまえばいいのに)。おれはやっと西町駅のホームに飛びこむ。ホームには、さっきのランチがひっくり返っている。幌《ほろ》の上に、軍帽をかぶった倉岡兵曹の首だけがのっかっている。そのまわりは一面水兵服の死体だ。おれはホームに立ってどっちへ逃げようかと迷う。(貴船《きぶね》のほうは危ないな、中里《なかざと》へ逃げるか。だけど中里のうしろは山だ。追いつめられたら越えるのに大変だ。そうだ、やっぱり貴船から淀師《よどし》のほうへ突っきっていこう)。おれは淀師の川っぷちを一目散に駈けていく。鱒の養魚場の土手に武蔵が横付けになっている。(こんな狭い川をよく入ってこられたな。しかももとのまんまだ。武蔵はやっぱりやられなかったんだ)。舷門に田畑兵長が着剣して立っている。(見つかったら大変だ)。おれは下の田圃《たんぼ》道に駈けおりる。妹のみつえが田圃でせりを摘んでいる。(兄ちゃん、遅かったじゃない)。おれは立ちどまって怒鳴る。(おい、敵の飛行機がやってきたぞ。お前も早く逃げるんだ)。妹は笑っている。(なにいってんの、兄ちゃん、ありゃカラスだよ、きのう富士山《ふじさん》に山火事があったもんで、山のカラスがみんなこっちへ来ちゃったんだよ)。(だって神田橋の辺は爆弾で燃えてるぞ)。(ありゃ仕掛け花火だよ、ことしは豊年だから、浅間《せんげん》さんのお祭りも盛大なんだってさ)。(馬鹿いえ、早く逃げるんだ)。

（おかしな兄ちゃんだよ、だったら先にうちに帰ってりゃいいじゃん。あたいはせり摘んでいくんだから。兄ちゃん、せり好きずら）。（お前ひとりできたのか）。（勘兄ちゃんとマー坊もいっしょだよ、ほら、向こうの田圃でたにしを取ってるのがそうだよ、兄ちゃんにご馳走《ちそう》するんだってさ）。おれはおそるおそる武蔵のほうを振り返ってみる。前甲板に白い事業服を着た兵隊たちが整列している。総員集合だ。だけど、おれはもういやだ、いやだ。おれは妹にいう。（いいか、おれのことは誰にもしゃべるな、逃げてきたんだからな。それじゃおれは先に行くぞ）。おれは養魚場の土手の下をかくれるようにして、富丘《とみおか》の小学校の裏の国道を青木《あおき》のほうへ向かって駈けていく。やっと坂下の店の前に出る。そこの店先に西瓜が並んでいる。（おばさん、いま時分西瓜なんて珍しいな）。（お祭りにと思ってとっておいただに）。西瓜のまわりに蛇がとぐろをまいてたかっている。（なんだい、この蛇は）。（蛇の体はつめてえから西瓜を冷やすにゃいいんだよ。どうだい、土産に一つ、おまはんも手ぶらじゃ帰りにくいずらに）。（そんな蛇の西瓜なんかいらないよ）。おれは青木坂のほうへ駈けていく。坂の上に敵のTBFが群がっている。おれは坂の登り口で、あわてて引き返し、こんどは裾の細い田圃道を突っきって発電所の前に出る。発電所から坂上にかけて太い水道鉄管が一本張りに通っている。おれはその鉄管づたいに坂を這《は》うように登っていく。坂の上からTBFが突っこんでくる。（みつえのやつ、カラスだなんて嘘つきやがった）。鉄管に爆弾が命中し、そこから水がもの凄い勢いで噴き出す。発電所はたちまち水に呑まれる。水はさらに馬見塚《うまみづか》から外《と》神《がみ》、北山《きたやま》の部落をつつみ、富士山の五合目あたりまで海のように轟々と溢《あふ》れていく。（浸水だ、浸水だ）。おれは水の中をもがきつづける。（助けて、誰か、助けてくれ、おれは帰るんだ、うちへ、うちへ帰りたいんだ！……）。

どんと、なにかに背中を押されて、おれは泥沼の底から持ちあげられるようにわれに返った。いままで夢を見ていたのか、それともそれはうつつだったのか、そこらの境目がぼやけて自分でもはっきりしない。おれは重い頭をふって眼をあけてみた。背中をついたのは防舷物のようだった。細長い袋みたいなものが、波に持ちあげられたりおろされたりして一つところを廻っている。そのうちすぐまた誘いこむような睡気《ねむけ》がかぶさってきた。引きこまれるなと思った。するとそれまで一つに見えていた月が、くもった瞳孔の中で、ばらばらに崩れはじめた。ガラスのようにこまかく割れて、海の向こうにゆれながら消えていく。一生懸命それをつかまえようとするが、月はへんに白っちゃけたまま、しぼむように遠のいていく。つづいて、空が星座ごとぐらりと傾いて頭上にかぶさってきた。……ああ、おれもこれでおしまいだなあ。どこかで、遠くのほうで軍歌のような声がきれぎれに聞こえる。あれは生存者たちだろうか、それとも夢だろうか。

……………

それからどれほど経ったろうか。気がついたときには、おれは駆逐艦浜風[1]の後甲板に寝かされていた。手をのばすと、ざらざらした鉄の甲板が指にふれた。暗く青ずんだ空のうえに散らばっている星も見える。星はちち色に光っていた。見ていて頭がぐらぐらした。腹のうえにうすい帆布《ケンパス》が一枚かけてあった。おれはやっと片手をあげて、重油でべとべとしている頬や口のまわりをそっとなでてみた。そしてその時になって、腿のあたりにひねられるような鋭い痛みを足に感じた。痛みは間歇《かんけつ》的にきた。おれは反り身になって肩をちぢめながら、思わず呻き声をあげた。すると横のほうから顔の上に黒い影がかぶさってきた。

「おー、矢崎、気がついたか」

おれはぼんやり顔をまわして、

「誰?」

「おれだよ、古宮だよ」

「コ、ミ、ヤ?……あー、四分隊の、古宮兵長……」

「おーさ」。彼はおれの肩を抱き起こしながら、

「気がついたらこうして起きていたほうがいいんだ」

といって、おれを後ろの塔壁にもたれさせてくれてから、しばらくして、助けられたときの模様をかんたんに話してくれた。

「おれは早く助けられたんだ。ずっとみんなといっしょに円材につかまって、元気づけに軍歌なんか歌いながら、かたまって泳いでいたからな。それに飛びこんだのも早くて、渦にもまかれなかったからよ。おれたちは揚げられてから、駆逐艦の兵隊といっしょに、竹竿や綱梯子《ばしご》をさげて救助作業を手伝っていたんだけど、お前はいちばん遅い口だったぞ。バーメン（艇員）がよ、気を失ったのが一人いるから手をかしてくれっていうんで、降りていって担ぎあげてきてみたらお前だった。なんでもバーメンの話じゃ、お前は椅子につかまったまんま、とんでもないほうに一人でぽつんとぷかぷかしていたんだってさ。それを最後のランチが帰りがけに見つけて揚げてきたんだから、お前、運がよかったんだ。危ねえところをよ。それから駆逐艦の軍医が水を吐かせて注射を一本うってくれたけど、こいつはこのまま放っておくと本当に眠っちゃうかもしれないから、誰かそばについて叩いていてやれっていうんで、おれがときどき顔をひっぱたいたり、足をつねったりしてついていたんだ……」

　さっきのあの間歇的な腿の痛みはそれだったのか。おれはまだ海中に漂っているような、なにか折り合いのつかないぼんやりした気分のなかで彼にいった。

「お世話になったね」

「なに、お互いさまよ。……それよりも、どれ、おれがいま気つけ薬の火酒《かしゅ》をもらってきてやるからな、駆逐艦でみんなに配給してくれたんだ。ちょっと待ってろや」

古宮兵長はいって腰をあげると、前部のほうへ出ていった。彼は上衣をつけていたが、見ると下半身は褌《ふんどし》一枚だけだった。

おれは塔壁にもたれたまま、まわりを見廻して見た。暗くて顔はよくわからないが、後甲板は救助された兵隊でいっぱいだった。舷側に肩をよせあって、うずくまっているもの、濡れた上衣を頭にかぶって坐っているもの、甲板に腹ばいになって顔をふせているもの、煙突の下に小さくなって風をよけているもの、……だが、みんな疲れきっていると見えて話し声はどこからも聞こえなかった。

まもなく古宮兵長が湯呑みに入れた火酒をもって戻ってきた。礼をいっておれはそれを口にふくんだ。ぷんと酒の匂いがした。ちょっと吐き気がしたが、残さずに飲み干した。熱くて体にしみとおっていくようだった。重く濁っていた頭のなかが、それでいくらかはっきりしてきた。おれは湯呑みを返しながら古宮兵長に同年兵の石巻のことを聞いてみた。

「石巻、あいつは死んだよ」

「いつ？」

「第五次のしょっぱなだったかな。頭をやられてそれっきりだった。威勢のいいやつだったけどな……」

月は水平線に落ちようとしていた。その余映をうけて、そのまわりだけ扇形に黄色くふるえている海ぎわに、おれはぼんやり眼をむけながら、石巻のことを思った。いつもせっかちで怒りっぽくて、そのくせ世話ずきで気のいいところのあった石巻、成績がよくて、この十二月には砲術学校の高等科に入ることになっていて、おれは海軍で一生めしを食うつもりだといっていた石巻、その石巻も死んでしまった。

おれが武蔵に転勤になってきたとき、分隊の同年兵は、星野、杉本、稲羽、石巻、山口とおれの六人だった。このうち山口は去年、休暇でくにもとに帰って自殺してしまったが、それからおれたち五人はずっと一緒だった。お互いにかばいあって今日までずっと一緒にやってきた。もっとも石巻だけは四分隊に残ったが、それでも集まるときはいつも一緒だった。一人が何かうまいものでも手に入れると、呼び集めて仲良くわけあって食べてきた仲だった。切れたときには一本の煙草を五人でまわしのみしてきた仲だった。だが、石巻も死んだとなれば、これで同年兵で生き残ったのはおれ一人だ。とうとうおれだけが五人と幽明を異にしてしまった。稲羽がいつだったか冗談に、死ぬときは五人一緒に仲良く死のうや、といっていたが、おれだけがとり残されてしまったのである。死はおれの足もとにまできていたのに、おれだけを見離してしまったのである。

おれはふと、死んだ四人を羨ましいとさえ思った。ついさっきまで死を恐れていたのに、そしてこうして危うく助けられたことを心のどこかで受けとめているのに、あらためて死のほうに吸いよせられていく心の傾きをおさえることができない。みんなが死んで、自分だけおめおめと生き残ったことに納得がいかないのだ。おれも死ぬべきであった。死ななければいけなかったと思う。死は過去のすべてからおれを解きはなしてくれるはずだった。救ってくれるはずだった。それなのにおれはまたもとのいじましいデッキの生活にもどっていかなければならない。死の暗がりを出て、これからまた明るいギラギラした太陽の下で、兵隊として生きていかなければならない。死ぬことをいくらか先へ猶予された形で、また苛酷な兵の勤務に耐えていかなければならない。死におくれたうしろめたさに、鬱々と心を咬まれながら……。これからの索漠としたそのなりゆきはおれにも見えるような気がする。のがれることのできない生き残りの苛責《かしゃく》と羞恥と……。おれは、いまにして死ぬことよりも、そうして生きていくことのほうがはるかにつらく恐ろしいと思った。

月が落ちた。海は急に暗くかげり、深さをまし、空を隈《くま》どって左手にかすかに見えていたシブヤン島の稜線《りょうせん》もしだいに濃い闇につつまれていった。

浜風は、武蔵の沈没水域をしばらく徐航したのち、やがて僚艦の清霜とともに、針路を北々東にむけて速力をあげた。救助作業を打ちきったのだ。おれはこれが見納めかと思いながら、やっと顔をおこして遠ざかっていく暗い沖のほうを眺めた。おれたちはここで一日悪夢のような敵の雷爆撃にさらされていたのだ。咆哮《ほうこう》する鉄と焔と、散乱する血と肉と阿鼻叫喚《あびきょうかん》のなかで……。そしていま摩耶の戦死者をふくめ、艦長以下千数百名の乗員を海底に残したまま戦場を離れていくのだ。おれは闇に眼をすえてその場を動かなかった。

波は北上する浜風の舷側をはげしく打って砕けた。ドドドーッと砕けては散った。それはあたかも死者の慟哭《どうこく》のように、いつまでも闇のなかに聞こえていた。

【註】

(1) 記録によれば、沈没前に武蔵に接舷したのは島風であり、沈没後浜風、清霜が救助に加わった。(戦史叢書第五十六巻)

あとがき

この作品はさきに発表した『海の城』の続篇ともいうべきものである。『海の城』ではおもに軍艦の内務生活をあつかっているが、ここではレイテ沖の海戦を舞台に海上戦闘がその中心となっている。

私は当時一水兵として武蔵に乗り組んでいたが、本書はそのときの私の体験をもとに、機銃の配置から武蔵の戦闘状況をできるだけ記録的に描いたものである。といっても軍艦内における兵員の戦闘配置はほぼ一個所に固定されており、他の部署のことはなかなかわかりにくい。これは軍艦のもつメカニックな構造にもよるが、とりわけ戦闘中は他の部署の状況はほとんどわからないといってよい。そこでそういう点については、沈没後コレヒドール島に収容された（武蔵沈没の事実が部外に漏洩《ろうえい》することをおそれて、私たち生存者は同島に約一カ月間罐詰《かんづ》めになっていた）とき、いろいろ仲間から聞いた話や、またその後復員してから生存者に個人的に会ってたしかめたことなどによってその補いをつけた。

敗戦の年、私はやっと四年余の海軍生活から解放されて娑婆《しゃば》に出たが、以来今日まで、あの悲惨な戦火のなかで共に戦った仲間たちのいのちが、いかに理不尽に奪い去られていったかを書かなければならないと思いつづけてきた。生き残りの一人としてそれをひそかに自分に義務づけてきた。しかしなかなか書けなかった。そう思ってこれまでにも何度か稿を起してみたが、どうしても最後まで書きあげることが出来なかった。

むろんそこには私の非才ということもあったが、それ以上にあの戦闘の体験は私にとって、いつまでもつい昨日のことのように生々しく、一体どこから手をつけていいのかわからなかったし、ある距離をおいてそれを醒《さ》めた眼で見とどけるだけのゆとりもなかった。いってみれば、自らの体験の重さに私自身が圧倒されていたのだった。

それだけにそれは容易に文字にのってこなかった。やっとつかまえたと思っても、そう思った瞬間からそれが嘘であるような気がして、そのたびにこれはとても自分の手には負えないという絶望感にさいなまれた。それに、書くためにはいやでも苛烈な戦闘をもう一度体験しなければならない。それと正面から向きあっていなければならない。私にはそれがなんとも耐えがたかった。できることならこのまま何も書かずにすべてを忘れてしまいたいとさえ思った。

そんなわけで私はこれを書いている間も何度かいやな戦場の夢にうなされた。ある時は烈しい火焔《かえん》と水柱をあび、血まみれの死体にふれ、母親を呼んでいる少年兵の金切り声をきき、ときにはひっくり返った艦底を総毛だって駈《か》けずりまわっている自分の姿をそこに見た。そんなとき私はきまってわき腹にじっとり寝汗をかいて眼をさまし、息をのんで床に起きなおっては、あわてて部屋のなかを見まわしたりした。〝ここは艦じゃない、おれはもうとっくに陸《おか》に上がっているんだ〟と納得してみても、それからはもう寝つけない。私は夜、床につくのが恐ろしかった。そしてそういう夜が幾晩もつづいた。本書はそのような鬱屈した内的葛藤のなかでようやくまとめ上げたものである。

　あれから茫々《ぼうぼう》二十七年、これでどうにか自分の体験に、あるひとつの形をあたえることが出来たという気もするが、いや、これだけではまだほんの一端しか書けていない、という身を揉《も》みたてたくなるようなもどかしさも一方にある。むしろそのほうがずっと強い。だがいまは、これだけが私の精一杯である。

　私は内心これさえ書きあげれば、思い出すだけでも怒りにふるえるあの忌まわしい戦争の記憶から、すこしでも身をかわすことが出来るかも知れないと思っていたが、そうではなかった。実際はさらに出口のない暗い体験の泥沼にいよいよ深く嵌《はま》りこんでしまったようである。私は多くの仲間を海底に残し、ある場合には見殺しにさえして、自分だけおめおめと生きて帰った一人であるが、これからもやはりその負い目と罪責からのがれることは出来ないだろう。死者にこだわりながらこれから先もそこに思いを屈して生きていくほかはないだろう。戦争の体験というものはそういうものかも知れない。

さいごに本書を書くについては、長い間にわたっていろんな方から有益なご教示と助言をいただいた。とくに貴重な資料をこころよく提供してくださった加藤憲吉（武蔵副長）、猪口嘉子（武蔵艦長夫人）、高橋幸作の諸氏をはじめ武蔵の生存者の方々、朝日新聞社出版局図書編集第一部の方々にも終始お世話をおかけした。本書がこれらの方々のご厚意とお力添えによって上梓できたことを記し、心からお礼を申し上げたいと思う。

武蔵沈没二十七周年秋

渡辺　清

艦底の牡蠣殻

鶴見《つるみ》　俊輔《しゅんすけ》（哲学者）

敗北の記録として、渡辺清の『戦艦武蔵の最期』は、稀有《けう》の文章である。

戦後三十六年たって、今では、日本人が敗北をとおったのかどうか、あいまいになっている。無条件降伏があったかどうかが論壇の話題となり、降伏があったかどうかもあまりかえりみられなくなっている。今日の意識にあるのは、むしろ、日本国の経済的大勝利ではないだろうか。

そういう時代のなかで、渡辺清の証言を読むことは、この時代の底におりていって、この時代を別の視角から見ることである。

昭和一九年一〇月二四日、七万二千トンの戦艦武蔵に十九歳の水兵としてのりくんでいた渡辺清は、不沈艦と言われた、この世界最大の軍艦の沈没を、自分の眼で見た。

『戦艦武蔵』は小説である。主人公は矢崎であり、渡辺ではない。しかし主人公の眼をとおして見た武蔵沈没の光景は、著者が自分の眼によってとらえたものだろう。
すでに武蔵は艦尾をあげている。傾斜は刻々、急になる。四十二度、四十五度、四十九度。

おれは登りつめた右舷側に、かぶさるように急いで胸をふせ、はあはあと荒れた呼吸を肩できった。眼下に波が黒くうねっている。夜光虫のせいだろうか、舷のまわりがかすかに鈍い光を帯び、そこだけがうす青く不気味に浮きあがって見える。おれはその一点を見つめながら、空いているほうの片手で、眼にたまった汗をぬぐった。それから両手をへりにかけ、伏せっている肩から下を鉄甲板から引き剝がすようにして、向こう側へ体をかわそうとした。が、気持ちはあせっているのに、全身がしびれたようにつれて、いうことをきかない。

私たち日本人の多くは、集団の中で敗戦をむかえたので、かたむいていく国家に、このように、ひとりで対したことがない。だから、この武蔵反転の場面は、当時生きていた私たちが経験することのできなかった、国家崩壊の高速度撮影の記録であるように見える。
五十五度、六十度、六十八度。甲板はほとんど垂直にかたむいた。主人公の体は棒のように甲板にぶらさがる。ここで手をはなしたら艦の下敷きになる。傾いてくる甲板におされて水兵帽のひさしがおれて、ひたいにくっついてきた。片足が繋留環《けいりゅう》の角にかかる。ようやく両ひじがむこう側へかわり、立ちあがることができた。

すると、立ちあがったおれの眼の前に、べた一面牡蠣殻《かきがら》におおわれた、白っちゃけたサビ色の艦底がもり上がるように茫洋《ぼうよう》と迫ってきた。艦が大きく一回転しようとしているのだ。

彼は腰をかがめて、艦底の上をななめに走る。走りながら、自分の足のうらにふみくだかれる牡蠣殻のジャリジャリという音をきいた。そして艦尾のスクリューの手前から、海に身を投げだした。三十メートルほどおよいだ時、

武蔵は、もう精も根もつきはてたように、艦底を高々と空にさらして転覆した。

そのあとにおこる爆発、渦巻き。これは降伏直後の満洲《まんしゅう》、ビルマ、シンガポール、厚木《あつぎ》、宮城《きゅうじょう》前でおこったことを思わせる。

武蔵出撃と、沈没のこまかい事実を、まぶたにやきつけ、戦後三十六年にわたって自分の

内部に保ちつづけるということは、武蔵の沈没にひとりで対したと相似た孤独の行為である。著者は、このことにたえ、それを、戦後に生きる支えとした。

第二次世界大戦後のブラジルの日系人社会に勝ち組と負け組ができて、勝ち組のほうが多数派でながく日本の勝利を信じつづけたことは、ひろく知られている。ブラジルの日系人の間では、敗北の目撃者がいなかったのだろう。日本の内地では、外地からの引揚者をふくめて、敗北の目撃者は多かったのだが、一九六〇年代、七〇年代の経済繁栄の中で、目撃者の証言はかくされていった。そのかたりつぎは、しっかりとおこなわれなかった。日本の敗北を見えなくする力が、つよくはたらきつづけている。

その内部にいるものとしてまわりを見ると、今の日本は、主人公の少年兵がのりこんだ時の不沈艦のように見える。この高層ビルと高速度道路と新幹線と、何分かおきにテレビにでてくる陽気なコマーシャルにかこまれて『戦艦武蔵の最期』を読むと、ここに描かれた現実そのものが、今を指す寓話であるように思える。

主人公は対空要員の機銃隊員である。海上の軍艦をうつための大砲をうけもつ砲塔要員があつい装甲鈑に身を守られているのとちがって、空にむかって反撃するために露天甲板に、ほとんど無防備でおかれる。この野ざらしの場におかれた少年兵士の目に映った戦争の記録は、司令塔や砲塔内部から見た戦争の記録とはちがうものとなる。

主人公は戦争の目的をうたがわず、国家と天皇に対する完全な献身をもって戦場にのぞんだ。

おれは、それよりも自分の体は死ぬまで綺麗《きれい》にしておかなければならないと思っている。そのためには、女に触れてはならない。女に触れることは、自分の体を潰《けが》すことだと思っている。それはおれにとって、肉体上の一種の戒律だ。というのも、おれの体はすでにおれの体であっておれの体ではない。天皇と祖国に捧げてしまった体だ。いちど捧げたからには、そのまま潰さずに無垢《むく》のまま捧げなければならない、とおれは今日までかたくなにそう思いこんできたのだ。

このような完全な献身が、敗北後に生きのこった少年にとって、どうなってゆくか。

小説としての『戦艦武蔵の最期』には、その前史として軍艦の内務班の生活をえがいた『海の城』(朝日新聞社、一九六九年)がある。しかし、敗北後に少年水兵がどう生きてゆくかを小説として書きついでゆくことは、なかった。『海の城』の主人公北野、『戦艦武蔵の最期』の主人公矢崎は、戦後をどのように生きていったか。その手がかりを、私たちは作者渡辺清自身の生き方に求める他はない。

『砕かれた神——ある復員兵の手記』（評論社、一九七七年）、『私の天皇観』（辺境社、一九八一年）の二冊は、十九歳の少年水兵の目撃した敗北が、この著者のうちに、その最後の日までどのように生きつづけたかをつたえる。

一九八一年七月二三日、渡辺清は、なくなった。五六歳。

十数年にわたって、彼が打ちこんだ仕事は、戦争の記録の執筆とともに、日本戦没学生記念会（わだつみ会）の事務局長の仕事だった。学徒兵ではなかった彼が、旧学徒兵の間に入って、その組織にかけがえのない役割を果たした。

しかし、彼ののこした小説と記録と論文の示すように、彼が心中でともに生きたのは、彼とおなじ十六歳で水兵となり、艦と運命をともにした少年兵たちだった。

『戦艦武蔵の最期』には、すでに入団後二年たって兵長となった主人公の眼にうつる、十六歳の少年兵の群像がえがかれている。

艦尾のジブクレーンと旗竿のまわりにも、そういう泳ぎのできない兵隊たちが、途方にくれて一つところを意味もなくぐるぐると廻っていた。大抵まだ入団して日の浅い十五、六歳の少年兵だった。戦局が逼迫《ひっぱく》していたので、彼らは海兵団でも泳法はほとんど教えてもらえなかった。ただ短期の速成教育をうけただけで、そのまま艦に送りこまれてきたのだ。そのうちの三、四人が、肩をくっつけ合って斜めに傾いた旗竿にしがみついて叫んでいる。

「お母あーさん、お母あーさん……」

その呼び声は、渡辺清の耳にのこった。その声は、少年兵の母たちがなくなったあとも、今の日本の母親にむかって叫びつづけているように思える。日本の母親は、ここにえがかれている状態に、その息子たちをふたたび送りたいと思うだろうか。

解説

一《いち》ノ《の》瀬《せ》　俊也《としや》（歴史学者・埼玉大学教授）

本書は日本海軍の戦艦武蔵が一九四四年十月のレイテ沖海戦で米軍機の雷爆撃を一手に引き受けるかたちで撃沈される様を、上は艦橋最上部の防空指揮所で指揮を執る艦長猪口敏平少将、下は甲板で米軍機の執拗《しつよう》な銃爆撃にさらされる著者渡辺たち対空機銃員や船底の汽罐《きかん》室《しつ》に閉じ込められむなしく溺死《できし》していく機関兵、そして沈みゆく武蔵に置き去りにされ絶叫する負傷兵などの視点で描いている。兵隊たちは娑婆《しゃば》ではみな、それぞれの家庭や仕事をもつ生活者であり将来の夢を思い描いていたが、戦争はそれらをすべて奪い去っていった。

著者渡辺清は一九二五年に静岡県の農民の子として生まれ、十六歳で海軍に志願した。本人によれば誰からの強制も受けない「主観的には全く自発的な文字通りの志願」であり、そこには幼いころからの軍国ムードのなかで作られた海軍への憧《あこが》れや、天皇への献身を説いてやまない当時の学校教育があった。彼らは「幼時から『国家の規格品』として身ぐるみ兵隊につくられていた」のである。しかし実際に入隊した海軍は「暴力と私刑のジャングル」であり、新兵たちは人間を「兵隊」に仕立て上げる儀式として毎晩のように棍棒《こんぼう》で尻《しり》を殴打された（以上は渡辺清「少年兵における戦後史の落丁」、『私の天皇観』、一九八一年所収）。そのような艦内生活の様子は、本書の前編にあたる『海の城』（一九六九年）で詳細に描かれている。

しかし本書は単に戦争の悲惨さ、残酷さを説いて終わるものではない。たとえば劇中にこの戦争を「もともと金持ちと軍部が天皇とグルになってはじめたもの」とみなし「おれたちのほんとの敵は、かつがれている天皇と資本家と軍部と、それからそのとりまきの政治家と高級官僚なんだ」と語る兵長が登場する。反戦運動に従事して検挙され転向したというこの兵長が実在したか否か、実際の歴史が本当にそのように単純なものであったか否かはこのさいどうでもよい。なぜなら、現在の日本社会であたかも自然災害か何かのように語られる戦争は、本当は誰かが起こしたものであるという事実を改めて私たちにつきつけるからだ。

このときの渡辺には、兵長の話がうまく飲み込めなかった。軍国教育で批判精神を徹底的に摘み取られており、武蔵艦上で書いた遺書にも「粉骨砕身、天皇陛下の御為に立派な働きをする心算《つもり》でをります」「僕は天皇陛下が御直《じ》き直《じ》きに御参拝して下さる靖国《やすくに》神社に神様として祀《まつ》られるのです」と記すほどであったからだ。彼は武蔵が沈み大日本帝国が降伏してからも、天皇への忠誠心を失うことはなかった。本書の続編にあたる『砕かれた神——ある復員兵の手記』（初刊一九七七年）は敗戦直後に故郷で記した日記の体をとり、天皇がいずれは大勢の兵隊を死なせた責任をとってくれるであろうという期待が裏切られ、自分は天皇に欺《だま》されていたと悟るまでの心境の変化を描いている。

武蔵に乗り組んでいた時点の渡辺が天皇についてほとんど何も語らないのは、天皇への忠誠心が完全に内面化されており、あえて云々《うんぬん》するようなものではなかったからである。本書は、日本人にとって天皇とは何であった（ある）かという、現代の日本人がともすれば忘れがちな、しかし重要な問いを提供する。こうしたところに本書をはじめとする渡辺の著作が読み継がれるべき価値がある。

渡辺の戦争論で注目すべき点は、そうした天皇へのわだかまりを自らの戦争責任の問題へと発展させたことである。渡辺は一九四六年二月十日の日記に「天皇を責めることは、同時に天皇をかく信じていた自分をも責めることでなければならない」「二度と裏切られないためにも、天皇の責任はむろんのこと、天皇をそのように信じていた自分の自分にたいする私的な責任も同時にきびしく追及しなければならない」と書いている（『砕かれた神』）。ここでいう責任とは「侵略の兵士の一人であったこと」についてである。本書では天皇や自らの戦争責任についてはほとんど言及されないが、戦後の渡辺がそれを自覚するに至る重要な前段階となる。

次に、戦記文学としての本書の位置づけについて述べたい。本書と対をなすのは吉田満『戦艦大和ノ最期』（決定稿一九七四年、以下『大和』）である。吉田は一九二三年生まれ、東大法学部卒の学徒出陣組で、海軍少尉として大和の艦橋で勤務していた。機銃員の渡辺とは育った環境も海軍での立場も大いに違うが、注目すべきは兵たちの死に様の描かれ方である。本書は爆弾の破片で腹を切り裂かれ、露出した腸を自分の手で元に戻そうとしたり、沈みゆく武蔵の旗竿《はたざお》にしがみついてお母さんと叫ぶ少年兵たちの死に様が描かれるが、『大和』にも海中に投げ出されて救命ボートにすがりつく兵隊たちの手を転覆を恐れた士官が軍刀で切り払う場面がある。『大和』のこの場面は旧海軍関係者から軍人の名誉を損なう虚構と批判されたが、本書も『大和』も細かいディテールの真否をあげつらうのではなく、かつての日本社会における戦争の〈語られ方〉とはごく自然に虚実皮膜《ひにく》の間にあるものだったと思って読めばよいのである。吉田や渡辺にとって、戦争は歴史的事実である以前に、主観的な体験として語られる必要があった。

一方で、吉田と渡辺の戦闘体験の語り口は相当に異なる。二人が評論家の安田武を交えて一九六二年に行った対談「戦艦大和の士官と武蔵の兵」（『私の天皇観』所収）のなかで、吉田は「たまたま戦闘の二時間のあいだ、全体の状況を一番中心の部署でみることができた」「アメリカ機の襲撃が一種の爽快なスポーツみたいな感じ」「私なんか軍隊は非常にきらいだったのですが、『大和』ぐらいの大きな艦になると、そういうこととは別に妙に人間をとらえる力がありましてね、こういうものにならら自分を任せてもいいという気持をおこさせます。だから艦《ふね》がいよいよ沈むというときに、艦橋の床に手をかけてつかまっていました」と語る。参謀長に海へ飛び込めと怒鳴りつけられなかったらそのまま艦と運命を共にするつもりだったというのだ。

対する武蔵の渡辺は約九時間にもわたる戦闘のすえ「軍艦旗をおろしてから総員退避の命令がでたわけです。そうなると艦を動かしているのは艦長ではなく、もう死の恐怖です。泳げるものはみんな海に飛びこんでいきました」と回想する。艦の戦闘と沈没に関する両者の語り口の違いは、艦の中央部にいて艦を動かす立場にいたか、甲板でひたすら敵機に叩《たた》かれるのみであったかによるのだろう。このことは、同じ巨艦の最期という出来事をめぐっても、視点や立場は決して一つではありえないということを私たちに教える。

二人の違いは、天皇と死者への思いをめぐってより明確になる。渡辺が「いまでもやはり天皇のことを考えると心が煮えくりかえってきますね」「ぼくはね、現在自分がこうやって生きていることに、なんか罪のようなものを感じますね」と述べたのに対し、吉田は「私は天皇自体への関心は、稀薄です」「私の場合は、罪悪感に裏打ちされながらも、逆に積極的に生きていることの意味をつかまえなくてはいけないと思うのです」とのみいう。単純化のそしりを恐れずに言えば、吉田が戦後社会をどう生きるかを問う未来志向であったのに対し、渡辺は天皇へのこだわり、死者への罪悪感といった過去を捨てきれなかったようにみえる。ただし、渡辺も吉田も同じ「戦中派」の一員として、平和な戦後社会を生きるなかで常に疎外感やもどかしさを抱えていたことは明記しておかねばならない。

このような吉田と渡辺の生き方の違いは、生還後の彼らが戦友や上官の死の意味を自分のなかで納得できたか否かにあるのではないだろうか。『大和』の登場人物・臼淵磐大尉の「敗レテ目覚メル、ソレ以外ニドウシテ日本ガ救ワレルカ　今目覚メズシテイツ救ワレルカ　俺タチハソノ先導ニナルノダ　日本ノ新生ニサキガケテ散ル　マサニ本望ジャナイカ」(『戦艦大和ノ最期』)という台詞《せりふ》が示すように、大和乗組員たちの犠牲には祖国日本が生まれ変わるための「先導」という意義があると考えていたようであるが、渡辺の著作にはそうした総括がなく、ひたすら死者の無念が語られるばかりである。

戦後日本の戦争文学のなかで、本書と関連の深いもう一冊の著作は、吉村昭『戦艦武蔵』(二〇〇九年〈初刊一九六六年〉)である。同書は近代日本の人びとの生み出した巨大なエネルギーが巨艦武蔵を生み出すだけでは足りず、国を戦争ひいては破滅にまで追いやる過程を描く。同書の主題は同書新潮文庫版の解説で磯田光一がいうように「戦争そのものを人間の奇怪な営みと、その果てにあらわれる徒労感として、客観的かつ即物的にとらえる」ことであり、ゆえに武蔵の最期の描写でも死にゆく兵士一人一人の名前や心情は指揮官のそれを除いてほぼ記されない。これは吉村が一九二七年生まれで武蔵沈没時には東京の中学生であり、渡辺や吉田とは違い実際の戦闘に参加しなかったことと大いに関係があろう。このように、渡辺と吉田、吉村の作品は同じ主題を扱いながらそれぞれ独自の視点をもつのであり、併せ読むことが戦争を多面的に捉える一歩となる。

渡辺は天皇への強い執念を抱えながら戦後社会を生きた。「生き残りの罪深い恥しさ」（「恥多き戦中派」、『私の天皇観』所収）ゆえ、元武蔵乗組員の戦友会に入ることもなかった。「まあそういう個人的なうらみつらみは一応おいて、これから天皇を内がわから支えている日本人の精神構造というか、国民性というか、そういうものをさぐっていきたいと思っています」（「天皇の訪欧をめぐって（安田武との対談）」、同）とも述べていたが、最後まで固執し続けたのは天皇への「個人的なうらみつらみ」であり、それは前掲『砕かれた神』に詳しい。

渡辺は一九八一年七月二十三日に五六歳で亡くなるが、その年の四月二十九日——昭和天皇の誕生日に、入院中の病院で翌月十九日に行われる手術についての説明を受けた。医者は明言しなかったが悪性のガンの可能性が高かった。彼はその日の日記に「結果はどうあろうとも、／ここまできて、八十歳の天皇より先に死ぬわけにいかぬ。／生き残りの意地にかけても、／どうしても先に死ぬわけにいかぬ」と記した（「私の天皇観──〝天皇に関する日録〟」、同）。本書は一人の人間にここまでの執念を抱かせるに至った戦争とはいかなるものであったかを私たちに語り続ける。

［戦艦武蔵主要要目］

<table>
<tr><td colspan="2">艦　型</td><td>全　長
263メートル</td><td>最大幅
38.9メートル</td><td>深　さ
(水面から上甲板まで)
18.9メートル</td><td>吃　水
10.4メートル</td></tr>
<tr><td colspan="2">排水量</td><td colspan="4">基準排水量 64,000トン
公式状態 69,100トン
満載状態 72,800トン</td></tr>
<tr><td colspan="2">機　関</td><td>最大馬力
150,000</td><td>最大速力
27.5ノット</td><td>発電力
4,800kW</td><td>推進器 4軸
舵 主副2箇</td></tr>
<tr><td colspan="2">航続距離</td><td colspan="4">27ノットで 3,500カイリ(5.5昼夜分)
19ノットで 7,300カイリ(16昼夜分)
16ノットで10,000カイリ(26昼夜分)</td></tr>
<tr><td rowspan="4">主要兵装</td><td>主　砲</td><td colspan="4">46センチ(45口径)　3連装×3基(9門)
射距離 41,400メートル　初速 910メートル
弾重量 2.0トン　弾の長さ 2メートル
砲身の長さ 20メートル
砲身重量 160トン
砲塔旋回部重量 2,200トン
弾丸定数 100発
装薬 60キロ×6箇＝360キロ
発射速度 9門一斉36秒 4～5門交互20秒</td></tr>
<tr><td>副　砲</td><td colspan="4">15.5センチ(60口径)　3連装備×2基(6門)
発射速度 毎分7発　1門150発搭載
射距離 27,000メートル</td></tr>
<tr><td>高角砲</td><td colspan="4">12.7センチ(40口径)　2連装×12基(24門)</td></tr>
<tr><td>機　銃</td><td colspan="4">25ミリ　3連装×29基(87門)
25ミリ　単　装×26基(26門)
13ミリ　2連装×44基(88門)</td></tr>
</table>

主要兵装	飛行機	水上偵察機 6機
	カタパルト	2基
	測距儀	15メートル 4基 10メートル 1基 8メートル 4基 計9基
	探照灯	150センチ 8台
	その他	無線電信機（長波、中波、短波） 無線電話機 水中測深儀 空中探信機（レーダー） 水中探信機（レーダー） 水中聴音機 電話490本
装甲板		砲塔前壁 65センチ 舷側 41センチ 甲板 38センチ

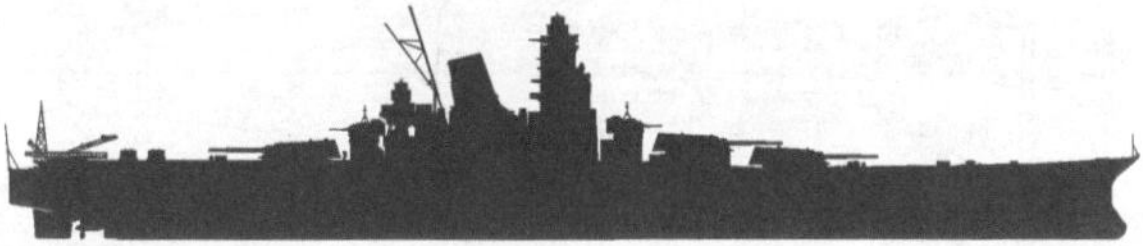

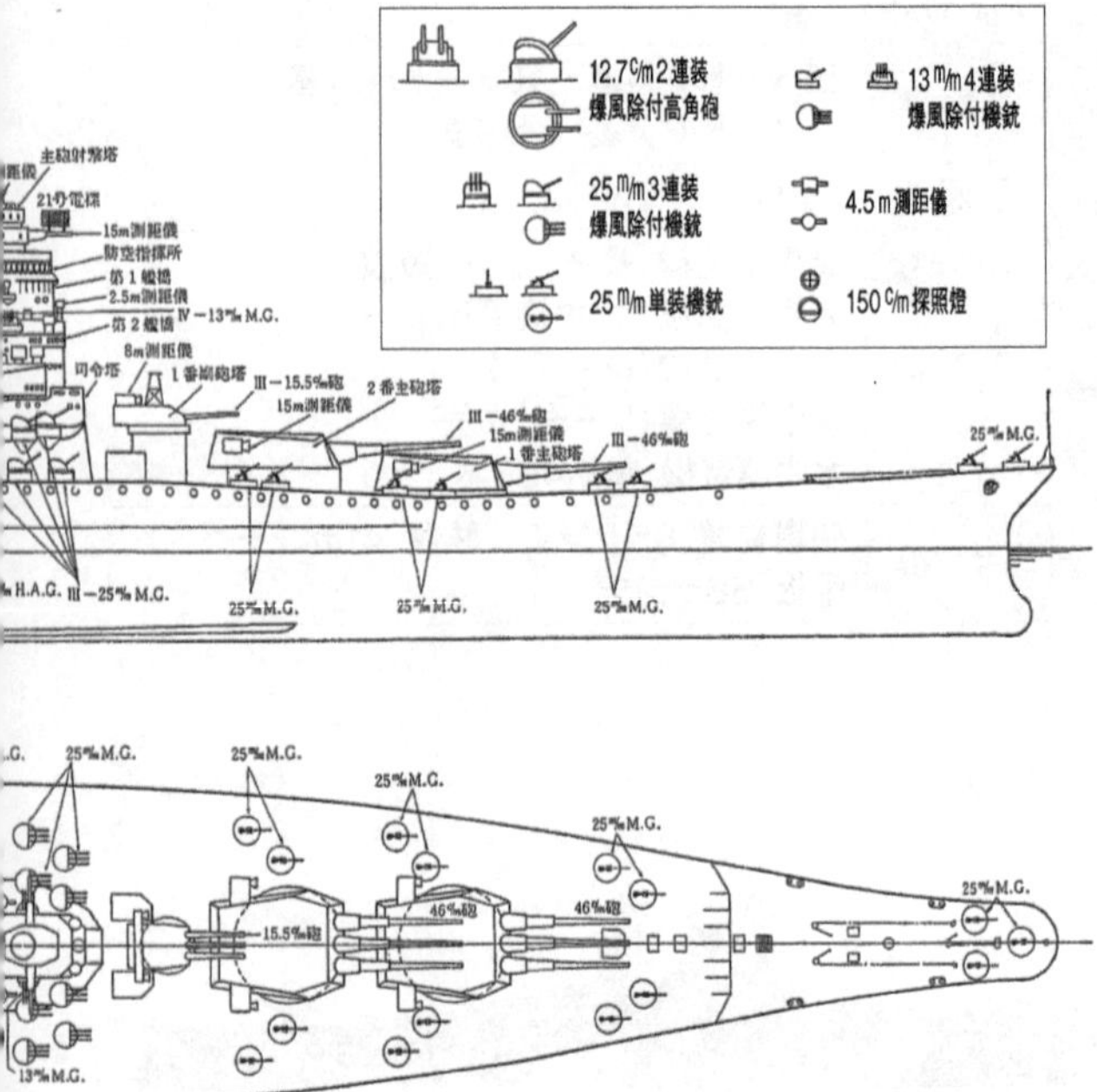

戸高一成編『戦艦大和　設計と建造　増補決定版』(ダイヤモンド社、2006年)
100頁を元に作成。
戦艦武蔵は資料が残されていないため、同型艦である大和の図面を掲載した。

戦艦大和舷外側面、上部平面略図
（対空兵装強化改装後）

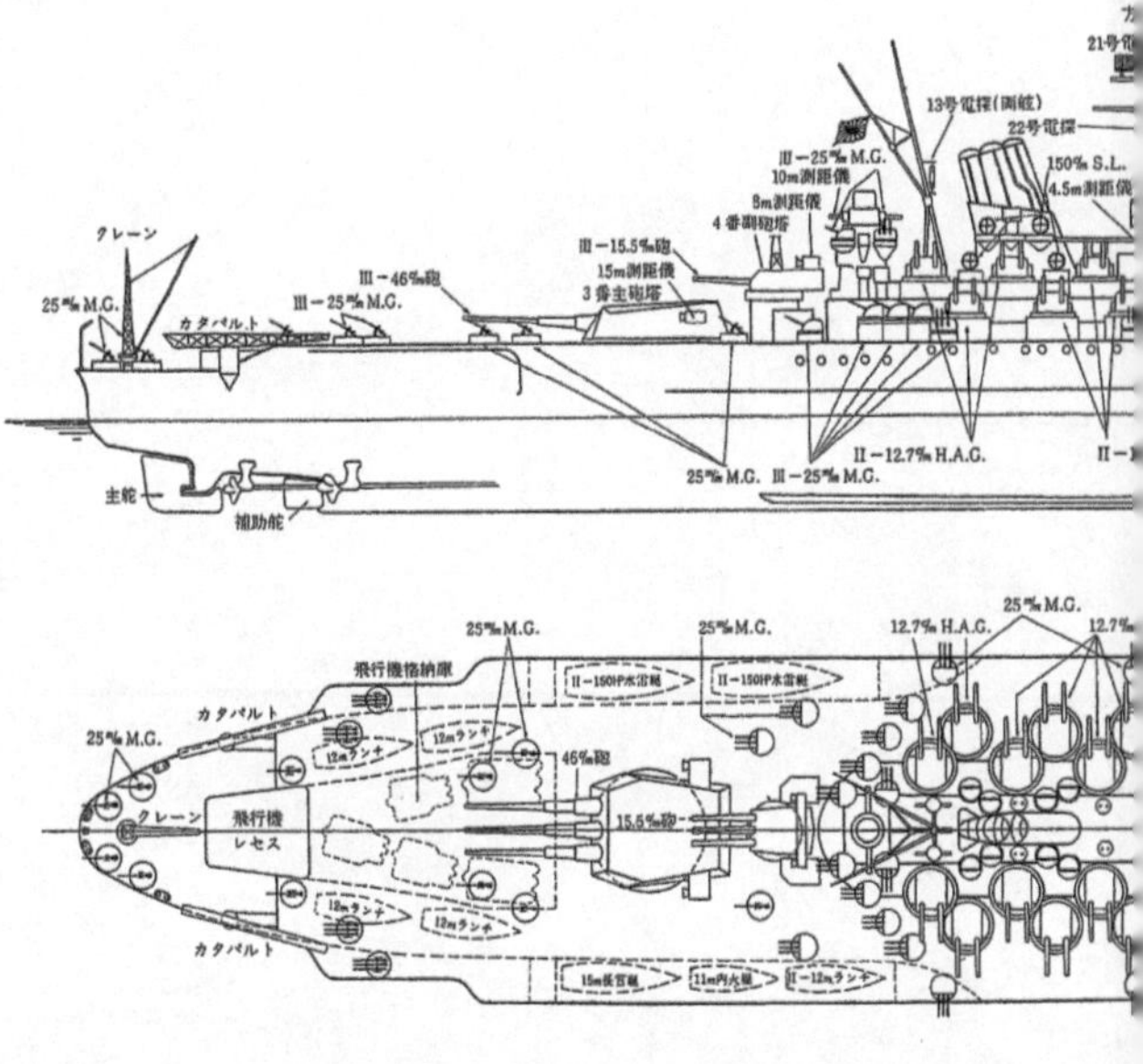

地図・図表作成　本島一宏

本書は、一九八二年に朝日新聞社より刊行された朝日選書版を復刊したものです。故鶴見俊輔氏（一九二二〜二〇一五）の論考も再掲しました。

底本には一九九四年の九版を使用しました。

復刊にあたり、著作権継承者のご了解を得て、原本の誤記誤植を正し、一部旧字を新字に改めました。また、実際の戦闘記録について『戦史叢書』などの記述と齟齬のある箇所は、適宜章末に「註」を追加しました。

地図・図表も再作成し、同様に資料に照らして数字や時系列を修正しました。

本文中には「チョンガー」「毛唐」「びっこ」「盲目撃ち」「いざり」といった語句や、戦場を「屠場」になぞらえる比喩表現など、今日の人権擁護の見地に照らして不適切な箇所がありますが、作品の時代背景および著者が故人であることに鑑《かんが》み、底本のママとしました。

渡辺　清（わたなべ・きよし）
1925年、静岡県生まれ。1941年、横須賀海兵団に入団（志願兵）、1942年戦艦武蔵に乗り組む。マリアナ、レイテ沖海戦に参加。戦艦武蔵撃沈のさい、遭難し奇跡的に生還。1945年復員。太平洋戦争の生き残りとして戦火の経験を書き残すべく、執筆活動を行うとともに、1970年より日本戦没学生記念会（わだつみ会）事務局長を務めた。他の著書に、『海の城　海軍少年兵の手記』、『砕かれた神　ある復員兵の手記』（以上、朝日選書）、『私の天皇観』（辺境社）など。1981年逝去。

戦艦《せんかん》武蔵《むさし》の最期《さいご》

渡辺《わたなべ》　清《きよし》

2023 年 11 月 10 日　初版発行
2024 年 4 月 15 日　再版発行

◆◇◇

発行者　山下直久
発　行　株式会社KADOKAWA
〒102-8177　東京都千代田区富士見 2-13-3
電話　0570-002-301（ナビダイヤル）
装 丁 者　緒方修一（ラーフイン・ワークショップ）
ロゴデザイン　good design company
オビデザイン　Zapp!　白金正之
印 刷 所　株式会社KADOKAWA
製 本 所　株式会社KADOKAWA

角川新書
© Kiyoshi Watanabe 1970, 1971, 1974, 1982, 2023 Printed in Japan　ISBN978-4-04-082492-5 C0221

KADOKAWAの新書 好評既刊

ヘイトクライムとは何か
連鎖する民族差別犯罪

鵜塚 健
後藤由耶

在日コリアンを狙った2件の放火事件を始め、脅威を増す「差別犯罪」が生まれる社会背景を最前線で取材を続ける記者が探る。更に関東大震災時の大量虐殺から現代のヘイトスピーチまで、連綿と続く民族差別の構造を解き明かすルポ。

全検証 コロナ政策

明石順平

新型コロナウイルスの感染拡大で、私たちは未曾有の混乱に巻き込まれた。矢継ぎ早に政策が打ち立てられ、莫大な税金が投入されたが、効果はあったのか、なかったのか？ 170点超の図表で隠された事実を明るみに出す前代未聞の書。

公営競技史
競馬・競輪・オートレース・ボートレース

古林英一

世界に類をみない独自のギャンブル産業はいかに生まれ、存続したのか。その前史から高度経済成長・バブル期の爆発的な売上増大、社会問題を引き起こし、低迷期を経て再生するまでを、地域経済の観点から研究する第一人者が描く産業史。

歴史と名将
海上自衛隊幹部学校講話集

山梨勝之進

昭和史研究者が名著と推してきた重要資料、復刊！ 山梨はロンドン海軍軍縮条約の締結に尽力した条約派の筆頭で知られ、山本権兵衛にも仕えた、日本海軍創設期の記憶も引き継ぐ人物であり、戦後に海軍史や名将論を海自で講義した。

歴史・戦史・現代史
実証主義に依拠して

大木 毅

戦争の時代に理性を保ち続けるために――。俗説が蔓延していた戦史・軍事史の分野において、最新研究をもとに歴史修正主義へ反証してきた著者が「史実」との向き合い方を問うた珠玉の論考集。現代史との対話で見えてきたものとは。